W0352694

LA BÊTE NOIRE

Collection dirigée par Glenn Tavennec

L'AUTEURE

Née en Russie, Katerina Autet a passé son adolescence aux États-Unis. Elle a choisi de venir en France il y a vingt-cinq ans dans le cadre d'un échange universitaire, et n'en est jamais repartie. Katerina a étudié la linguistique, l'histoire et l'économie.

Son premier roman, *La Chute de la Maison Whyte*, publié aux éditions Robert Laffont dans la collection « La Bête noire », a reçu le Grand Prix des Enquêteurs (2020) et le prix Littéraire de la Renaissance française en 2020.

Retrouvez
LA BÊTE NOIRE
Sur Facebook, Twitter et Instagram

KATERINA AUTET

LES DEUX MORTS DE CHARITY QUINN

LA BÊTE NOIRE
Robert Laffont

© Éditions Robert Laffont, S.A.S., Paris, 2020

ISSN 2431-6385
ISBN 978-2-221-25868-2

Dépôt légal : juillet 2022
Éditions Robert Laffont – 92, avenue de France, 75013 Paris

À ma fille, Pauline

On appelle famille un groupe d'individus unis par le sang et brouillés par des questions d'argent.

Édouard Rey,
Maximes morales et immorales

Mercredi 18 décembre 2019

1.

La pluie mêlée de neige tambourinait sur le toit en tôle ondulée de la véranda. Je regardai ma montre. Huit heures cinquante. Distante de seulement quelques pas, la clôture que je venais de réparer se devinait à peine dans la lumière grise de cette matinée de décembre.

À côté de moi, ma sœur alluma une cigarette. L'odeur de fumée se mélangea à celle, fruitée et écœurante, de son parfum.

— Dis, Ethan, pour ce prêt…

Elle se tut, et coula un regard vers moi. Malgré l'heure matinale, elle était déjà maquillée comme si elle allait sortir en boîte. Faux cils alourdis de mascara, eye-liner, paillettes. Seuls ses cheveux châtains, de la même teinte noisette que les miens, n'avaient subi aucune transformation. Elle les ramena derrière son oreille.

— Ce n'est pas une grosse somme, c'est juste…

Mon téléphone se mit à sonner dans ma poche. Je regardai l'écran. Hannah Newsham.

— C'est ma *boss*, à la Criminelle. Excuse-moi, je dois prendre l'appel.

Stella recracha sa fumée, l'air outré.

— T'es pas en service, dis…

Je m'éloignai vers le fond de la véranda.

— Oui, capitaine ?

— Ce n'est sans doute pas grand-chose. – Comme à son habitude, ma supérieure hiérarchique ne s'encombra ni d'un « bonjour » ni d'un « comment allez-vous ? ». – Un accident bête, une glace qui lui est tombée dessus, ou quelque chose comme ça. Cela nous est arrivé par la patrouille qui, elle-même, a été prévenue par le 911. Je sais que vous n'êtes pas en service aujourd'hui, mais tout de même, inspecteur Morrow, allez voir.

Je me retournai vers ma sœur. Elle avait attrapé le marteau que je venais de poser sur la rambarde et un clou, qu'elle positionna à l'endroit où la vieille moustiquaire rouillée s'était décrochée de son support. Croisant mon regard, elle me fit un large sourire, prit son élan, et tapa sur le clou de toutes ses forces. La moustiquaire trembla sur ses gonds.

— C'était quoi, ça ?

Je fixai ma sœur. Elle me souriait d'un air innocent.

— Pardon, capitaine. Je faisais une partie de golf, c'est le joueur d'à côté.

— Va falloir que vous l'écourtiez, votre partie. On doit montrer qu'on prend ça au sérieux, mais je n'ai pas envie de déranger mes meilleurs éléments. Deux petits jeunes devraient suffire. Vous et Helena. Passez la prendre, ce sera mieux. Je ne veux pas qu'on voie deux voitures de flics.

La cheffe fit une pause. À l'autre bout de la ligne, j'entendis le ronronnement d'une machine à café et le craquement que fait un gobelet en plastique lorsqu'on le serre un peu trop fort.

— Votre but, c'est d'être présents tout en restant discrets. C'est clair ?

Cela ne l'était pas, mais elle ne me laissa pas le temps de parler.

— Je vous envoie l'adresse par texto, c'est dans Georgetown, *évidemment*.

Je l'entendis pianoter sur les touches de son téléphone et profitai d'un instant de silence pour poser une question :

— Qui est la victime ?
— Charity Quinn. Une avocate, qui…
— Je sais qui c'est.
— Contente de savoir que vous lisez la presse. Vous êtes donc au courant pour le procès Davis. L'avocate a apparemment reçu des lettres de menaces. Entre nous, ça ne signifie rien. Vous savez ce qu'on dit : « Si vous n'avez pas encore reçu de menaces de mort, c'est que vous n'êtes pas encore célèbre. » Et Charity Quinn l'est, pour tout un tas de bonnes ou de mauvaises raisons, je vous en laisse juge. Pour autant, ce genre de menaces débouche rarement sur une action, c'est plutôt l'échappatoire des ratés. Vous aimez Shakespeare ?

La question était tellement étrange, je crus avoir mal entendu.

— Pourquoi ?
— Vous verrez. Faites un tour rapide, discutez avec le technicien de la scène de crime – je vous envoie Charlie Weasel –, et venez me faire votre rapport. La victime est vivante bien qu'amochée : s'il y a des choses que nous devons savoir, elle nous les dira. *Capito* ?

Elle raccrocha sans attendre ma réponse. Je me tournai vers ma sœur.

— Il faut que j'y aille.
— Mais Mme Hillman a dit qu'elle ferait du café avec des donuts pour te remercier.
— Tu m'excuseras auprès d'elle. Et dis-lui que si les voyous qui ont défoncé sa clôture reviennent, elle doit me rappeler.

Stella hocha la tête, et resserra sa doudoune rouge autour de sa taille arrondie. Je plantai un bisou sur son front.

— Sois sage.

Ma voiture était garée devant le portail. Je descendis les marches branlantes du perron et m'engageais dans le chemin envahi de mauvaises herbes, lorsque j'entendis sa voix dans mon dos.

— Au fait, j'ai un cadeau pour toi. Pour ton embauche à la Criminelle. Je suis désolée, je voulais te le donner plus tôt.

Je rebroussai chemin. Elle avait sorti un paquet de sa poche et le brandissait fièrement. Le cadeau était enveloppé dans un papier jaune brillant, de la couleur des banderoles de police servant à protéger les scènes de crime. J'ouvris le paquet.

— C'est une cravate, dit ma sœur.

Je souris.

— Je vois. Merci. Tu peux me la nouer ?

— J'ai pas trop l'habitude.

Elle gloussa, je sentis ses doigts malhabiles passer la bande de tissu derrière mon cou.

— Je me suis dit que les menottes comme ça, ça faisait classe. Surtout avec ce fond bleu, il est assorti à tes yeux. Sinon, il y en avait aussi avec des grosses empreintes et avec des cadavres.

Elle fit un pas en arrière et me jeta un coup d'œil inquiet.

— Tu crois que c'est bien comme ça ? Ça tient pas trop, là, le nœud, c'est peut-être dans l'autre sens.

— C'est parfait, *sis*. Vraiment. – Je souris encore. – Je vais y réfléchir, pour le prêt, d'accord ? Si tu penses réellement qu'un *fish spa* est une bonne idée.

Son visage s'illumina.

— Ça sera pas comme la dernière fois, je te le garantis.

Lorsque je me retournai après avoir atteint le portail, elle se tenait toujours sous la véranda, à côté de la boîte à outils. Dans sa doudoune rouge, elle ressemblait à un petit lutin du père Noël qui aurait perdu son chemin.

2.

Je n'avais pas souvent l'occasion d'aller à Wesley Heights et ne me rappelais du quartier que l'impression générale d'opulence qui s'en dégageait. C'était pour moi un lieu où les demeures de maître étaient entourées de chênes centenaires, où des massifs soigneusement taillés bordaient des pelouses manucurées. Un quartier où l'on vivait entre soi, bien à l'abri de la pollution de Washington, mais tout de même proche de son centre névralgique qui concentrait argent et pouvoir. L'adresse d'Helena, 4636 Hawthorne Lane, ne me disait rien. Je la rentrai dans le GPS. Une fois n'est pas coutume, le trafic était fluide et, bientôt, je laissai derrière moi les petites maisons qui bordaient Sheriff Road, tournai à gauche dans Minnesota Avenue, passai sous les voies du métro aérien marquant la séparation d'avec le quartier de Mayfair, puis m'engageai sur la bretelle d'accès de la Kenilworth Avenue Freeway.

Tout en conduisant, je repensai à l'appel de ma cheffe. *Un accident bête*, avait-elle dit. Elle devait y croire, sinon elle n'aurait jamais mis sur l'affaire ses deux recrues les plus récentes, les plus inexpérimentées.

Je profitai d'un ralentissement sur Canal Road pour enlever ma cravate et la fourrer dans la poche de ma parka. Ensuite, je jetai un regard critique sur le reste de ma tenue. J'avais prévu de passer à la banque après avoir réparé la clôture de Mme Hillman, et je portais un costume avec une chemise bleu clair, ainsi que des chaussures de ville. J'étais rasé. Mes mains étaient sales, mais je les frottai avec un mouchoir en papier.

Puis, à l'occasion d'un feu rouge, je me penchai vers la boîte à gants et en sortis mon holster. On klaxonna derrière moi ; lorsque je me redressai, le petit vieux au volant du pick-up Ford arrêté sur la file d'à côté me fixait avec des yeux exorbités. Je lui fis un signe de la main, et redémarrai.

Trente minutes après avoir reçu l'appel, je m'engageai dans Hawthorne Lane et me garai devant la maison d'Helena. Bien que la grisaille de cette matinée de décembre ne le justifiât guère, je chaussai mes lunettes de soleil et sortis de la voiture. Comme je m'y attendais, ma nouvelle coéquipière habitait le trente-pièces-cuisine traditionnel des quartiers huppés de Washington. Construite en brique rouge au début du siècle dernier, la demeure offrait des colonnes blanches en façade et un chemin d'accès en gravier bordé par des buis taillés au cordeau. Une couronne de Noël verte, rouge et or ornait la porte d'entrée. J'étais sûr qu'il y avait aussi un labrador quelque part, il suffisait de siffler. Bien que ce ne fût pas la plus belle maison de la rue, j'estimais sa valeur à près de quatre millions de dollars. Après tout, six des dix comtés les plus riches d'Amérique se trouvaient dans la banlieue de Washington DC, et les prix de l'immobilier battaient ici des records. Je tentai d'imaginer la tête des parents de ma coéquipière lorsqu'elle leur avait annoncé qu'après de brillantes études de droit à Harvard, elle avait décidé de devenir policière, mais je n'y parvins pas.

La porte d'entrée s'ouvrit, et Helena dévala les marches. Tout comme sa maison, cette fille était un modèle du genre. Tailleur-pantalon anthracite, beau tissu, bonne coupe, ajusté juste ce qu'il fallait pour mettre en valeur sa taille fine. Une étole en cachemire autour du cou et des mocassins en cuir noir, avec un petit mors doré. De l'avis de tous à la Criminelle, Helena Edwards était belle, avec son regard vert pétillant, ses pommettes hautes, ses cheveux auburn brillants de santé, ses lèvres pleines. Aucune trace de maquillage, pour autant que je puisse en juger. Pas mon type.

Elle sourit comme si elle était heureuse de me voir.

Elle s'arrêta à ma hauteur, et me tendit une revue.

— C'est quoi, ça ? C'était le *Vanity Fair* du mois d'octobre précédent, ouvert sur un article en double page.

— C'est l'interview de la victime. Je me suis rappelé avoir aperçu cet article il y a quelque temps. Coup de chance, la revue traînait toujours sur la table basse, je l'ai retrouvée dès que la cheffe m'a appelée. Tu veux que je conduise, pour que tu aies le temps de le lire ?

Je hochai la tête, et Helena se glissa derrière le volant. J'étais en train de contourner la voiture pour m'installer sur le siège passager quand j'aperçus le labrador. Il était assis au milieu du chemin de gravier, aussi à sa place dans ce décor opulent qu'un *corgi* à la cour royale d'Angleterre. Je bouclai ma ceinture, Helena écrasa la pédale, et la voiture bondit en avant.

3.

VANITY FAIR
Une femme à qui tout sourit
Par Lesley Benton, le 22 octobre 2019

Lorsque Charity Quinn m'ouvre la porte de son élégante maison de Georgetown, je ne réussis pas à cacher ma surprise. Je m'attendais à rencontrer une redoutable avocate pénaliste, une femme dont la réputation n'était plus à faire, qui avait plaidé lors des procès les plus retentissants (les habitants de la capitale se souviendront surtout du tristement célèbre procès de l'accident du métro de Washington) et défendu des personnalités publiques de premier plan. Je m'attendais à faire connaissance avec un monstre sacré. Mais la femme qui m'accueille semble douce et posée. Grande, brune, elle porte une veste rose en tweed Chanel, et rougit comme une jeune fille lorsque je m'extasie sur le superbe solitaire qui orne son annulaire.

Nous nous installons dans le grand salon aux boiseries foncées. Il fait frais pour la saison, et un feu brûle dans l'âtre. L'air embaume du parfum des roses anciennes qui s'épanouissent dans un vase en cristal Lalique. Charity me propose du thé de Chine, qu'elle sert dans un service en porcelaine de Wedgwood, et des chocolats fins. Je fais de mon mieux pour cacher à quel point je suis intimidée par la splendeur de la pièce – la maison a un temps appartenu à Jackie Kennedy, et a gardé nombre d'éléments d'époque –, mais le sourire chaleureux de Charity Quinn me met à l'aise. Elle connaît l'objet de ma visite. Depuis quelques semaines, le pays tout entier se divise en deux camps : ceux qui réclament la peine de mort pour Malcolm Davis, que la presse surnomme déjà « l'homme le plus haï d'Amérique », et ceux qui s'interrogent quant à son geste et lui cherchent, si ce ne sont des excuses, du moins des circonstances atténuantes. Jamais encore un fait divers n'a autant passionné le pays. Je demande à Charity ce qui l'a poussée à assumer la défense d'un double meurtrier.

Elle sourit tristement.

— J'aime mon pays, mais force est de reconnaître que la justice ne triomphe pas toujours en Amérique. Ici, elle ne s'offre qu'à ceux qui peuvent se payer un bon avocat. Pour les autres, c'est une parodie de procès. J'ai voulu offrir une chance à cet homme démuni. Je ne suis pas payée pour mon travail – je fais cela gratuitement. Disons que c'est ma façon de servir la justice. C'est aussi mon dernier procès, j'arrête la pratique du droit après l'audience, quelle qu'en soit l'issue.

Si Charity Quinn met fin à sa carrière d'avocate, c'est pour une excellente raison. Elle a élevé seule ses deux filles, maintenant étudiantes. Toute sa vie, elle a travaillé sans relâche. S'attendait-elle à ce que son existence change du tout au tout le jour où elle a fait la connaissance d'un séduisant professeur de lettres classiques de l'université de Georgetown ? Les yeux gris de Charity pétillent de joie.

— On espère toujours, bien sûr, me répond-elle. Mais tout de même, à cinquante ans passés… Non, je n'y croyais plus.

S'est-elle doutée de quelque chose lorsque Timothy Reed l'a emmenée dîner au célèbre Cafe Milano ?

— Non, me dit-elle.

Elle connaissait l'établissement comme le lieu où Barack avait organisé l'anniversaire de Michelle, elle a cru que c'était de la part de M. Reed une simple curiosité, une volonté de découvrir un lieu nouveau. Ce n'est que lorsqu'il a sorti une petite boîte en cuir rouge de la poche de sa veste qu'elle a compris...

Elle baisse les yeux sur le solitaire qui orne son doigt. Le mariage est prévu pour début janvier. Ils se sont rencontrés en juin. Combien de femmes mûres pourraient se targuer d'avoir gagné le cœur d'un des célibataires les plus en vue du pays, un spécialiste de Shakespeare qui ressemble à une star de cinéma, et possède une fortune personnelle qui se chiffre en dizaines de millions de dollars ? L'œuvre préférée de Timothy Reed, au sujet de laquelle il a écrit un certain nombre de monographies savantes, est *Le Roi Lear*, mais c'est une citation tirée d'un autre ouvrage de Shakespeare qui me vient à l'esprit : *L'amour vrai, sa sincérité, se distingue par les actes bien mieux que par les paroles.*

C'est un conte de fées qui se réalise, et Charity Quinn est une femme comblée, une femme à qui tout sourit. Carrière, argent, enfants, célébrité et maintenant aussi l'amour. Ses dernières paroles, alors que nous nous quittons dans le vestibule dallé de marbre, sont :

— Je ne me doutais pas qu'on puisse être aussi heureuse.

*

Je refermai le journal. Le trajet de Wesley Heights à Georgetown, en passant par le Westchester, quartier des ambassades, et Wisconsin Avenue, nous prit à peine dix minutes. Helena était en train de faire un créneau pour rentrer dans un espace réduit laissé entre une Mercedes et une Mini garées sur le bas-côté. Plus loin dans la rue, je remarquai la vieille Chevrolet Camaro, rayée et couverte d'autocollants, de Charlie Weasel, surnommé « La Fouine » par toute la brigade criminelle, à cause non pas tant de son nom, mais de sa manie de se pencher en reniflant vers les objets qu'il inspectait. Ainsi, le technicien de la scène de crime se trouvait déjà sur place, et comme la cheffe l'avait promis, nous avions droit au meilleur.

En sortant de la voiture, je fis une pause pour observer la maison de la victime. Quoique le mot *maison* correspondît assez peu à la structure en brique rouge qui s'élevait devant moi. Je dus tourner la tête de gauche à droite pour la voir en entier. Un manoir ? Un château ? Il n'y a pas de châteaux en Amérique. Une demeure, peut-être ? Ici aussi, une couronne de Noël vert et blanc ornait la porte d'entrée, et par la fenêtre du salon, j'apercevais un immense sapin à la décoration chargée.

— Jolie piaule, dis-je avec un regard en biais vers Helena.

Elle haussa les épaules.

— Si j'en crois l'article, la taille de cette maison a plus à voir avec l'opinion qu'a Me Quinn d'elle-même qu'avec la composition de sa famille. Allons-y.

4.

Comme les malheurs, les inspecteurs de la Criminelle n'arrivent jamais seuls. Nous sommes accompagnés par le « pop ! » que font, en se dépliant, les tentes des techniciens, par les flashs des photographes de la police et des reporters, par la rumeur qui monte de la foule, plus ou moins dense, de badauds qui se pressent sur les trottoirs.

Cette fois, pourtant, les manifestations de leur présence étaient plutôt discrètes. Je remarquai deux dames âgées au coin de la maison, qui se turent lorsqu'elles nous virent nous approcher du portail. Un apprenti paparazzi en doudoune noire et baskets dernier cri prit une photo d'Helena et de moi alors que nous remontions l'allée. Il n'y avait pas de rubans de scène de crime – puisque nous ne savions pas encore si un crime avait eu lieu. Cela m'allait parfaitement. Je ne tenais pas à voir ma tête dans tous les journaux, surtout pour une affaire comme celle-ci.

Je sonnai à l'interphone et, aussitôt, une voix féminine excédée répondit.

— Quoi encore ?

— Inspecteurs Morrow et Edwards, brigade criminelle.

— Oh ! pardon. Je vous ouvre.

Il y eut un bip, et un mécanisme relâcha le pêne de la serrure. Je poussai la porte d'entrée. Le vestibule était immense, avec un plafond cathédrale et un sol de marbre blanc. Une console en fer forgé sur laquelle trônait un bouquet de crocus, un fauteuil crapaud tendu de velours gris, quelques huiles de bon goût mais dépourvues de personnalité – cette entrée faisait penser à une pièce témoin dans un magasin de meubles chics. Le genre d'endroit où l'on dispose soigneusement des objets coûteux pour faire croire à un propriétaire, qui n'existe que dans la tête du décorateur.

Dans le grand salon à ma gauche, un sapin surchargé de blanc et d'or scintillait légèrement, et une rangée de chaussettes rouges était accrochée au manteau de la cheminée. Étant donné ce qui venait d'arriver, j'avais un doute sur le fait que la famille Quinn trouve la force de célébrer Noël cette année. Quant au mariage mentionné dans le *Vanity Fair*, je me demandais s'il allait avoir lieu. Tout comme la plaidoirie de Charity Quinn au procès de Malcolm Davis.

Des voix de femmes, jeunes et excitées, provenaient d'une pièce située sur notre droite. Helena s'y dirigea d'un pas décidé. Je restai en retrait.

Je n'aimais pas être le premier sur les lieux. Je me méfiais des émotions, des jugements hâtifs, des promesses irréalisables, des pleurs et des cris. La plupart des gens, confrontés à un événement choquant, réagissent d'une manière extrêmement banale : des larmes, de l'horreur et de l'incompréhension, des réactions à l'emporte-pièce, tellement galvaudées qu'elles semblent fausses même quand elles sont vraies, et ne réussissent qu'à brouiller les cartes.

Non, à mon sens, il est bien plus intéressant d'arriver lorsque l'émotion est un peu retombée et que les éventuels témoins sont capables de se concentrer sur l'essentiel. Ici, nous n'avions pas ce luxe. La victime de l'accident venait d'être transportée à l'hôpital, sans doute accompagnée de sa famille. La Fouine, avec sa mine lugubre et sa mallette, ajoutait probablement encore à la confusion. Je doutais de pouvoir apprendre quoi que ce soit d'intéressant. J'avais tort.

Quand à mon tour j'entrai dans la cuisine, Helena était assise à une table en compagnie de deux jeunes femmes. La cuisine était immense, probablement aussi grande que mon appartement tout entier ; mon regard fut attiré par une cave à vin vitrée, puis par un îlot central au plan de travail en granit, au-dessus duquel étaient suspendus des pots en cuivre étincelants. Une odeur de café fraîchement moulu flottait dans l'air. Les deux jeunes femmes – une blonde et une brune – se turent à mon arrivée. La blonde reposa sa tasse de café. Sa main, aux ongles laqués rose vif, tremblait légèrement.

— Je te présente Laurel, la fille aînée de Mme Quinn.

La voix d'Helena était pleine de sympathie. Je tendis la main. Laurel la saisit mollement, sans se lever. Elle avait la peau d'un rose blanchâtre, des sourcils teints et dessinés par une esthéticienne habile, des yeux bleus dans lesquels se reflétait la lumière froide des spots. Ses cheveux, d'un blond qui semblait naturel, étaient sains, dépourvus de fourches, signe d'une coupe récente. Ce n'était pas le genre de fille qu'on aurait pu apercevoir dans la file d'attente d'une banque alimentaire, ni dans un champ de patates, ou derrière la caisse d'un supermarché. Elle me fit un petit sourire malheureux, découvrant une rangée de dents très blanches à l'arc parfait, marque de fabrique d'orthodontistes haut de gamme.

— Et voici Sam…

La brune se leva et vint à ma rencontre en contournant la table. Elle était presque aussi grande que moi, le teint hâlé, les cheveux lisses et brillants, des petits clous de diamant dans les oreilles. Une jolie fille qui avait de la personnalité. Elle me tendit une main ferme et froide.

— Merci d'être venus aussi vite.

Mue par l'exemple, Laurel se leva également. Elle m'arrivait à peine à l'épaule. Un léger surpoids tendait les coutures de sa robe portefeuille.

— Oui, merci beaucoup. – Elle se tourna vers sa sœur, dans un effort manifeste pour s'imposer. – Sam, je crois que…

La brune, Sam, ne lâchait toujours pas ma main. Elle portait un chemisier de soie blanc, largement échancré, qui laissait apercevoir la dentelle de son soutien-gorge et la naissance de ses seins. Elle poursuivit sans tenir compte de l'interruption.

— Vous souhaitez sans doute qu'on vous parle de l'accident ? Nous étions dans la cuisine, Laurel et moi, et nous avons entendu un vacarme épouvantable, comme une explosion, en fait, et…

— Nous étions en train de discuter des robes, ajouta Laurel d'une voix de petite fille, parce que nous avons fait des essayages hier…

— Des robes de demoiselles d'honneur, précisa Sam.

Coupée dans son élan, Laurel nous regardait, la bouche légèrement entrouverte.

— Et si nous retournions nous asseoir ? suggéra Helena. Afin de reprendre l'histoire depuis le début.

Les deux jeunes femmes s'installèrent côte à côte ; ma coéquipière et moi prîmes place face à elles. J'avais envie d'un café, mais me voyais mal le leur demander.

— Vous avez donc essayé les robes hier, dit Helena.

Sur la table s'étalaient une dizaine de catalogues imprimés sur papier glacé. Le plus proche de moi montrait une très jeune fille vêtue d'une robe de dentelle blanche, tournée de trois quarts vers l'objectif. Le nom de la marque, Monique Lhuillier, ne me disait rien. Helena se pencha en avant, intéressée.

— Vous êtes allées où, chez *Carine's* sur Wisconsin Avenue ?

La blonde, Laurel, s'anima.

— Oui, c'est là qu'il y a le plus de choix.

Elle baissa le regard vers les catalogues et, pendant un bref instant, je crus qu'elle allait nous demander notre avis sur son choix de robe. Peut-être faillit-elle le faire, d'ailleurs, mais Sam toussa. Rappelée à l'ordre, Laurel leva les yeux vers nous.

— Oui, répéta-t-elle inutilement, nous sommes allées chez *Carine's*.

Helena hocha la tête.

— Vous y étiez avec Mme Quinn, j'imagine ?

— Oui, dit Sam. Cela nous a pris une bonne partie de la journée. Ensuite, nous avons dîné toutes ensemble.

— Votre mère vous a semblé comme d'habitude ?

Laurel s'agita sur sa chaise. Devant elle, une tasse de café à moitié bue portait une trace de rouge à lèvres carmin.

— Oui, c'est-à-dire que Sam...

— Je suis la filleule de Charity, pas sa fille, précisa Sam, une pointe de défi dans le ton. Elle me parraine dans le cadre d'une association.

Helena fronça les sourcils.

— Mais alors... N'y a-t-il pas une autre sœur ? Oh, suis-je bête, elle est sans doute à l'hôpital, auprès de votre maman.

Il y eut un instant de silence, puis Laurel plaqua une main sur sa bouche.

— Seigneur !

Elle me fixa d'un air désemparé.

— J'ai oublié de prévenir Delia.

Elle attrapa un téléphone posé sur la table, et pianota sur les touches.

— Delia, chérie, c'est moi. Maman a eu un terrible accident ! Non, pas de voiture. Tu sais, le miroir dans sa chambre, celui qui était accroché à la tête du lit ?

Le gargouillis au bout du fil était de toute évidence une objection, car Laurel ajouta :

— Oui, je sais, elle devait le faire enlever. Oui. Non. Elle n'a pas eu le temps. Il est tombé. Oui. Oui. Sur elle. Non, elle est vivante. C'est Sam qui l'a trouvée. Oui, elle est là aussi, tu sais, pour les robes.

En parlant, Laurel continuait de me fixer du regard.

— Oui, au Medstar Georgetown. C'est le meilleur, non ? Tu y vas ? Bon…

Laurel raccrocha, mais garda le téléphone dans sa main, comme si elle ne savait qu'en faire. Avec ses yeux très bleus et ses cheveux blond platine, elle me faisait penser à une poupée. *Barbie des beaux quartiers*, peut-être, à moins que ce ne soit *Barbie demoiselle d'honneur*.

— Où habite votre sœur ?

Je m'attendais à ce qu'elle me dise Manhattan. Ou Palm Beach, ou même les Bahamas. Un endroit chic. Et trop loin pour que cette Delia puisse revenir en ville pour un essayage de robes. Mais Laurel répondit :

— Delia vit dans un trou à rats pas loin. – Elle haussa les épaules, et j'eus le sentiment très net qu'elle citait quelqu'un, peut-être sa mère. – 1136, 7e rue, NE. Une maison jaune.

J'échangeai un coup d'œil avec Helena. Pour ceux qui connaissent Washington, *E* n'est pas qu'une lettre : c'est un monde de différences. Entre les bourges au North-West et les prolos au North-East, entre les Blancs et les gens de couleur, entre l'avenir assuré et le quotidien précaire. Qu'une fille de bonne famille ait décidé – ou ait été contrainte – de s'établir là, voilà qui était pour le moins curieux.

Sentant, sans doute, que la réponse de Laurel méritait une précision, Sam ajouta :

— Delia traverse une phase. Je crois que c'est comme ça qu'on dit.

Elle me sourit, mais ce n'était pas à elle que je voulais parler. Il me semblait que Laurel me fournirait des réponses plus spontanées, moins filtrées.

— Depuis quand votre sœur n'habite-t-elle plus à la maison ?

Je me tournai vers Laurel, mais sa capacité d'attention était apparemment limitée. Son regard était allé se perdre du côté des fenêtres donnant sur le jardin, et elle ne répondit pas. Sam haussa les épaules et leva les yeux au ciel.

— Très bien.

Je me levais et Helena m'imita.

— Nous faisons le point avec notre technicien, et nous revenons vous parler après. Entre-temps, s'il y a quelqu'un d'autre que vous devez prévenir…

Sam semblait décidée à reprendre le contrôle des opérations.

— J'ai déjà parlé à Dorothy, c'est la collaboratrice de Charity, elle a téléphoné ce matin, juste après… juste après l'accident. Et à Randolph, évidemment.

— Randolph ?

— L'homme à tout faire. Il habite ici, au second, il a un appartement indépendant.

— Et votre père, demanda Helena, se tournant vers Laurel. Ne faut-il pas le prévenir ?

Laurel battit des cils.

— Notre père est mort au combat, peu de temps après la naissance de Delia. Il était officier de l'armée de l'air britannique.

Elle ne précisa pas de quelle guerre elle parlait. J'ignorais l'âge de Delia, mais elle était sûrement trop jeune pour celle des Malouines ; et si elle était en âge de vivre seule, elle était trop vieille pour l'Irak. Ce qui me faisait encore une question à garder pour plus tard.

5.

Dès que nous eûmes quitté la cuisine, Helena se tourna vers moi, l'œil furieux.

— Quel genre de fille faut-il être pour ne pas accompagner sa mère blessée à l'hôpital ?

Je faillis répondre : *elle est bouleversée*, mais je sus avant même de le dire que Laurel n'était pas bouleversée. Ni particulièrement triste, d'ailleurs. Désemparée, peut-être. Soucieuse. Comparée à la pétillante Sam, la fille de Mme Quinn donnait l'impression d'une grande mollesse et d'une absence de volonté propre. Je haussai les épaules en silence, puis sortis mes gants en latex de ma poche.

Sur le palier du premier étage, mes chaussures s'enfoncèrent dans un épais tapis couleur crème. Tout comme au rez-de-chaussée, le décor respirait le luxe. Des rideaux en soie sauvage encadraient une haute fenêtre donnant sur le jardin, des banquettes capitonnées invitaient à la détente. Sur une commode en acajou, des photos de bébés joufflus dans des cadres en argent guilloché voisinaient avec un vase en cristal rempli de roses blanches. Je m'approchai. Certaines des photos étaient plus anciennes que d'autres. Sur l'une d'elles, une enfant brune au regard sévère posait avec un chat sur les genoux et une tiare dans les cheveux. On reconnaissait cette même enfant, devenue adulte, sur une autre photo. Elle tenait la main d'un homme impeccablement mis et très distingué, nez droit, cheveux poivre et sel, sourire éclatant.

— Alors, voici le célèbre Timothy, marmonna Helena. On dirait Richard Gere, époque *Pretty Woman*. Qu'est-ce qu'ils disaient à propos de lui, dans *Vanity Fair* ?

— Qu'il était le célibataire le plus convoité d'Amérique.

— Et il a craqué pour elle…

Helena laissa sa phrase en suspens.

— Apparemment.

Je m'engageai dans le couloir qui menait vers les chambres.

La Fouine travaillait toujours en musique, avec une prédisposition très nette pour des mélodies datées et sirupeuses. Le timbre suave de Julio Iglesias nous guida jusqu'à la chambre principale. Je m'arrêtai sur le pas de la porte, Helena sur mes talons. Ici aussi, le blanc était de rigueur : murs, rideaux, moquette soyeuse. Et draps de lit, maintenant tachés de sang, à la manière d'un tableau abstrait.

La Fouine, levant les yeux d'un morceau de miroir qu'il était en train d'inspecter, nous adressa un signe de tête. Sa tenue de protection blanche le faisait ressembler à un bonhomme Michelin très dégonflé, mais son visage aux traits fins était empreint de gravité. Je le saluai en retour.

— Qu'est-ce que cela donne, Charlie ?

Une autre particularité de La Fouine : il ne répondait jamais directement aux questions. Son plaisir, c'était d'atermoyer, de nous obliger à quémander l'information, sans doute parce qu'il savait qu'une fois qu'on aurait notre réponse, on ne l'écouterait plus.

— Tu savais qu'Iglesias est le seul artiste au monde à avoir chanté en vingt langues, parmi lesquelles le mandarin, le bahasa et le tagalog ?

La Fouine retourna le morceau de miroir, et plissa les yeux en reniflant d'un air gourmand.

— C'est pour ça que tu l'écoutes ?

— Et qu'avant de se mettre à la musique, il était le gardien de but du Real Madrid Castilla ?

— Non, Charlie, je ne le savais pas, mais je suis ravi de l'apprendre. Et cet accident, alors ?

C'était comme s'il ne m'avait pas entendu.

— Le mec a aussi vendu trois cents millions d'albums dans le monde. Tu imagines ça ? Trois cents millions ?

À côté de moi, Helena poussa un soupir. Elle n'avait pas encore l'habitude. Je gardai le silence.

Satisfait par notre soumission, La Fouine reposa enfin le morceau de miroir et s'essuya les mains sur sa combinaison avant d'attraper une longue brosse en plumes de marabout, qu'il utilisait pour relever les empreintes.

— Vous voyez ce crochet ?

Il pointa avec son plumeau un petit crochet en métal gris au-dessus du lit.

— Ça n'a l'air de rien, et pourtant, ça vous retient une glace de cette taille sans problème. Sauf que là, quelqu'un l'a scié. Avec une scie à métaux.

Ses yeux s'étrécirent encore.

— Alors, mes petits, ce n'était pas un accident. C'était une tentative de meurtre.

Il ne servait à rien de demander à La Fouine s'il en était certain. Évidemment qu'il l'était.

— Merci, Charlie. Des empreintes ?

— Non.

Il monta le volume de la musique d'un cran, et je dus faire un effort pour l'entendre.

— Celui ou celle qui a fait cela portait des gants. En caoutchouc, du genre qu'on met pour faire la vaisselle. Un tout petit bout est resté accroché.

Je repensai aux ongles roses de Laurel, aux longs doigts fins de Sam. Il y avait des gants en caoutchouc vert dans la cuisine, posés à côté de l'évier, mais cela ne prouvait rien et ne m'avançait pas à grand-chose.

— Entendu. Quoi d'autre ?

— Mis à part l'évident ? Personne n'aurait pu savoir exactement à quel moment cette fichue glace allait tomber. La victime aurait pu ne pas se trouver dans le lit du tout.

Il montra le petit cube blanc posé sur la table de chevet.

— Elle aurait pu mettre son réveil dix minutes plus tôt, et la glace serait tombée pendant qu'elle se trouvait dans la salle de bains. Cela lui aurait fait une belle frayeur, mais c'est tout.

La Fouine renifla, l'air résigné.

— Si tu veux mon avis, mec, c'est le karma.

Je sortis un calepin et un crayon de ma poche, et esquissai le dessin de la scène de crime, marquant d'une croix l'endroit où la victime avait dû se trouver au moment où le miroir s'était abattu sur elle. Pendant que je dessinais, La Fouine avait repris sa progression en spirale, le nez frémissant à la recherche d'indices, et le corps ondulant en rythme avec la musique. J'espérais qu'à l'étage du dessous, les filles ne l'entendaient pas.

— Tu penses pouvoir finir ici vers quelle heure, Charlie ? s'enquit Helena d'une voix qu'elle espérait rendre assurée, sans totalement y parvenir.

Il haussa les épaules pour toute réponse. Je dis à Helena :

— Nous n'allons pas attendre. Charlie est un artiste ; il a besoin de temps.

Après avoir rangé le dessin dans ma poche, je pris quelques photos de la chambre avec mon téléphone. Puis je me tournai en direction du couloir, prêt à partir.

— À plus tard, Charlie.

— Attendez. Ce n'est pas tout.

La Fouine brandit un sac plastique à indices, un peu comme un prestidigitateur sortant un lapin de son chapeau.

— J'ai trouvé ça. C'était à côté du réveil.

« Ça », c'était une feuille de lourd papier crème à en-tête d'un *palazzo* vénitien, le *Gritty*. Dessus, quelqu'un avait écrit à l'encre bleue : *De toutes les vengeances qui peuvent atteindre le coupable, il n'en est pas qui égale son crime.*

— C'est de qui, à votre avis ?

Je sortis de nouveau mon téléphone, et photographiai la note. Puis je dis :

— La cheffe m'en a déjà parlé, elle a demandé si j'aimais Shakespeare. Elle doit connaître ses classiques sur le bout des doigts.

La Fouine fit une grimace dégoûtée.

— Si tu veux mon avis, c'est pour ça qu'elle est cheffe. Et c'est pour ça aussi que toi et moi, nous n'y arriverons jamais. Mais OK. Chacun à sa place, hein ? À propos, j'ai le stylo, un simple Bic. Je vais prélever les empreintes de la victime et de tous les habitants de la maison, pour comparer, je vous tiens au courant.

— Merci, Charlie. Tu penseras aussi à saisir les poubelles pour analyser leur contenu ?

Pour toute réponse, il poussa le son de son iPod au maximum et nous tourna le dos.

— À ton avis, lançai-je à Helena quand nous sortîmes sur le palier, cela signifie quoi, cette citation ? Elle – si c'est bien la victime qui l'a écrite – n'a pas pu le faire après avoir été blessée. Elle l'a donc écrite avant.

Helena leva le nez de son téléphone.

— Probable.

— Mais pour dire quoi ? Est-ce qu'elle savait que quelqu'un allait la punir pour un crime ?

— Ou sinon, c'est elle qui prévoyait de punir quelqu'un. Tu as raison, en tout cas, c'est bien du Shakespeare. Du *Roi Lear*, plus précisément.

— Alors, toi aussi, tu connais tes classiques. Comme la *big boss*.

— Non, me sourit Helena, je sais juste me servir de mon téléphone. Acte II, scène I. Régane s'adresse à Gloucester. Non pas que cela nous apprenne quoi que ce soit.

Je pensai à l'article de *Vanity Fair*.

— Si. Le fiancé de Charity est un spécialiste mondialement connu du *Roi Lear*. Et Charity Quinn – si c'est bien elle – a écrit cette citation sur le bloc-notes d'un palais vénitien. Je serais prêt à parier qu'elle s'y est rendue avec lui.

— Donc cette citation aurait un lien avec Timothy Reed ?

Helena ne semblait pas convaincue.

— Et maintenant, que fait-on ? Direction l'hôpital ?

Helena ne tenait pas en place, je le voyais. Je réfléchis à la suite des opérations. Une tentative de meurtre sur une personne publique ayant reçu des menaces : si ces lettres anonymes avaient été conservées, il fallait lancer des analyses d'empreintes digitales et des examens graphologiques sur les courriers, prélever l'ADN sur les timbres, chercher les noms de ceux qui s'étaient publiquement émus du procès Malcolm Davis. Prévenir le service presse de la police, demander que l'on mette en place une surveillance rapprochée auprès de la blessée.

Et en même temps… on n'avait pas tiré sur Charity Quinn en pleine rue, on ne l'avait pas renversée sur un passage piéton. Le *modus operandi* ne collait pas.

— Laisse-moi passer un coup de fil.

Le numéro de l'hôpital Medstar Georgetown était enregistré dans mes contacts. Je me présentai, on me passa le service concerné sans me faire attendre. L'aide-soignante avait la voix enjouée et un accent haïtien à couper au couteau. Elle me confirma qu'ils avaient bien reçu et soigné Mme Charity Quinn, que l'état de la patiente était stable et que le pronostic vital n'était pas engagé, malgré ses très nombreuses blessures. Apparemment, Charity Quinn avait eu de la chance dans son malheur : en tombant, la glace aurait pu lui sectionner la carotide ou lui provoquer un traumatisme crânien ; elle n'avait causé que des dégâts esthétiques.

— En revanche, précisa l'aide-soignante, Mme Quinn, bien que réveillée, ne parle pas. Pas un mot. Et les médecins ont beau en chercher la cause, neurologique ou physique, pour l'instant, ils n'en trouvent aucune. Conséquence du choc, sans doute.

— Merci. On arrive.

Je me tournai vers Helena.

— J'aurais aimé parler à l'homme à tout faire. Il avait autant de possibilités que les filles Quinn de scier ce crochet, et sans doute plus de compétences en la matière. Mais ça va attendre. On doit passer au quartier général, débriefer la *boss*, trouver ce que l'on peut sur le procès Davis. Ensuite, on ira à l'hôpital. Avec un peu de chance, la victime sera suffisamment remise de ses émotions pour nous parler.

Dehors, il bruinait. Les deux petites vieilles et le paparazzi étaient partis. La rue déserte ressemblait à un décor de cinéma qui ne devait plus servir. Le mois de décembre, cette année-là, faisait le désespoir de tous : pas un flocon de neige, pas un rayon de soleil, juste une pluie persistante, et des températures qui frôlaient le zéro, sans jamais se décider à devenir hivernales. Je descendis les marches, puis me tournai de nouveau vers la demeure. Gorgée d'humidité, la couronne de Noël aussi faisait triste mine.

Je quittai cette maison avec plus de questions que de réponses, et je savais que j'allais devoir revenir, très vite. Une chose était claire : premier sur les lieux ou pas, dans le cas présent, cela ne faisait aucune différence. J'avais eu peur, avant de venir, que la perception de l'accident par les témoins ne fût brouillée par l'émotion, mais il n'y avait pas d'émotion, ici. Un peu d'excitation seulement.

Je repensai aussi à la fin de l'article de *Vanity Fair*. Les contes de fées, je n'y croyais pas tellement, encore moins qu'aux histoires d'amour. Pour ce que j'en savais, les deux avaient tendance à mal se terminer. Quant aux citations de Shakespeare, j'en voyais une plus appropriée à la circonstance : *Puisque vous savez que vous ne pouvez pas vous voir vous-même aussi bien que par la réflexion, moi, votre miroir, je vous découvrirai modestement les parties de vous-même que vous ne connaissez pas encore.*

Toute la question était de savoir si j'étais le seul à y avoir pensé.

6.

— Dans mon bureau, vite.

À peine arrivés au quartier général de la police criminelle, un long bâtiment gris de style bunker soviétique situé sur Indiana Avenue, dans les quartiers nord de Washington, Helena et moi avions été alpagués par notre redoutable cheffe. Brushing platine, profil de bouledogue furieux, la capitaine Hannah Newsham n'attendit pas de fermer la porte de son bureau avant de lancer l'offensive.

— J'ai d'autres enquêtes sur le feu. Alors ?

La pièce sentait la cigarette, ce qui était curieux car personne n'avait jamais vu la capitaine Newsham fumer. Son bureau était net, impersonnel. Pas de photos, pas de gadgets, ni de plantes vertes sur le rebord de la fenêtre. Même la table de travail n'était pas encombrée : un ordinateur portable, un stylo et un bloc de papier ouvert sur une page vierge.

— Charlie Weasel pense qu'il s'agit d'une tentative de meurtre.

Le visage de la capitaine s'assombrit, accusant tout d'un coup son âge, proche de la retraite.

— C'est bien notre veine.

Elle se laissa choir dans son fauteuil et se massa les tempes.

— Vous ne le savez peut-être pas encore, mais une femme qui excelle dans une carrière aussi visible que celle d'avocate devient une propriété publique. Ce qui signifie que l'enquête sur cette tentative de meurtre sera publique également. Très publique.

Elle se tut, le regard perdu dans le vague. J'eus le sentiment qu'elle ne parlait pas seulement de la victime. La capitaine aussi était une femme qui excellait dans un métier d'homme. Chacun de ses faits et gestes était scruté, passé au crible. Elle ne pouvait pas se permettre la moindre erreur ; en cas d'échec, on la jugerait très sévèrement.

— Et je n'ai que vous deux à mettre sur cette affaire. Quoique. Attendez.

Elle rouvrit la porte, et appela :

— Donaldson !

Je croisai le regard d'Helena, et me forçai à ravaler mes protestations. Avec un peu de chance, l'inspecteur Pete Donaldson serait trop occupé pour nous tenir la main et se contenterait de pointer de temps à autre mes erreurs en gardant son air suffisant. Je n'avais encore jamais travaillé avec lui, et je n'étais pas pressé de commencer. Il était de ceux qui me faisaient douter de ma vocation.

Intégrer la brigade criminelle avait été mon rêve le plus cher, d'aussi loin que je me souvienne. Jeune flic en uniforme, je dévorais des yeux les inspecteurs de la Crim' quand je les croisais sur le parking. J'admirais leur élégance nonchalante, leur décontraction blasée, je tentais de deviner le sens caché des bribes de conversations entendues au détour d'un couloir. J'apprenais leur jargon : *pattern, barrette, BMU.* Je m'imaginais le bonheur que ce serait de devenir l'un des leurs. Un bonheur qui fut de courte durée. Car, lorsque'enfin je pus intégrer la brigade, un tout autre monde m'attendait. Avec sa gueule de vieux beau – mâchoire carrée un peu empâtée, mèche blonde, peau dorée aux UV – et son air suffisant, Pete Donaldson en était le spécimen le plus caractéristique. La plupart du temps, il faisait de son mieux pour ignorer mon existence. Cela m'allait très bien.

— Asseyez-vous donc, Pete.

Donaldson nous adressa un large sourire carnassier et se vautra sur la chaise visiteurs. Penché en arrière, les mains enlacées derrière la nuque, il s'attendait manifestement à une longue et agréable discussion. La cheffe reprit sa place derrière le bureau. Helena et moi restâmes debout.

— Nous avons maintenant la certitude, annonça la capitaine d'une voix aux accents de maîtresse d'école, que ce qui est arrivé à Me Quinn n'était pas un accident. Vous imaginez aisément les implications.

Donaldson hocha la tête en souriant et déclara d'une voix grave :

— Une défenderesse des libertés publiques, une avocate bien en vue. Avec l'affaire Davis qui agite l'opinion, un attentat à la vie de Me Quinn fera parler de lui, c'est sûr. – Il s'étira, faisant craquer ses articulations. – En même temps… quelle drôle d'histoire. L'œuvre d'un illuminé, sans doute. Peut-être même d'un malade mental.

Hannah Newsham feuilleta le bloc-notes à spirale posé sur son bureau.

— Nous devons évidemment montrer que nous avons mis nos meilleurs éléments sur cette affaire.

Un nouveau sourire de Donaldson. Son dentiste pouvait être fier de son travail.

— Je sais que vous êtes très occupé, Pete, néanmoins je voudrais que vous preniez la tête des opérations. Dans la mesure du possible. Ethan et Helena pourraient faire le travail de base, mais je compte sur vous pour définir les axes d'action, pour débriefer le service presse, aussi.

Donaldson me coula un regard en biais.

— Il se trouve que je me suis déjà un peu renseigné. Pour moi, l'axe principal de l'enquête, ce sont les menaces de mort proférées contre Charity Quinn. C'est une évidence. Et donc, il faut se pencher sur le cas Davis, déterminer qui fait partie des groupes de pression, qui est personnellement impliqué dans l'affaire. Je m'en occupe. Quant à vous deux, concentrez-vous sur la famille. Il faut occuper le terrain, montrer qu'on est présents, qu'on ne compte pas nos heures.

Il m'observait, ses petits yeux plissés dans un effort de concentration mais son front toujours aussi lisse. Des mauvaises langues prétendaient qu'il se faisait injecter du Botox.

— Est-ce que ça vous paraît clair ?

Comme si nous étions deux crétins, tout juste bons pour faire du café et des photocopies.

— Très clair.

— Alors, on y va.

Donaldson se leva en prenant son temps.

Nous le suivîmes dans son bureau, où des piles de vieux dossiers s'entassaient à même le sol.

— Voici.

Il tendit à Helena la photocopie d'un article de journal.

— Lisez déjà ça, cela vous permettra d'avoir un bon aperçu des enjeux du procès Davis. Et n'oubliez pas, j'attends votre rapport ce soir, par e-mail.

Il fit un clin d'œil à Helena.

— Je ne sais pas si vous vous rendez compte de la chance que vous avez de travailler avec moi. J'aime bien former des petits jeunes.

Dans la voiture, Helena se remit à la place du conducteur.

— C'est exprès que tu ne lui as pas parlé de la citation trouvée près du corps ?

Je fis une boule de l'article de journal que Donaldson nous avait passé, la projetant par la fenêtre ouverte vers la poubelle la plus proche. La boule rebondit sur le bord métallique, et retomba à côté.

— Il ne nous a pas posé la question.

Excuse lamentable, nous le savions tous les deux. Puis, je citai, de mémoire :

— « Le samedi 10 mars 2018, Malcolm Davis, cinquante-deux ans, veilleur de nuit à l'université de Georgetown, atteint du trouble de déficit de l'attention avec hyperactivité, a étouffé ses deux parents octogénaires dans leur sommeil. Son père, d'abord, puis sa mère. Il s'est servi d'un oreiller en plumes, qu'il a présenté aux forces de l'ordre qu'il avait lui-même fait venir sur les lieux. C'est la police d'Alexandria qui s'est occupée de l'affaire.

« Malcolm Davis a été amené au poste et interrogé. Il n'a pas nié être l'auteur du double meurtre. Selon lui, il n'avait pas d'autre solution : son père était atteint d'un cancer incurable, sa mère de la maladie d'Alzheimer. Ils venaient de perdre leurs droits au Medicare, n'avaient pas d'argent pour se soigner. Il a cherché à abréger leurs souffrances. On lui a d'abord assigné un avocat commis d'office, mais au mois de septembre, Charity Quinn a annoncé qu'elle allait dorénavant assurer sa défense. »

Je me tournai vers Helena.

— Sérieusement, Donaldson nous prend pour qui ? Il faut vivre sur une île déserte pour ne pas savoir de quoi il retourne. Ne pas lire la presse, ne pas allumer la télé ou la radio, ne pas écouter les conversations dans les files d'attente des supermarchés. Ce Pete « gros connard » Donaldson nous sort un article pourri rabâchant des lieux communs, et il appelle cela « faire des recherches » ? Quel couillon !

Ma coéquipière me contemplait, la tête penchée sur le côté, une lueur amusée dans son regard vert.

— Ne fais pas attention à lui. Il a peur de la concurrence.

Soudain honteux d'avoir perdu mon sang-froid, je pris une grande inspiration pour me calmer. Cette enquête allait être encore plus difficile que je ne l'avais imaginé.

7.

Au cours de mes années de flic en uniforme, j'avais eu l'occasion de bien connaître la route jusqu'au Medstar Georgetown. En partant du parking du quartier général de la police, prendre à gauche sur Indiana Avenue. Faire attention à ne pas écraser les touristes qui pullulent aux abords du National Mall, ce grand espace planté de pelouse qui va du Capitole à la stèle du mémorial Lincoln. Longer le Smithsonian à ma gauche, regretter de n'avoir jamais le temps d'y aller. Sourire à la vue des enfants qui, l'été, jouent sur la vaste étendue d'herbe de l'Ellipse et, l'hiver, admirent les décorations du gigantesque sapin de Noël, une tradition datant du début du siècle dernier. Hausser les sourcils à la vue des badauds pressés devant la grille de la Maison-Blanche. Se demander ce qui m'empêchait de voyager, m'imaginer un court instant sur une gondole à Venise, attablé dans un bistrot à Paris. Puis, laisser la verdure derrière moi, m'engager sur Whitehurst Freeway, une autoroute urbaine surélevée qu'on envisageait de démolir depuis les années 1970 sans jamais oser franchir le pas. Longer le Potomac sans vraiment le voir. Foxhall Road, la boule au ventre, en pensant à la douleur humaine qui m'attendait à l'hôpital. Reservoir Road. Répéter une dernière fois mon discours dans ma tête. Le monstre de brique rouge, l'entrée des urgences. Nous étions arrivés.

Charity Quinn avait eu droit à une chambre particulière, au sixième étage. Nous y arrivâmes en suivant un parcours fléché sous un ciel de tubes au néon. On nous informa à l'accueil que le médecin était avec elle, et qu'on devait en profiter pour lui poser nos questions avant qu'il ne commence la tournée de ses autres patients.

La première chose que je remarquai en rentrant dans la chambre fut les fleurs de lys. Au lieu d'un vase, on les avait mises dans une carafe en inox. Beaucoup trop petite pour le bouquet qu'elle contenait, elle menaçait de se renverser. Je m'approchai du lit. Comme je m'y attendais, Charity Quinn était branchée à une demi-douzaine d'appareils qui bourdonnaient comme des insectes. Des perfusions dans les bras, des électrodes sur la poitrine – rien que du très habituel. Ce ne fut pas cela qui me prit de court, qui me coupa le souffle : ce fut son visage.

Cette femme ressemblait à un tableau de Picasso, dans sa période surréaliste, il n'y avait pas d'autre façon de la décrire. Charity Quinn était fragmentée. Sa bouche, ses yeux, son nez : tout son visage était coupé d'épaisses lignes sanguinolentes, et plus rien n'était à sa place. Son apparence était si saisissante que je ne remarquai pas de prime abord le médecin debout au pied du lit. Il vint vers nous, me tendit la main, que je serrai mécaniquement, mon regard toujours rivé sur le visage de Charity. Ses yeux étaient ouverts, fixés sur un point devant elle, sa respiration était calme.

Le docteur suivit la direction de mon regard.

— Mme Quinn ne dort pas, mais elle a choisi de ne pas répondre aux sollicitations. Vous pouvez parler.

— Pouvez-vous me faire d'abord un topo sur ses blessures ?

— Fracture mandibulaire de l'étage moyen, avec perte de substance, cinq fractures d'alvéoles dentaires, double fracture à l'arcade zygomatique. Nombreuses plaies ouvertes. – Il consulta son carnet. – Soixante-quatre points de suture. Œdèmes, mais pas d'hémorragie interne notable, elle a eu de la chance, on a pu lui éviter une intubation endotrachéale. On lui a également fait une radio et un dentascanner en coupes fines, aux plans axial et coronal. Honnêtement, au vu de ce qui lui est tombé dessus, elle s'en tire plutôt bien.

— Et le traitement ?

Il haussa les épaules.

— Je ne suis pas chirurgien du visage. Mais je comprends qu'on doit attendre que l'œdème dégonfle avant de lui poser une fixation intermaxillaire, soit fermée, soit ouverte rigide. En attendant, on la traite par antibiotiques en intraveineuse.

— Est-ce qu'elle souffre ?

Le médecin secoua la tête. Il avait un visage poupin qui jurait avec sa calvitie précoce et sa façon de s'exprimer, calme et pondérée. Son badge, accroché de guingois, l'identifiait comme le Dr M. Smith.

— Non, je ne crois pas. Elle est sous morphine. Tout au plus peut-elle ressentir une certaine gêne, un inconfort passager.

Je scrutai le visage blême de Charity, ses lèvres serrées au point de devenir exsangues. En face de moi, Helena leva un sourcil. Je comprenais exactement ce qu'elle pensait : dans le langage médical, un inconfort passager décrivait une souffrance que l'on ne ressentait pas soi-même.

Comme en réponse à une accusation non exprimée, le docteur croisa les bras sur sa poitrine.

— Écoutez, je sais que ça peut impressionner, de la voir recousue comme ça, mais c'est un travail fait en urgence. Nous avons déjà pris rendez-vous avec un chirurgien esthétique qui connaît bien la famille, il arrive de Los Angeles après-demain pour faire le point sur la situation et établir le protocole d'une chirurgie réparatrice.

— Et elle n'a toujours pas dit un mot ? Il pourrait y avoir une raison médicale à cela ?

— Je n'en vois aucune. La langue n'est pas coupée, les nerfs alvéolaire et mentonnier non plus, les principaux muscles de la mâchoire fonctionnent. Le scanner du cerveau est très rassurant. Peut-être n'a-t-elle pas envie de nous parler, c'est tout.

Il fit un pas vers la porte.

— Je vous autorise dix minutes. Ensuite, il faudra la laisser se reposer.

— Entendu.

Je pris une chaise et je m'installai près du lit de la blessée. Helena fit de même. Nous attendîmes sans bouger, guettant un signe, une réaction à notre arrivée. Au bout de plusieurs minutes, il n'y avait toujours rien. Pas un mot, pas un regard, pas un geste. Pourtant, je sentais que ce silence n'était pas une marque du néant, ce silence n'était pas vide.

Après m'avoir interrogée du regard, Helena se lança la première. Sa voix était douce.

— Madame Quinn, je suis l'inspectrice Helena Edwards et voici mon collègue Ethan Morrow. Nous sommes de la police. Vous avez été victime d'un terrible accident, et parce que vous avez reçu des menaces, nous devons en parler avec vous. M'entendez-vous ?

Pas de réponse. Les yeux gris acier de Charity Quinn fixaient toujours un point sur le mur devant elle.

— Si cela vous fait mal de parler, dit Helena, pouvez-vous cligner des yeux ?

Pas de réponse. Regard fixe.

— Madame Quinn… nous voulons vous aider. Si je vous donnais un stylo, seriez-vous en mesure d'écrire ?

Silence.

— Écoutez… on a retrouvé une citation sur votre table de chevet, du Shakespeare. *Le Roi Lear. De toutes les vengeances qui peuvent atteindre le coupable, il n'en est pas qui égale son crime.* Est-ce vous qui avez écrit cela ?

Pas de réponse, mais une larme roula sur la peau recousue. L'odeur des lys, entêtante, me donnait mal à la tête. Je me demandais ce qu'une telle attitude signifiait. On peut mentir avec des paroles, mais aussi avec des silences. Il me semblait que c'était le cas ici.

De l'autre côté du lit, Helena me dévisageait, désemparée. Une porte qui s'ouvrit dans mon dos m'évita de lui répondre. Le Dr Smith s'en chargea.

— Les visites sont terminées. Revenez demain, elle ira sans doute mieux.

Je n'en étais pas si sûr…

8.

Il était midi. Pourtant, ni Helena ni moi n'avions faim. Après avoir donné des consignes strictes à l'infirmière en charge de Charity Quinn – n'autoriser aucun visiteur extérieur à la famille, nous prévenir dès que la victime se déciderait à parler ou si son état de santé s'aggravait –, nous étions remontés en voiture et avions pris le chemin du bureau de Charity. Sa collaboratrice, Dorothy Prendergast, nous y attendait. En route, je passai un coup de fil à Charlie. Il décrocha tout de suite, à croire qu'il attendait mon appel. Cette fois, il écoutait Chris de Burgh, *Lady in Red*. À côté de moi, Helena secoua la tête en levant les yeux au ciel. Je réprimai un sourire.

— Dis-moi que tu as quelque chose pour nous, Charlie. As-tu trouvé qui a écrit cette citation ?

Il gloussa.

— Tu sais qu'elle commence à me plaire, cette enquête, elle a un côté poétique qu'on voit rarement, cela me change des junkies et des dealers. C'est elle qui l'a écrite, sans aucun doute. La victime. J'ai comparé les empreintes sur le stylo à celles sur sa brosse à cheveux. Et l'écriture, à en juger par une liste de courses trouvée dans la cuisine, est la même.

— Autre chose ?

— Non, dit-il à regret. Mais je vais étudier les accès à la maison et l'alarme, voir si on a pu s'introduire de l'extérieur. À plus.

Il raccrocha.

Une petite dame choucroutée à l'ancienne, aux pâles yeux de myope, vint nous accueillir à la porte d'un bureau situé au rez-de-chaussée d'un immeuble cossu, non loin de Dumbarton Oaks. Dorothy Prendergast se présenta comme la collaboratrice de Charity, son amie et sa confidente. Le visage noyé de larmes, elle se tordait les mains telle l'héroïne d'un mélodrame victorien.

— Entrez, entrez. C'est terrible, cette histoire, absolument terrible. Comme une colère divine.

Je la fixai sans comprendre.

— Pourquoi est-ce que les dieux souhaiteraient punir Charity Quinn ?

La femme me dévisagea, la bouche légèrement entrouverte. Derrière elle, sur un mur peint en gris perle, des portraits anciens nous observaient d'un air grave.

— C'est juste une expression. Mettez-vous à l'aise. Ici, par exemple.

Elle nous précéda dans un grand bureau aux murs lambrissés de panneaux de bois.

— Puis-je vous proposer du thé, du café ? La secrétaire s'est absentée pour déjeuner, mais je sais me servir de la cafetière, alors...

— C'est vous qui avez apporté les lys, dit Helena en souriant.

Helena avait un beau sourire, qui prenait naissance au fond de ses iris avant de gagner ses lèvres. Elle tendit la main vers l'épaule de la femme.

— Vous avez des traces de pistils sur votre cardigan. Merci pour le café, ce sera avec plaisir.

Dorothy Prendergast s'éclipsa, nous laissant seuls. Elle était la première personne que je voyais bouleversée par le sort de la victime, et cela ajouta à mon malaise. Je m'avançai dans la pièce, survolant du regard le bureau en chêne sculpté derrière lequel attendait un fauteuil ergonomique en cuir noir, l'énorme bibliothèque en acajou occupant tout un pan de mur. Des ouvrages de droit poussiéreux s'alignaient derrière ses belles vitrines. Aucune surprise ici, rien que de l'attendu. C'était le bureau d'une femme qui avait réussi.

Devant la fenêtre à meneaux donnant sur un petit jardin dénudé par l'hiver, il y avait une table ronde entourée de quatre chaises au dossier galbé. J'attendis qu'Helena vienne me rejoindre pour attirer son attention sur le cliché accroché au mur entre les deux fenêtres. La photo, qui aurait bien eu besoin d'un coup de chiffon à poussière, représentait la propriétaire des lieux. Tailleur strict et visage compassé, elle serrait la main de Barack Obama.

— Je parie que ton père en a une pareille.

Helena haussa les épaules.

— Je ne sais pas. Peut-être. Il ne les affiche pas sur les murs de son bureau, en tout cas.

— Qu'est-ce qu'il affiche, alors ? Son diplôme d'Harvard ? La photo de la maison de vacances de Martha's Vineyard ?

— La photo du chien, dit Helena. Il y a aussi la photo de maman, et celle de mon frère. Il y a eu la mienne, aussi, mais c'était avant que j'arrête le droit pour devenir flic.

Helena prononça ces mots sans rancune, une simple constatation. Je voulus lui demander pourquoi elle avait fait cela, comment une fille qui avait des diplômes et des relations suffisantes pour se la couler douce dans un bureau en tout point semblable à celui dans lequel nous nous trouvions maintenant abandonnait tout pour rentrer dans la police, mais je n'en eus pas le temps. Dorothy revenait, les bras chargés d'un plateau. Elle le posa sur la table et s'installa près de nous.

— Si la police criminelle vient me voir, j'imagine que cela signifie que, pour vous, ce n'est pas un accident ? Avez-vous des pistes ?

Je lui souris.

— Pas encore. Nous ne sommes sûrs de rien, à ce stade. À votre avis, qui aurait pu vouloir attenter à la vie de Me Quinn ?

Dorothy fit une moue.

— Cela pourrait être lié au procès Davis, dit-elle d'une voix hésitante. Vous voudrez sans doute voir les lettres de menaces ?

J'avalai une gorgée de café brûlant.

— Vous êtes donc au courant.

— Que Charity avait été menacée ? Oui, évidemment, elle ne me cache rien. Cela a commencé dès qu'elle a annoncé qu'elle allait défendre Malcolm Davis. Des coups de fil, des lettres anonymes, même un petit cercueil en carton que quelqu'un a fait livrer ici. Et je sais qu'elle en recevait aussi à la maison. J'ai tout pris en note, les dates des appels et des courriers, mais Charity a refusé de faire un signalement à la police.

— Elle n'avait pas peur ?

Dorothy se pencha vers moi avec un petit air de conspiratrice. Une mèche s'était échappée du chignon ébouriffé au sommet de son crâne ; elle la fit glisser derrière son oreille.

— Charity pense que, quand quelque chose vous fait peur, il faut le faire quand même. Que c'est vital de ne pas céder à la panique. Elle est comme ça, elle ne recule devant rien. Elle voulait brûler les lettres de menaces, j'ai eu un mal fou à la convaincre de les garder.

— Vous les avez ici ?

Dorothy se leva, trottina jusqu'au bureau de Charity et en sortit un classeur en cuir marron.

— Je comprends que vous ayez besoin de les emporter. Voulez-vous cependant y jeter un coup d'œil pendant que vous terminez votre café ? Je serai dans la pièce à côté, si jamais vous avez besoin de moi.

Elle se tournait pour partir, quand Helena l'arrêta.

— Et vous, madame Prendergast, que pensez-vous du cas Davis ?

La femme cligna des yeux, apparemment surprise qu'on lui demande son avis.

— On n'a pas besoin d'être d'accord avec quelqu'un pour chercher à ce que cette personne obtienne justice, déclara-t-elle enfin d'une voix sentencieuse.

J'étais prêt à parier que la pauvre Dorothy avait emprunté cette phrase à sa redoutable patronne.

— Merci, madame Prendergast.

Dorothy regarda Helena, s'attendant sans doute à une autre question, qui ne vint pas. Elle esquissa un petit sourire gêné et quitta la pièce.

9.

À l'intérieur du classeur, les lettres étaient rangées par ordre de réception. La première datait de septembre, et avait été reçue trois jours seulement après l'annonce que Me Quinn allait représenter M. Davis. Celui ou celle qui avait envoyé la lettre – signée *Chrétien pentecôtiste* – n'avait pas perdu de temps.

Certaines étaient manuscrites, d'autres tapées à l'ordinateur. La prose fleurie, voire tarabiscotée, côtoyait des phrases du type sujet-verbe-complément, l'orthographe impeccable faisait face au langage SMS.

Le contenu variait également : il allait des menaces voilées aux injures les plus grossières.

On évoquait le mauvais exemple que cette défense représentait pour les filles de Charity. On promettait à l'avocate une faillite professionnelle et le feu de la géhenne. On faisait appel à son bon cœur, et, on lui prédisait que sa conscience ne la laisserait jamais tranquille. Qu'elle irait en enfer. Ou qu'elle finirait comme les parents Davis, assassinés dans leur sommeil.

— Celle-là d'abord, dis-je à Helena en glissant la feuille de papier vers elle.

La lettre, signée *Mère de famille nombreuse et chrétienne,* avait été postée dans l'Iowa.

Helena fit la moue. Elle se voyait sans doute déjà faire du porte-à-porte dans le Midwest américain.

— Les mères de famille chrétiennes, ce n'est pas ça qui manque dans l'Iowa. On y passera des jours.

— Non. Donaldson y passera des jours. Il a dit qu'il prenait en charge ce volet de l'affaire.

— Je ne le vois vraiment pas faire ça. – Helena haussa les épaules. – Mais OK. On commencera par celle-ci.

Toutes les lettres n'étaient pas anonymes. Elles représentaient, en quelque sorte, le catalogue d'une Amérique traditionnelle et réactionnaire, au sein de laquelle toutes les couches sociales se rencontraient : la femme d'un sénateur républicain du Texas comme une employée des postes de Minneapolis, un illuminé de Floride et la pensionnaire d'un établissement catholique du Rhode Island.

— Et celle-là ?

Le doigt d'Helena s'arrêta sur la lettre d'un certain révérend Jackson, de Huntsville dans l'Alabama. Il prédisait que, si elle persistait à vouloir défendre ce criminel, jamais plus Charity Quinn ne pourrait se regarder dans la glace.

— Bien vu.

C'était la dernière lettre, reçue le jeudi de la semaine précédente, soit cinq jours avant le drame. Si le révérend Jackson avait quelque chose à voir dans l'accident de Me Quinn, il ne lui avait pas laissé le temps de s'amender.

Je refermai le classeur et me levai.

— Nous allons faire expertiser tout ce courrier, rechercher les expéditeurs, vérifier leurs alibis. Nous demanderons aussi du renfort pour travailler sur la liste des appels téléphoniques malveillants. On devrait pouvoir les tracer, à moins qu'ils aient été passés depuis des portables prépayés. Mais avant de partir, je voudrais revoir Mme Prendergast. J'ai quelques questions à lui poser.

À peine fis-je un pas vers la porte que, telle une bonne fée, Dorothy Prendergast réapparaissait, les bras chargés d'un autre plateau. Cette fois, en plus d'une cafetière, s'y trouvaient un bol rempli de bonbons en chocolat et une assiette sur laquelle trônait un *carrot cake* coupé en tranches épaisses et recouvert d'une couche de glaçage au sucre.

— Je ne me refuse jamais une petite douceur, lança-t-elle en guise d'explication, et un jour comme aujourd'hui, je n'avais pas envie de manger seule. Servez-vous, je vous en prie.

Je pris une part du gâteau et fis un signe de tête en direction du classeur.

— Nous allons garder cela, faire expertiser ces lettres, retrouver ceux qui les ont envoyées. Maintenant, si nous pouvions vous poser quelques questions sur Me Quinn ? Comme nous, vous êtes allée la voir à l'hôpital, vous avez constaté qu'elle ne parle pas. Sa famille – ses filles, en l'espèce – n'est pas impartiale. Elles ignorent sans doute certains aspects de la vie de Me Quinn.

Dans mon expérience, c'était presque toujours le cas. Il était effarant de voir à quel point les ados et les jeunes adultes semblaient peu au courant de la vie et des préoccupations de leurs parents.

— Bien sûr, marmonna Dorothy, en croquant un bonbon. Posez-moi toutes les questions que vous voulez.

— Très bien. J'ai lu une interview de Me Quinn, dans *Vanity Fair*. L'article disait que votre patronne avait décidé de se retirer de la vie active pour se consacrer à sa famille, une fois le procès Davis terminé. Est-ce vrai ?

Dorothy déglutit et hocha la tête.

— Et vous, alors ? Qu'avez-vous prévu de faire ?

— J'ai de quoi vivre. Plus que ça, même. Charity a toujours été très juste et généreuse, je suis à l'abri du besoin. Croyez-moi, l'idée de ne plus avoir à travailler, d'avoir du temps pour soi – voilà qui change votre perception des choses. Je vais voyager, j'ai prévu de visiter Florence, d'aller au Rajasthan, dans le désert du

Haut-Atlas. Je n'ai jamais eu l'occasion de faire cela, vous savez ce que c'est, quand on travaille.

— Depuis combien de temps connaissez-vous Me Quinn ?

— Vingt-cinq ans. Depuis ses débuts. En fait, nous étions collaboratrices ensemble, chez Baker and McKenzie, mais très vite, Charity a décidé de s'établir à son compte, de voler de ses propres ailes. Cette société, nous l'avons construite à deux, il y a de quoi être fière, non ?

— En effet. Je ne connais pas Me Quinn, bien entendu, mais j'ai pourtant le sentiment qu'elle a consacré sa vie à son travail et à ses enfants. Sa rencontre avec Timothy Reed, cette cour soudaine, ce mariage précipité : cela a dû être complètement inattendu, pour tout le monde. Vous en pensez quoi, vous ?

— Ah…

Le regard de Dorothy se voila.

— Vous savez, Charity n'a pas d'autre amie, je suis la seule dont elle est proche. La première à qui elle a révélé cette histoire invraisemblable, avant même de l'annoncer à ses filles. Charity était aveuglée par l'amour, comme peut l'être une femme de cinquante ans qui a longtemps vécu seule.

— Je vois, dis-je, même si je ne voyais rien du tout.

— Au début, je dois vous l'avouer, j'ai eu des doutes. Je lui ai dit que tout était allé trop vite, qu'elle ne connaissait pas vraiment Timothy, qu'elle devrait prendre le temps d'y réfléchir. Qu'elle devrait aussi se poser la question de ce qu'un homme comme lui, beau, riche et cultivé, qui aurait pu avoir une petite jeune de trente ans, faisait avec elle. Évidemment, elle ne m'a pas écoutée.

Je faillis encore dire *je vois*, me retins au dernier instant.

Dorothy fit une moue.

— Vous savez ce qu'elle m'a répondu, après avoir écouté mes mises en garde ?

— Non.

— « L'amour est toujours une possibilité. » Que dites-vous de cela ?

J'hésitai entre un *oh !* et un claquement de langue compréhensif, mais Dorothy n'attendait pas vraiment de réponse.

— Vous savez, je ne voulais pas le faire, d'abord, mais je vais vous donner quelque chose. Puisque Charity ne parle pas. Je ne l'ai pas lu, bien entendu, je ne me le permettrais pas, mais vous, c'est différent. Je suis sûre que cela vous sera bien utile. Et après, vous me le rapporterez, ni vu ni connu. Comme ça, quand elle sortira de l'hôpital, elle ne se doutera de rien.

Dorothy balaya d'un revers de la main les miettes de gâteau qui parsemaient sa jupe, se leva et se dirigea de nouveau vers le bureau de Charity. Cette fois, elle en sortit un petit cahier recouvert de cuir noir. Elle revint vers la table et se posta devant moi, les joues rosies par l'excitation.

— Promettez-moi que Charity n'en saura jamais rien.

Les mains potelées de Dorothy agrippaient fermement le cahier. Si je refusais, elle irait le reposer dans le tiroir du bureau, et se fermerait comme une huître. Se rendait-elle compte dans quelle situation elle nous mettait ? Nous ne pourrions jamais verser cette pièce au dossier d'instruction ou l'utiliser au tribunal. Mais quel choix avais-je ? Comment faire parler une victime qui refuse de se dévoiler ? Je poussai un soupir.

— Je vous le promets.

— C'est son journal. Charity a commencé à le tenir il y a quelque temps. Depuis qu'elle a rencontré Timothy, en fait. Elle m'a dit un jour que c'est la raison pour laquelle chaque nouvelle entrée y est précédée d'une citation de Shakespeare.

10.

Extrait du journal intime de Charity Quinn

Ce sont les étoiles, les étoiles tout là-haut qui gouvernent notre existence.
Le Roi Lear

Quelle idée saugrenue pour une femme adulte que de tenir un journal ! Longtemps, j'ai hésité. Noter ses pensées intimes dans un cahier me paraissait être l'apanage de très jeunes filles : une couverture rose constellée d'étoiles dorées, des niaiseries écrites à l'encre violette, des petits cœurs. Ridicule. Je ne suis plus une jeune fille depuis longtemps, et je n'ai jamais aimé les paillettes.

Et puis, que pouvais-je écrire d'intéressant ? Rien, sans doute. Ma vie est d'une platitude sans nom, mes faits et gestes n'ont rien de fascinant, mes pensées non plus. Je me lève le matin, je prends un petit déjeuner (diététique, j'ai quelques rondeurs, et pas là où il faut), je vais à mon travail. Après le déjeuner (la plupart du temps seule, une salade à mon bureau), je travaille encore, et ainsi jusqu'au soir. Je me couche tôt. Je sors rarement.

Je n'allais quand même pas noter le menu du dernier dîner auquel j'avais assisté, ni le temps qu'il faisait.

Pourtant, un jour, je me suis dit : tant pis si c'est prétentieux de tenir un journal. Tant pis si cela n'intéresse personne. Ce n'est pas pour les autres que j'écris, c'est pour moi. Car je suis incapable de tirer des leçons d'une expérience tant que je ne l'ai pas mise en mots.

Ainsi, plus le temps passe, plus je regrette de ne pas être croyante. Pas à cause des rites, non – dans la vie d'une avocate et d'une mère de famille, les rituels ne manquent pas. Si je regrette de ne pas croire en Dieu, c'est à cause de la profondeur que la religion semble donner à la vie de ceux qui la pratiquent. Je me suis donc dit qu'à défaut d'avoir un sens à ma vie, j'aurais une trame.

Ce journal en est une.

L'autre chose que les croyants ont l'air d'avoir en abondance, ce sont des repères. Fais ci, ne fais pas ça, péchés mortels et véniels : on sait toujours où l'on se trouve. J'ai même essayé, pour la première fois en vingt-cinq ans, d'aller à la messe, en espérant être touchée par la grâce divine. Peine perdue, j'ai détesté. Le curé ânonnait, cela m'a fait penser au vieux juge Talbot, je n'ai pu réprimer un fou rire et j'ai dû quitter l'église sous le regard courroucé des paroissiens cacochymes.

Dont acte.

Puisque mon esprit critique s'oppose aux repères spirituels, et que le monde divin me semble définitivement étranger, j'ai décidé de commencer mon journal comme je commence mes journées : par une balade à travers ma ville.

Et pourquoi pas ?

J'ai bien mérité d'être là, et cela n'a pas été facile tous les jours.

De chez moi, quatre minutes de marche suffisent pour atteindre Wisconsin Avenue, juste au niveau de *Martin's Tavern*. Ah, ce restaurant ! Un piège à touristes, bien sûr, mais quelle histoire ! Car c'est là qu'en 1953 le genou de John Fitzgerald Kennedy a touché le sol, c'est là qu'il a demandé sa Jackie en mariage. Et elle a dit oui !

Évidemment, je fais la blasée, je passe devant sans jeter un regard à la plaque commémorative qui marque le lieu, mais j'y pense, à chaque fois. J'aurais aimé être là. J'aurais aimé être Jackie.

En remontant Wisconsin Avenue – des trottoirs de brique rouge, des petits immeubles de deux étages… quand je pense que Timothy traverse cette même rue tous les jours pour aller à l'université ! –, je me dis que le temps passe trop vite. Car j'ai beau avoir cinquante-deux ans, à l'intérieur je me sens aussi jeune que tous ces étudiants qui, un café à la main, un casque sur les oreilles, se dépêchent d'aller en cours. Quelquefois, j'ai envie de leur crier : profitez-en ! Ne vous lancez pas dans le monde du travail trop vite ! Mais je divague.

À gauche, la façade pseudo-médiévale de l'église luthérienne. Je lui tourne le dos et bifurque à droite, vers Tudor Place et Montrose Park.

En tournant ensuite à gauche dans la 30e rue, j'arrive devant le petit hôtel particulier qui abrite le cabinet d'avocats Quinn & Associés. Un nom trompeur, puisque je suis la seule associée ; cela sonnait mieux, c'est tout. Donc, l'hôtel particulier, à un jet de pierre de la célèbre bibliothèque de Dumbarton

Oaks. Nous avons eu de grands débats, Dorothy et moi, avant de décider où installer nos bureaux. Elle défendait l'idée d'un lieu moderne, fonctionnel, qui disposerait d'un parking et où le chauffage ne coûterait pas une fortune. C'étaient tous de bons arguments, mais à la fin, c'est moi qui ai eu gain de cause.

Tout comme pour ma maison, je recherchais un lieu ancien, un lieu qui ait une âme, une histoire. Je recherchais une légitimité. J'ai donc jeté mon dévolu sur le rez-de-chaussée de ce petit hôtel particulier, et pas un instant dans les vingt ans qui ont suivi je n'ai regretté le loyer exorbitant ou les courants d'air. Je ne me lasse jamais de la vue de l'immeuble qui abrite mon bureau.

En arrivant à huit heures du matin – l'avenir appartient à ceux qui se lèvent tôt –, je sais que Dorothy m'y attend déjà. Cette chère Dorothy, ma seule amie, si fidèle, si touchante dans sa dévotion. Quand je pousse la porte, mon thé est déjà prêt, et elle est installée dans mon bureau, le plateau sur la table ronde devant la fenêtre, son calepin ouvert sur une page vierge, prête à noter mes instructions pour la journée.

Certains jours, savoir ma vie aussi bien organisée, aussi paisible, me rend heureuse.

À d'autres moments, sans que je sache pourquoi, j'étouffe, je donnerais tout pour un changement, n'importe lequel. J'ai envie de tout envoyer valdinguer, de sortir de ma zone de confort, de commencer à vivre, enfin.

Du moins, c'était comme cela que je me sentais avant de rencontrer Timothy.

11.

Il était six heures du soir, et dehors, le vent soufflait en rafales glaciales.

Après avoir quitté les bureaux de Quinn et de ses associés inexistants, Helena et moi revînmes au quartier général d'Indiana Avenue. Pendant notre absence, l'assistante de l'équipe s'était occupée de la logistique, et nous avions désormais une salle d'enquête complète à notre disposition, avec des tableaux magnétiques, une imprimante et une cafetière. Du grand luxe. La Fouine nous y attendait déjà. Son enthousiasme du début de l'après-midi était retombé, et il semblait souffrir d'un rhume carabiné. Les mains dans les poches de son sweatshirt, une mine de martyr, il commença son laïus sans attendre qu'Helena et moi ayons posé nos affaires.

— Alors, les accès au logement : j'ai vérifié rapidement portes et fenêtres, pas de signe d'effraction.

Il me jeta un regard de défi, comme si je m'apprêtais à le contredire. J'enlevai ma parka et la drapai sur le dossier d'une chaise.

— Tu veux un café, Charlie ? T'as l'air d'en avoir besoin.

Il renifla, roula les yeux, continua d'une voix monocorde :

— Bien sûr, maintenant qu'on sait qu'il s'agit d'une tentative de meurtre, l'équipe au complet est en train de ratisser la maison, mais entre vous et moi, ils ne trouveront rien de plus. Je sais de quoi je parle.

Il renifla encore.

— Me Quinn a de bonnes serrures et un système d'alarme au top – pas étonnant, vu son métier –, qu'elle branche dès qu'elle s'absente, même pour aller sur le trottoir d'en face. Du coup, j'ai appelé le centre de surveillance : pas de déclenchement d'alarme au cours des trois derniers mois, rien, *nada*.

Il nous dévisagea à tour de rôle, s'attendant manifestement à une réaction. Je gardai le silence.

— Vous ne pigez pas, là ? Il faut vous mâcher le travail et le recracher en toutes lettres ? Capitales, de préférence, avec sous-titrage sourds et malentendants ? C'est du travail de l'intérieur, là. Celui ou celle qui a scié ce fichu crochet, il avait la clé de la maison et le code de l'alarme, au minimum. Voire il habitait là. Y habite peut-être encore.

— Merci, Charlie, fit une voix que je ne connaissais que trop bien. Tu nous laisseras tirer nos propres conclusions, c'est pour ça qu'on nous paie.

Je me retournai. Pete Donaldson se tenait dans l'embrasure de la porte, un calepin à la main. Il le lança sur la table la plus proche, déclenchant une avalanche de feuilles qui cascadèrent jusqu'au sol. Ce n'était pas lui qui allait les ramasser ; au lieu de cela, il se percha sur le bureau, jambes bien écartées pour montrer qui était le maître à bord. Il chercha dans sa poche, en sortit un chewing-gum qu'il glissa dans sa bouche, et me fit un clin d'œil, avant de se tourner de nouveau vers le technicien.

— Tu peux y aller, Charlie, tu as fait du bon boulot, mais maintenant, les choses sérieuses vont commencer.

Il se renversa en arrière et attendit que La Fouine ramasse sa sacoche et s'éloigne, en marmonnant. Ensuite seulement, Donaldson se tourna vers nous.

— Alors, mes petits ? Qu'avez-vous trouvé ?

Helena et moi étions convenus qu'elle ferait le débrief. À la fin de son récit, elle tendit à Donaldson le classeur marron contenant les lettres de menaces.

— C'est tout ?

Donaldson arqua un sourcil blond, et prit un air peiné.

— En plus de six heures de travail, c'est tout ce que vous avez réalisé, sérieusement ? Et comment cela se fait que vous n'ayez pas réussi à faire parler la victime ?

Je ne mordis pas à l'hameçon, mais cela me coûta.

— Nous prévoyons d'appeler Timothy Reed maintenant. Selon nos informations, il se trouve actuellement dans le sud de la France.

Donaldson regarda sa montre.

— Vous êtes au courant, pour le décalage horaire ? Il est minuit, là-bas.

— Nous ne pouvions pas le contacter avant.

— Et vous êtes sûrs que les filles de la victime ne l'ont pas déjà appelé ?

— Nous leur avons demandé de ne pas le faire.

— Hmm, fit Donaldson. OK. Tu veux voir sa réaction. Mais tout de même, réveiller un mec pour lui apprendre que sa dulcinée a été découpée façon puzzle, voilà qui va être intéressant. Je me suis renseigné sur lui. Riche, divorcé, une fille handicapée qui vit avec son ex-femme. Spécialiste mondialement connu de Shakespeare. Sa fortune lui vient de son père, qui possédait la moitié d'un empire immobilier. Reed & Wakefield, t'en as peut-être entendu parler ?

— En effet.

— Ce mec est pété de thune. À se demander pourquoi il bosse. Enfin bon, j'imagine que prof à Georgetown, c'est pas trop épuisant comme métier. Et il doit avoir toutes ses petites étudiantes qui lui tournent autour.

Donaldson forma une pyramide avec ses doigts.

— Bon, tu l'appelles, Morrow ? Mets le haut-parleur, j'aimerais bien écouter, et je suis sûr que notre petite Helena aussi.

Je composai le numéro en maudissant Donaldson. Je n'étais pas doué pour les annonces à la famille, je n'arrivais jamais à trouver le bon mélange entre compassion et détachement professionnel. J'étais sûr qu'Helena était bien meilleure que moi pour ça, et qu'elle allait me trouver maladroit.

Timothy Reed répondit à la troisième sonnerie. Voix ensommeillée, un brin impatiente. J'enclenchai le haut-parleur, me présentai. Puis je parlai de l'accident – un miroir qui s'était décroché du mur – sans entrer dans les détails.

— Elle est… vivante ?

La voix semblait choquée, incrédule. Timothy Reed était peut-être un très bon acteur, pourtant, j'étais prêt à parier qu'il ne s'attendait pas à mon coup de fil.

— Oui, monsieur.

— Consciente ?

— Oui, monsieur. Ses blessures sont superficielles, quoique nombreuses.

J'hésitai à préciser que le préjudice était surtout esthétique, me retins. Il verrait bien par lui-même.

Il y eut un silence. Il réfléchissait. Il dut vite tirer les bonnes conclusions, sa question suivante le prouva.

— Pardon, pouvez-vous m'expliquer encore qui vous êtes ? – Il s'éclaircit la gorge. – Vous avez bien dit que vous étiez de la police ?

— Brigade criminelle, monsieur. Inspecteur Ethan Morrow.

Cette fois, le silence dura plus longtemps encore. Je tournai le dos à Donaldson. Dehors, la nuit tombait. Poussée presque à l'horizontale par le vent, la pluie zébrait les carreaux.

— Ce n'est donc pas un accident.

— Nous en saurons plus dans les prochains jours, monsieur. Pouvez-vous passer nous voir dès votre retour ? Nous sommes au Henry J. Daly Building sur Indiana Avenue, en face de la cour d'appel.

— Je vais m'occuper du billet d'avion aujourd'hui. Si j'arrive à en trouver un, je serai à Washington demain. Merci de m'avoir prévenu.

Il raccrocha, ne me laissant pas le temps de lui poser de questions. Je notai l'air amusé de Donaldson.

— Bravo, vraiment. Beau travail.

Il s'étira en faisant craquer ses articulations.

— Eh bien moi, pendant que vous contiez fleurette à Me Quinn et à ses acolytes, j'ai parlé à la presse – ce sera aux infos ce soir. J'ai aussi interrogé nos spécialistes des groupes de pression, j'ai fait le point sur tous les détraqués du DC et des États voisins. Je crois qu'avec ça, nous avons eu une journée productive. Si c'est tout de votre côté, on se revoit demain matin, on affine le plan de bataille.

Helena m'interrogea du regard : je n'avais toujours pas parlé de la citation de Shakespeare trouvée près du corps, et maintenant, je passais aussi sous silence l'existence du journal intime de la victime. Je fis non de la tête, pendant que Donaldson regardait ailleurs.

Puis j'attrapai ma parka et me dirigeai vers la sortie.

12.

Avec tout ce que nous avions eu à faire dans l'après-midi, nous avions oublié de manger. Le *carrot cake* de Dorothy n'était plus qu'un lointain souvenir, et j'avais envie d'un burger-frites. Ainsi que d'un milk-shake aux chamallows grillés comme seul *The Good Stuff* savait en faire. J'avais mes habitudes au restaurant du Capitol Hill – le premier, l'original –, mais apparemment, ils en avaient ouvert un autre à Georgetown, je l'avais aperçu en passant devant le matin même. Je me dis que je pourrais y aller, et que j'en profiterais pour faire un crochet par la maison de Charity, voir s'il y avait des fenêtres allumées, juste pour me mettre dans l'ambiance.

Helena me rattrapa à l'entrée du parking. Elle souriait, cette fille souriait tout le temps. Peut-être qu'elle voulait me mettre à l'aise.

— Ce Donaldson, fit-elle en s'arrêtant près de moi. Chaque fois que je le croise, j'ai l'impression de subir une fouille au corps visuelle. Son regard me détaille, dans l'ordre : visage, seins, hanches, jambes.

Je ne répondis rien. Helena avait de jolies jambes et des seins splendides, pas besoin de la détailler pour le savoir. Elle ajouta, en me fixant bien en face :

— Tandis que toi, tu ne regardes que mes yeux.

Il faisait sombre dans le parking ; elle ne me vit pas rougir.

— Alors, que penses-tu de notre enquête ? lui demandai-je, puisqu'elle semblait attendre que je dise quelque chose. Qui voulait-on tuer : une avocate, une mère de famille, une patronne ?

— Ou une histoire d'amour, dit Helena.

Je réfléchis.

— Oui, possible aussi. Même si on oublie tous ces illuminés qui lui envoient des lettres de menaces, le cercle des suspects est large. Les deux filles, en premier lieu, mais aussi son fiancé, sa filleule, leur homme à tout faire. Ils avaient tous accès à la maison, et il ne faut pas beaucoup d'adresse pour manier une scie à métaux. Si cela se trouve, ils sont mentionnés en bonne place dans le testament. Tu regardes de quoi il retourne demain ?

Helena hocha la tête.

— Moi, ce qui m'interpelle, c'est le fait qu'elle ne parle pas. Comme si elle avait quelque chose à cacher.

— Peut-être, dis-je. Elle peut savoir qui est coupable, mais refuser de le dire.

Je jetai un coup d'œil rapide à ma montre. Ma mère allait se poster devant les infos à vingt heures ; j'étais sûr qu'elle m'appellerait juste après. J'espérais que mon nom ne serait pas mentionné en lien avec l'enquête, mais je ne me faisais pas beaucoup d'illusions : ma mère voudrait m'en parler quand même, et je serais obligé de mentir.

Helena avait remarqué mon regard.

— Je suis désolée, je te retiens. En fait, je voulais te proposer qu'on aille manger un morceau ensemble, un truc rapide, mais tu as sans doute déjà des projets pour la soirée ? C'était stupide de ma part.

Je faillis parler, lui dire que non, je n'avais pas de projets. Je pouvais couper mon téléphone, laisser ma mère conter ses griefs à ma messagerie. Un dîner avec ma coéquipière, cela ne m'engageait à rien. Rien que du très normal. Puis je repensai à la cravate dans ma poche.

Helena remonta la lanière de son sac. Elle paraissait gênée.

— À demain ?

— Oui, à demain.

Je ne fis pas mon Donaldson, je ne détaillai pas Helena pendant qu'elle s'éloignait. Si je l'avais fait, je lui aurais peut-être couru après. Au lieu de ça, je remontai en voiture et pris la direction de Georgetown. La pluie avait cessé, mais l'asphalte restait mouillé, me renvoyant le reflet tremblotant de mes phares. Vers l'ouest, une rougeur cuivrée s'élevait dans le ciel. L'air sentait la pourriture et les pots d'échappement.

Le restaurant était bondé. Touristes, étudiants de la fac de Georgetown, cadres sup en manque de gras et de sucré se bousculaient près des caisses. L'air chaud résonnait des cris des serveurs, des conversations en langues étrangères. Un œil sur ma montre, j'eus le temps d'engloutir mon burger préféré – l'Obama, à la marmelade d'oignon, fromage bleu et sauce au raifort – et de boire trois quarts de mon milk-shake aux chamallows grillés avant que mon téléphone sonne.

— Ethan Duane Morrow, tonna ma mère.

Comme toutes les mères, elle avait tendance à utiliser mon nom complet lorsque l'heure était grave et qu'elle m'en tenait pour responsable.

— Attends une seconde, il y a pas mal de bruit autour de moi.

— Tu ne me fais pas le coup du tunnel, hein, lança-t-elle d'un ton soupçonneux alors que je quittai le restaurant à la hâte.

— Non, maman.

— J'imagine que tu as vu les infos.

Ce n'était pas une question, simplement une constatation. Cela n'appelait pas de réponse.

Il pleuvait de nouveau, une bruine fine et persistante, et la lumière pâle des lampadaires avait du mal à percer l'obscurité. Près de ma mère, la télévision braillait toujours. Je l'imaginai, assise sur le vieux canapé défoncé à côté de ma sœur enceinte, toutes deux remplies d'indignation vertueuse.

— Tu ne travailles pas dessus, au moins ?

Je tentai de me rappeler ce que Stella avait pu entendre de ma conversation avec la cheffe, le matin. Je n'avais prononcé aucun nom, j'en étais sûr. Une ville de cinq millions d'habitants pouvait avoir plus d'une affaire criminelle par jour.

— Non, maman.

D'ailleurs, je m'étais préparé à mentir dès que j'avais reçu l'appel de la cheffe. C'était venu facilement.

— Certains jours, j'ai honte d'avoir un fils flic. Pense à nos voisins.

— Oui, maman.

— Ton père doit se retourner dans sa tombe.

Je gardai le silence. Elle me provoquait, je le savais.

Ma mère soupira.

— Bon. On ne retrouvera peut-être jamais celui qui a fait cela.

Je jurai entre mes dents. La phrase de ma mère signifiait que Donaldson avait dû dire pendant la conférence de presse qu'on investiguait sur une tentative de meurtre, pas sur un simple accident. Je supposais que, dans son esprit de crétin de première classe, cela prouvait qu'on avait déjà à moitié résolu l'affaire. Pour moi, on n'avait fait que mettre en garde le meurtrier.

— Qu'y a-t-il, Ethan ? Tu viens dîner ce soir ? Il reste un gratin de macaronis au congélo.

— Non, maman, j'ai un rencard. Je passerai demain, promis.

— Un rencard avec qui ?

Je me forçai à rire.

— Toujours la même. J'ai trois messages d'elle sur mon portable, je ne peux pas faire comme si je ne les avais pas vus.

13.

Elle s'appelait Chanelle, avec deux *l*, ce qui, croyait-elle, lui donnait un air distingué. Tout juste vingt ans, un rire contagieux et des fossettes, un visage qui n'avait pas encore perdu la rondeur de l'enfance. En mon honneur, elle avait mis un soutien-gorge en dentelle à grosses fleurs rouges ; les bretelles trop fines mordaient dans les replis de sa chair, la faisant visiblement souffrir.

Chanelle était une vieille copine de ma sœur, qui la surnommait, derrière son dos, Madame Patate. Elle avait une idée très précise de ce qu'elle voulait et n'y allait pas par quatre chemins. À peine à l'intérieur de mon appartement, elle se débarrassa vite fait de ses vêtements. Le short de cycliste en lycra valsa dès l'entrée, le T-shirt trop petit à l'inscription CUTIE PIE échoua sur la table basse. Une demi-heure plus tard, elle était blottie contre moi dans le lit, c'était fini.

— T'es toujours un bon coup, Ethan.

Elle tira la couverture sur nos jambes, puis se redressa sur son coude et attrapa le paquet de cigarettes et le briquet qu'elle gardait toujours sur ma table de chevet. Elle alluma une cigarette.

— Merci.

Du bout de son ongle laqué fuchsia, elle traça un cercle sur ma poitrine. Le miroir fixé sur la porte du placard me renvoya une image partielle de nos deux corps, le sien d'une blancheur laiteuse, généreuse, le mien plus foncé, plus sec.

— Très beau mec aussi. Regarde les abdos que tu as. Toutes mes copines sont jalouses. Elles comprennent pas que tu couches avec moi, alors que t'aurais pu avoir n'importe qui. Même un top model, tiens ! Il y en a plein qui veulent prendre ma place, mais j'ai dit « non, les meufs, il est à moi ». Stella pense qu'on devrait officialiser.

Elle me lança un regard plein d'espoir.

— C'est encore un peu tôt.

— Oui. Je comprends. – Elle chercha autour d'elle. – T'as fait quoi du cendrier ?

— Dans le tiroir.

Elle rit.

— Comment ça se fait que tu fumes pas ? Dans les séries, tous les flics clopent dès le saut du lit, et toi non.

— Je suis un flic modèle 2.0.

— Ouais, dis plutôt que t'as peur d'avoir les dents jaunes.

— Il y a peut-être un peu de ça aussi.

Elle fit chuter la cendre dans la soucoupe que je gardais à son intention. Nous restâmes silencieux pendant un instant. Je suivis du doigt la constellation de grains de beauté sur son omoplate. Puis elle se tourna de nouveau vers moi.

— Bon ben, et tout va bien, au taf ?

— Bien sûr. Impeccable.

Je faisais tout pour me concentrer sur l'instant présent, mais le sourire espiègle d'Helena s'insinua tout de même dans mes pensées. Un dîner, ce n'était pas grand-chose. J'aurais pu aller manger un morceau avec elle, en théorie, ça n'engageait à rien. Sauf que partager un repas, cela voulait aussi dire parler d'autre chose que du boulot, et ça, je ne pouvais pas. Je reportai mon attention sur la frange décolorée de Chanelle, et répétai fermement :

— Tout va très bien, merci.

— Beaucoup de boulot ?

Elle tira sur sa cigarette, et souffla un rond de fumée parfait en direction du plafond.

— Oui. Malheureusement…

— Moi aussi.

Elle soupira.

— Faut que j'y aille, d'ailleurs. Tiens, Drew me demandait encore de tes nouvelles, hier. Ça lui plairait que tu reviennes bosser au poste là-bas, vu que tu connais le quartier. Je lui ai dit que tu réfléchissais encore.

— Chanelle…

Elle était caissière de nuit dans le *7-Eleven*, avenue Nanny Helen Burroughs, à la limite de Hillbrook. Elle espérait un jour devenir chef de rayon – enfin, si elle ne fondait pas une famille. Depuis quelques semaines, elle s'était mis en tête que je pourrais demander un transfert au poste de police local, à moins de trois cents mètres de son supermarché. Comme ça, on se verrait plus. Et je pourrais avoir un appart plus grand.

— Eh quoi, tu peux y réfléchir, non ?

J'embrassai son épaule. J'y avais déjà réfléchi. Je n'avais pas fait autant d'efforts pour intégrer la Crim' pour tout laisser tomber. Je m'imaginais dans le quartier de mon enfance, l'un des rares flics en civil – costard mal coupé et baskets aux pieds –, à faire la patrouille devant la vitrine éclairée au néon du *7-Eleven*. J'en avais la chair de poule.

— Mais, Ethan, tu ne peux pas les blairer. Tu l'as dit toi-même. Surtout ce vieux, là, comment il s'appelle déjà, celui qui te traite comme de la merde ?

— Donaldson ?

Elle me regardait d'un air de défi.

— Avoue que ça te ferait plaisir de ne plus voir sa tronche.

— OK, je l'avoue. – Je lui souris. – Écoute, j'apprécie vraiment que tu te soucies de moi. Mais tu peux dire à ton ami Drew que pour le job, c'est non.

— Pour l'instant.

Elle tendit la main vers mon visage, et traça la forme de mes lèvres avec son index.

— Bon, il faut vraiment que j'y aille. À demain ?

— Je ne sais pas si je pourrai. Je vais essayer.

Après un dernier bisou bien sonore, elle ramassa ses affaires et se rhabilla. À peine cinq minutes plus tard, ma porte d'entrée claqua. Je restai seul. La cigarette que Chanelle avait abandonnée dans le cendrier se consumait lentement. Je me levai pour l'éteindre, puis j'allai me poster près de la fenêtre. Le ciel était éclairé par la brume lumineuse typique des grandes villes, légèrement rosie par les néons du quartier d'affaires tout proche. Je ne voyais pas d'étoiles, mais derrière la couverture nuageuse, la lune était pleine. Mon appartement baignait dans une clarté froide, acérée. J'avais honte de moi, honte de faire croire à cette pauvre fille simple, affectueuse, que j'étais attiré par elle, qu'on pouvait avoir un avenir ensemble. Elle me prenait pour quelqu'un de bien, parce que j'étais flic, parce que j'avais sauvé des vies.

Elle se trompait. Je n'aimais pas la tournure que prenait mon existence, mais je ne voyais pas comment je pouvais en changer. Une seule chose m'avait fait plaisir, ce soir : Chanelle n'avait pas mentionné l'affaire Quinn, et de cela, je lui étais reconnaissant. Je savais que, le lendemain, je ne couperais pas à la visite à ma famille et que là, je ne m'en tirerais pas à si bon compte.

14.

Extrait du journal intime de Charity Quinn

Raillerie est souvent prophétie.
Le Roi Lear

Ce que je déteste :
Les frites.
Les bus, scolaires et de ligne.
Les vêtements qui luisent aux coudes et aux genoux, car trop portés.
Les magasins Tout à un dollar.

Ce n'est que dans des romans classiques, des romans du début du siècle dernier, peuplés d'héroïnes se mourant de consomption, que la pauvreté sent le chou. Quelle image ridicule. Elle ne correspond plus à la réalité, car encore faudrait-il savoir cuisiner le chou. Le chou appartient à la même catégorie que les légumes-racines oubliés : les panais, les rutabagas, c'est devenu d'un chic ! On en mange désormais dans les plus grands restaurants. Cela fait cinquante ans qu'en Amérique, la pauvreté sent l'huile de friture. De mon enfance bourrée de frites, je garde d'ailleurs une certaine épaisseur autour de la taille. Ni le yoga, ni le Pilates, ni aucun de ces régimes draconiens que j'ai entrepris au fil des années n'ont réussi à en venir à bout. On n'échappe pas à son enfance.

Il y a quelques années, à l'occasion d'un voyage en France avec les filles, j'ai lu la biographie de Napoléon Bonaparte. Tout comme moi, ce grand homme d'État a grandi dans une famille digne, mais pauvre, et à l'époque, la nourriture des pauvres, en Corse, c'était le poulet. La première chose que Bonaparte a faite en devenant Premier consul : interdire à son nouveau chef de préparer du poulet, sous quelque forme que ce soit. S'il désobéissait, il était condamné à la peine de mort. Ce jour-là, je me suis découvert des affinités avec un empereur français, cela ne s'invente pas.

Des frites, donc, mais aussi des nuggets au goût de plastique et des saucisses orange achetées par paquets de trente chez WalMart. Des sodas aux teintes improbables, rose vif, jaune fluo, vert chimique. Raison pour laquelle, passé l'âge de dix ans, je n'ai plus jamais invité les filles de ma classe à venir chez moi. Et les rares qui avaient continué à m'inviter chez elles ? Je n'y allais pas non plus, trop honteuse de leur offrir ce que ma mère appelait « des petits cadeaux sympas » – des bricoles achetées dans ces boutiques où l'on vend pour un dollar des objets qui se cassent à la fin de la journée. « Tu verras, ma chérie, personne ne se rendra compte de rien », tu parles. Il m'a suffi d'une fois.

Par atavisme familial, par fierté aussi, mes parents m'ont inscrite à Chatham Hall, une école chic de la côte Est que ma mère avait fréquentée quand elle avait mon âge. Boursière sur critères sociaux, objet de charité et de pitié de tout l'établissement, j'ai même réussi à m'y maintenir lorsque mon père a déserté le foyer familial. Se maintenir, mais à quel prix ? La question ne se posait pas en ces termes. On avait une chance dans la vie, on la saisissait, un point c'est tout. Et tous les jours, alors que mes camarades de classe plus fortunées repartaient de l'école qui dans une Mercedes, qui dans une Range Rover, je montais dans le bus scolaire jaune dont j'étais souvent la seule passagère. « Imagine, ma chérie, tu as un bus rien que pour toi ! positivait ma mère. Tu dois te sentir comme une reine. »

Cela aussi, c'est le propre des bonnes familles qui traversent une mauvaise passe : po-si-ti-ver ! « Ce n'est rien, ma chérie ! » « Les gens t'aiment pour ce que tu es, ma chérie ! » « Tu ne voulais pas aller à la soirée de la classe de toute façon, ma chérie ! » « Quand tu es bien élevée, les autres te respectent toujours, ma chérie ! »

Sauf que, toute petite déjà, je savais que ce n'était pas vrai. Ce n'est qu'en Europe que des vieux aristocrates sans le sou forcent toujours le respect. L'Amérique, elle, ne respecte que l'argent. Ou la réussite, son autre nom. Et qu'avait-on en guise de réussite, en guise de richesse ? La vieille Plymouth de ma mère, dont la porte conducteur ne s'ouvrait pas, de sorte qu'elle devait rentrer côté passager et se glisser derrière le volant. Un fauteuil en velours jaune mangé aux mites qui trônait au milieu du salon. Et une tiare en diamants, le seul vestige de la famille de ma mère, le symbole de notre splendeur passée. On pouvait toujours se serrer la ceinture, jamais on ne la vendrait. Mais une tiare a beau être splendide, cela vous fait une belle jambe quand vos camarades de classe partent skier dans le Colorado, et que vous restez chez vous, à vous tourner les pouces. Quand tout le monde a un sac de marque, et pas vous. Quand on chuchote derrière votre dos.

Dans mon dressing s'alignent maintenant des vêtements de grands couturiers que j'achète en début de saison et que je donne à la fin, pour que personne ne puisse imaginer un seul instant que je les ai trouvés en solde. C'est ridicule, j'en suis consciente ; cela fait très longtemps que je n'ai plus rien à prouver à personne. Seulement, c'est devenu ma seconde nature.

Et voici une autre expression de ma mère : « Fais toujours en sorte d'avoir des vêtements propres, ma chérie. Si jamais tu te fais écraser par un bus (plutôt par le coupé Mercedes d'une de mes camarades de classe, la corrigeais-je mentalement), tu n'auras pas à rougir. » Cela aussi m'est resté. Je me suis juré que si, un jour, je me faisais écraser par un bus, on me retrouverait en Max Mara.

Jeudi 19 décembre 2019

15.

Le ciel, bas et humide, promettait une autre journée de décembre à vous glacer les os. Sans doute par défi, je restai sur le balcon en T-shirt, à boire mon café en contemplant la vue de la rivière en contrebas. Je me rappelais encore l'intitulé de l'annonce qui m'avait attiré en ce lieu. *RARE À LA VENTE, devenez propriétaire d'un studio avec vue sur le Potomac.* Ce texte alléchant était accompagné d'une photographie d'un immeuble moderne devant lequel posait un jeune couple bien sous tous rapports. Les plans des appartements, présentés sur du papier glacé, faisaient apparaître des cuisines équipées et des douches à l'italienne, et promettaient un cadre de vie inoubliable. Je les avais à peine regardés. Je savais déjà que je voulais vivre là, face à la rivière qui serpentait comme un ruban gris à travers la ville.

En apprenant mon achat, ma mère avait été horrifiée. C'était cher payé pour un appartement de trente-cinq mètres carrés. Pour le même prix, m'avait-elle indiqué, j'aurais pu acheter bien plus grand dans un quartier un peu moins central. Et pourquoi pas le quartier de mon enfance, d'ailleurs ? Mais je n'avais pas cédé, la banque s'était montrée accommodante, et j'éprouvais toujours un frisson d'excitation à contempler la vue qui s'ouvrait devant ma fenêtre. Même le fait que cette vue était souvent noyée dans le brouillard montant du Potomac – le quartier ne s'appelait pas Foggy Bottom pour rien – ne suffisait pas à gâcher mon plaisir. Pour la première fois de ma vie, je me sentais bien chez moi.

Ce sentiment de bien-être, je ne le devais ni à une cuisine équipée – la mienne était une Ikea, blanche, bas de gamme – ni à une décoration soignée. Les traites de l'appartement absorbaient la plus grande partie de mon salaire ; ensuite, il fallait encore payer les charges, le crédit de la voiture, l'abonnement au club de gym. Des vêtements, enfin, bien que mon salaire de flic inclût une petite dotation vestimentaire. Pour les meubles, il ne restait rien, ou presque.

Je souris en repensant à la voix moqueuse de ma sœur, la première fois qu'elle avait visité l'appartement.

— Si tu n'avais pas craqué pour une machine à café hors de prix, t'aurais pu acheter des meubles ailleurs que sur Craigslist.

Ce en quoi elle avait tort : chez moi, il y avait aussi du Ikea.

Je l'avais alors amenée sur le balcon.

— Ce ne sont pas les meubles qui comptent. J'en achèterai des plus beaux un jour, quand j'en aurai les moyens. En attendant, dis-moi comment cela sent dans l'escalier, en bas ?

Stella m'avait regardé, les sourcils levés.

— Rien. Ça ne sent rien.

— Pas d'odeur de pisse ?

— Non.

Elle commençait à comprendre.

— Et la vue, elle est comme à la maison ?

Ma sœur avait secoué la tête, lentement.

— Non, différente.

Cette vue, je ne m'en lassais pas. Je bus une gorgée de mon café. Non, je ne regrettais absolument pas mes choix, De'Longhi compris.

Les journaux du matin, que je consultai sur l'écran de mon téléphone, m'apprirent que l'inspecteur Pete Donaldson, *le plus brillant des flics de la Criminelle*, avait des pistes sérieuses qui pouvaient laisser espérer une résolution rapide de l'enquête. Sans surprise, la plupart des publications profitaient de l'occasion pour relancer la polémique Malcolm Davis. Maintenant, son visage long et maigre, couvert de taches de rousseur, me fixait avec reproche. Il faudrait se renseigner sur qui allait représenter Davis désormais.

Revenant dans l'appartement, j'ajoutai une note en ce sens en bas de la page que j'avais noircie quand, me réveillant à cinq heures du matin, j'avais décidé de reprendre un à un tous les éléments de l'enquête en ma possession.

Le mobile est la clé – ou c'est ce que prétendent les manuels de criminalistique –, et ce fut donc par cela que je commençai. Ici, le mobile semblait évident. Jusqu'à ce que Charity Quinn décide de représenter Davis, celui-ci, épaulé seulement par un jeune avocat commis d'office, n'avait aucune chance de s'en sortir. Alors, éliminer Me Quinn pour être sûr que Davis prenne le maximum ? L'hypothèse se tenait, aucun doute là-dessus.

Je réfléchis. Cela pouvait même être l'œuvre d'un illuminé, comme semblait le penser Donaldson. Une de ces personnes qui tirent sur le président pour impressionner une fille qui leur plaît ou pour se faire un nom. Après tout, dans ce pays, chacun veut qu'on parle de lui, et peu importe que ce soit en bien ou en mal – puisque la plupart des tabloïds ne font pas vraiment la différence. Ce qui compte pour ces gens, c'est d'être reconnus dans la rue, de voir leur photo s'étaler en première page des journaux. Et, tant qu'à faire, tuer une avocate est plus facile que peindre un chef-d'œuvre ou recevoir le prix Nobel de la paix.

Oui, l'hypothèse d'un illuminé se tenait, exception faite de la certitude de La Fouine que seuls les habitués de la maisonnée pouvaient avoir scié ce crochet. Cela sous-entendait-il une complicité ? Et si oui, de qui ?

Je notai les noms des habitants et visiteurs réguliers de la maison.

Laurel.

Delia.

Sam.

Randolph.

Timothy Reed.

Charity.

Peut-être sa collaboratrice, Dorothy Prendergast. À vérifier.

Il nous fallait découvrir ce que toutes ces personnes pensaient du cas Davis. La dispute de Delia avec sa mère, par exemple, pouvait-elle avoir été causée par des opinions inconciliables ?

Je regardai ma montre : six heures dix, qui devinrent six heures onze sous mes yeux. Je devais me dépêcher.

Je rinçai ma tasse sous le robinet, puis entrepris l'inspection des placards à la recherche de nourriture. Sauce soja, purée de citrouille – je me rappelais vaguement avoir une fois décidé de faire une *pumpkin pie*, avant d'abandonner l'idée –, bagels à l'oignon. Dans le frigo, il y avait aussi des œufs et du cheddar, mais je n'avais pas le temps de me faire une omelette. Je sortis un bagel de son emballage et le glissai dans le grille-pain. Puis je me refis une tasse de café.

Lorsque mon petit déjeuner fut prêt, je revins vers la table et mes notes.

Quel autre mobile pouvait avoir la personne qui avait décidé d'attenter à la vie de Me Quinn ?

La jalousie ? Une ancienne amoureuse de Timothy Reed décidée à faire la peau à sa fiancée ? Un peu mélodramatique, mais cela s'était déjà vu, alors pourquoi pas.

L'argent ? C'était, et de loin, le mobile le plus courant. Et plus il y avait d'argent, plus il y avait de personnes voulant se l'approprier. Je repensai à la belle maison de

N-Street, avec ses meubles de designers, sa machine à expresso dernier cri, sa cave à vin, et ses miroirs dorés. Charity Quinn était une femme riche qui n'hésitait pas à le montrer. Donc, oui. Motif valable.

Je ramassai l'article de *Vanity Fair* qui trônait sur la table près du rapport préliminaire de La Fouine. *Une femme à qui tout sourit*, avait dit la journaliste. Sur la photographie accompagnant l'article, c'était Charity Quinn qui souriait, confiante, victorieuse. Maintenant que j'avais commencé à lire son journal intime, je comprenais mieux : d'où elle venait, pourquoi elle avait choisi ce métier, ce qui comptait pour elle. Je commençais peu à peu à apercevoir la femme derrière le nom. Cette prise de conscience était tout sauf confortable. Il est toujours plus facile de juger une personne que l'on ne connaît pas, que l'on ne comprend pas.

16.

Le silence de Charity Quinn saturait la pièce. Malgré les machines bourdonnantes et des voix suraiguës en provenance du couloir, ce fut la première chose que je remarquai en rentrant dans sa chambre d'hôpital. Ce silence était épais comme un mur.

— Pas de changement, nous annonça le Dr Smith qui, tout comme la veille, se tenait près du lit.

Ses yeux étaient cernés, et un début de barbe recouvrait ses joues, le vieillissant d'un coup. Il étouffa un bâillement.

— J'ai fini ma garde, je vais y aller. Elle est consciente, le cerveau n'est pas atteint, les fonctions motrices non plus. Mais elle ne parle pas. Sa fille est là, si vous voulez la voir. Elle est sortie prendre un café. – Il fit un geste en direction de la chaise visiteurs, sur laquelle était posée une besace en daim à longues franges et une parka kaki à capuche bordée de fausse fourrure. – Je pense qu'elle sera de retour d'une minute à l'autre.

— Merci, docteur.

Je pris sa place au pied du lit, pour que Charity puisse bien me voir.

— Madame Quinn, on s'est déjà vus hier. Inspecteur Ethan Morrow, police criminelle. À quoi pensez-vous ?

Nul, comme entrée en matière, mais je n'en trouvai pas d'autre. Je ne voulais pas lui parler de ses blessures. Dans les hôpitaux, le corps perd toute identité ; le patient cesse d'être une personne pour devenir la liste de ses symptômes. Je ne voulais pas oublier un seul instant que ce corps grotesque et recousu allongé devant moi était avant tout une femme. Une femme brillante, intelligente, une excellente professionnelle. Si elle ne parlait pas, c'était qu'elle avait ses raisons.

— Madame Quinn ? Charity ?

Pas de réponse.

J'attrapai une chaise dans le coin de la pièce, la rapprochai du lit et m'assis, toujours dans sa ligne de mire. Les fleurs de lys répandaient une odeur de pourri qui se mêlait à celle d'antiseptique. Près du bouquet, quelqu'un avait posé un petit crucifix.

— Est-ce votre fille Laurel qui est venue vous voir ? Ou Delia ?

Au vu du sac et de la parka, je me doutais évidemment que ce n'était pas Laurel ; j'aurais simplement voulu qu'elle me dise quelque chose.

Pas de réponse. Charity Quinn continuait de regarder droit devant elle, sans ciller.

— Comme vous voulez. Sachez que nous allons expertiser toutes les lettres de menaces que vous avez reçues, et rechercher les personnes qui les ont envoyées.

— Vous croyez vraiment que vous les retrouverez toutes ?

Je me retournai. Delia – je supposai que c'était elle – se tenait sur le pas de la porte, les bras croisés. Étant donné le peu de ressemblance entre Laurel et Charity, j'avais été curieux de voir la jeune sœur. Je m'étais imaginé qu'elle devait avoir le même visage en lame de couteau, le même côté anguleux, la même mâchoire volontaire que sa mère. Pourtant, à première vue, rien à voir. Delia était petite, plutôt ronde, vêtue d'un pull ample en tricot, de la même teinte beige que ses cheveux, d'un jean élimé et de bottines plates. Son visage était à moitié caché par une longue frange, et par une grosse écharpe qu'elle avait entortillée autour de son cou, jusqu'au menton. Elle ressemblait à un moineau aux plumes ébouriffées. Ce fut seulement lorsqu'elle avança vers moi que je commençai à entrevoir la ressemblance. Celle-ci résidait non pas dans la forme du nez ou la courbe des lèvres, mais dans la détermination du regard, dans la passion qui animait ses yeux sombres. À n'en pas douter, tout comme sa mère, Delia avait du caractère.

Je me levai et vins à sa rencontre. La main qu'elle me tendit était ferme et chaude. Ses ongles étaient rongés.

— Nous allons faire de notre mieux, en tout cas. Avez-vous passé la nuit ici ?

La fille – je lui donnais la vingtaine – avait des traces d'oreiller sur la joue gauche, et ses yeux étaient bouffis de sommeil. Elle n'était pas maquillée.

— Oui. En fait, j'étais là toute la journée hier aussi, je vous ai juste manqué parce que je suis allée à l'église. Ça m'a pris un temps fou. Vous avez remarqué comme les églises se remplissent toujours à l'approche de Noël ? Beaucoup de mauvaise conscience et de péchés à se faire pardonner, j'imagine. – Elle roula les yeux. – Mais à la fin, j'ai réussi à parler au prêtre. Je lui ai demandé de prier pour elle.

— Votre mère est-elle croyante ?

— Non. Moi non plus, d'ailleurs.

Soudain, sa voix s'étrangla.

— Je me suis dit que ça ne pouvait pas lui faire de mal.

— Je suis désolé de ce qui vous arrive.

Delia se détourna brusquement, et je vis ses épaules se soulever. Je jetai un coup d'œil en direction de la mère. Elle nous voyait, forcément, pourtant cela ne changeait rien : elle n'avait aucune réaction. J'attrapai un paquet de Kleenex dans ma poche.

— Tenez. Cela a dû être un choc terrible.

Delia se moucha bruyamment.

— Je ne vous le fais pas dire.

— Puis-je aller vous chercher de l'eau ou quelque chose à grignoter ?

Cette fille avait besoin de se calmer. Elle était à peine plus âgée qu'une enfant, et la vue de sa mère sur ce lit d'hôpital aurait déboussolé n'importe qui. Et même si des filles jeunes comme elle commettaient aussi des meurtres, je ne voulais pas la brusquer. Aussi, je me tournai déjà en direction de la porte, mais Delia secoua la tête.

— Non, merci. J'ai besoin de rien.

Ignorant le paquet de Kleenex qu'elle serrait toujours dans sa main, elle s'essuya les yeux sur sa manche.

— Qu'est-ce que vous voulez savoir ?

— Vous a-t-elle parlé, à un moment ou un autre ?

— Non. Pas hier et pas ce matin, non plus. J'y ai beaucoup réfléchi, vous savez. Sur son silence, sur ce qu'il signifie. Le silence est l'expression la plus parfaite du mépris.

Delia renifla, puis précisa :

— Ce n'est pas moi qui le dis, c'est George Bernard Shaw.

— Le mépris de qui ? De vous ? De nous tous ?

— Je sais pas.

Delia attrapa la besace et la parka sur la chaise et les fit choir par terre, sans ménagement. Elle s'assit, les yeux rivés sur le visage de sa mère.

— Vous avez remarqué comment, dans les hôpitaux, on caille toujours, quel que soit le temps qu'il fait dehors, et comment ça schlingue aussi ?

Elle frissonna.

— J'ai demandé au médecin quand est-ce que je pourrais ramener maman à la maison, mais il ne le savait pas. Ce sera peut-être pas avant plusieurs jours.

L'occasion était trop belle, je ne la laissai pas passer.

— J'ai appris que vous ne viviez plus à la maison. Pouvez-vous me dire pourquoi ?

Elle me jeta un regard impénétrable.

— On s'était disputées, avec maman.

J'attendis qu'elle développe un peu, qu'elle tente de se justifier, mais Delia s'était de nouveau perdue dans la contemplation du visage recousu de sa mère. Je fus surpris qu'elle avoue la raison de son départ aussi facilement. La plupart des gens nieraient, face à un policier qui enquête sur une tentative de meurtre. Seuls les plus intelligents auraient saisi que, si je posais la question, c'était que je connaissais déjà la réponse. Et ils réagiraient exactement comme cette jeune fille, en confirmant l'existence de la dispute, mais sans donner de détails, partant du principe que, face à une tragédie, ces derniers ne sont pas importants.

Soit cette Delia n'avait rien à se reprocher, soit elle était vraiment très forte.

Je m'assis face à elle.

— Si vous préférez discuter dans une autre pièce, je peux demander qu'on nous mette une salle à disposition.

Delia haussa les épaules.

— Non, c'est pas la peine. Allez-y, posez vos questions.

— De quand date votre dispute ?

— Deux mois. À peu près.

— Et sa raison ?

Delia fronça les sourcils.

— J'imagine qu'on pourrait dire que nous avions des différences idéologiques.

Un nouveau silence. Telle mère, telle fille. Le silence était d'or, chez les Quinn.

Je fis de mon mieux pour ne pas montrer mon agacement.

— Est-ce que cela vous ennuie de m'expliquer un peu ? Est-ce au sujet de sa défense de Malcolm Davis que vous vous êtes disputées ?

Delia leva sur moi un regard étonné.

— Pas du tout. Au contraire, c'est très bien que maman le défende, et sans se faire payer, en plus. Non, le problème, c'est ses autres clients.

J'attendis. Au bout d'un moment, Delia reprit d'une voix sourde :

— Je peux le dire devant maman, on en a déjà parlé. Je ne suis pas d'accord avec sa notion de la justice.

Elle fit un geste las en direction du crucifix.

— Les gens qui croient en Dieu peuvent au moins espérer la justice divine. Pour les autres, dans ce pays, il n'y a pas de justice, il n'y a que le droit. Que ma mère pratique à merveille.

— Quel est le problème avec le droit ?

Je commençais à voir où Delia voulait en venir, seulement je n'allais pas le lui montrer.

— Le problème ? Ma mère m'a expliqué un jour qu'un avocat pénaliste ne se préoccupe pas des faits, seulement des probabilités. C'est à la police de s'intéresser aux faits, au qui-a-fait-quoi-quand. Selon maman, le rôle de l'avocat est différent, il s'agit seulement – Delia dessina des guillemets dans l'air – « de faire pencher la balance des probabilités ». Embrouiller le jury, en quelque sorte. Elle n'a pas dit ça comme ça, évidemment, mais c'est l'idée.

Au fil de son discours, Delia s'animait de plus en plus. Elle se leva et se mit à arpenter la pièce, les yeux brillants.

— Imaginez un cas. M. X provoque un accident de voiture, il renverse un piéton. Oui, mais M. X a un travail important, il gagne des sommes folles, et son médecin signe un certificat selon lequel le stress peut provoquer chez M. X de brèves pertes de connaissance. Alors, est-ce que c'est une perte de connaissance de M. X qui a causé l'accident, ou le fait qu'il ait reçu un SMS moins de trente secondes avant ? Qu'est-ce qui est le plus probable ? Ma mère vous démontrera par *a* + *b* que c'est la première hypothèse, et M. X quittera le tribunal en homme libre, après s'être délesté d'un paquet de fric en faveur de Quinn & Associés. Maman s'est fait toute une spécialité de ce genre de cas. C'est cela que je n'ai pas pu tolérer.

— Parce qu'au fond, elle savait que M. X ou M. Y était coupable, mais qu'elle les a défendus quand même ?

— Vous êtes policier, dit Delia.

Elle se rassit, et semblait maintenant à bout de forces.

— Vous devez savoir ce que c'est, d'arrêter un coupable pour qu'un avocat… – elle fit une pause, cherchant le mot juste – un avocat qui croit au droit, mais pas en la justice, le fasse libérer.

— Vous êtes donc partie pour ne pas vivre sous le même toit que votre maman. Vous êtes étudiante, je présume ?

— Oui, en lettres classiques à Georgetown.

Elle fourragea dans la poche de son jean, en sortit un élastique. Tirant ses cheveux en arrière, elle les entortilla au sommet de son crâne dans un chignon sommaire.

— Vous avez des revenus qui vous permettent de payer le loyer ? De l'argent de côté, peut-être ?

Elle avait beau être sapée comme l'as de pique, je voyais bien que son pull-serpillière était en cachemire et le jean, bien qu'usé, lui allait parfaitement. Il avait dû coûter cher. Et maintenant qu'elle avait écarté sa frange mal coupée, je m'apercevais que son visage ne dépareillait pas : un nez droit, des sourcils bien dessinés, une belle peau, légèrement hâlée. Ce que ma sœur qualifierait de « tronche aristo ».

Les yeux de Delia lancèrent un éclair.

— Pas du tout ! J'espère trouver un travail pour le soir, le week-end. Peut-être comme serveuse ou vendeuse de fringues.

— Pourtant, vous avez gardé la clé de la maison familiale ?

C'était, évidemment, la question cruciale. Je la posai comme si de rien n'était.

— Oui. Maman ne m'a pas demandé de la lui rendre. Elle n'y a peut-être pas pensé.

Delia dit cela d'une voix neutre, comme si la réponse allait de soi.

Je regardai ma montre : huit heures douze. Il me fallait me dépêcher si je ne voulais pas arriver le dernier à notre briefing du matin.

— Faites-moi signe si votre mère se décide à parler.

Je plongeai la main dans ma poche, et en sortis une carte que je donnai à Delia.

— Ou s'il se passe quoi que ce soit. Je préfère que vous me dérangiez pour un rien plutôt que de passer à côté de l'essentiel.

Les bruits caractéristiques de l'hôpital m'assaillirent dès que je quittai la chambre : les voix résolument optimistes des infirmières, la sonnerie du téléphone, le grincement du vieil ascenseur. Et, une fois encore, je me demandai quelle était la raison du silence de Charity Quinn. Se pourrait-il que l'avocate sache qui était l'auteur de la tentative de meurtre ? Avait-elle peur pour ses filles, les avait-on menacées, elles aussi ? Ou, au contraire, gardait-elle le silence parce qu'elle savait – ou croyait savoir – que l'une d'elles avait tenté de la tuer ?

Je repensai aussi au crucifix et au bouquet de lys, deux offrandes pathétiques à une femme blessée. Laurel et Sam, qu'avaient-elles apporté ?

Le souvenir du bouquet me donna une idée. Une fois n'est pas coutume, la circulation était fluide, et j'avais une dizaine de minutes d'avance par rapport à l'heure du briefing au quartier général. Je m'arrêtai chez GreenWorks, sur Pennsylvania Avenue, et j'achetai un bouquet de tulipes, le plus beau qu'ils avaient en magasin.

— Je voudrais le faire livrer.

L'employé, un sikh enturbanné, nota l'adresse.

— Cela peut être fait ce matin ?

— Oui, bien sûr. Mlle Holt, 4922 Quarles Street NE. C'est pas loin. Donnez-moi juste le prénom.

— Chanelle. Avec deux *l*.

17.

Ses détracteurs disaient de la cheffe de la brigade criminelle, la capitaine Hannah Newsham, qu'elle était le genre de personne qui fixait des règles au lieu de prendre des décisions. Dans ce qui était désormais connu sous le nom de « l'affaire Quinn », les règles étaient fort nombreuses.

Ne pas parler aux journalistes, sauf lorsqu'on s'appelait Pete Donaldson.

Ne pas envahir l'hôpital, laisser la victime se reposer.

Ne pas se focaliser sur les fondamentalistes chrétiens qui constituaient le plus gros des adversaires de Charity Quinn, ratisser large.

Ne surtout pas laisser les filles de la victime s'imaginer, ne serait-ce qu'un court instant, qu'elles pourraient figurer sur la liste des suspects.

Sur ce dernier point, j'avais des doutes.

La réunion d'équipe fut vite expédiée et, un peu avant neuf heures du matin, Helena et moi prîmes la route en direction de la maison des Quinn. Cette fois, je conduisais. En à peine une demi-heure, le trafic était devenu dense. De la pluie se mêlait maintenant au vent, des petites gouttes fines qui fouettaient le pare-brise. Nous roulâmes tout d'abord en silence, Helena absorbée par ses notes, qu'elle était en train de relire, moi concentré sur la route. Enfin, elle reposa son calepin et se tourna vers moi.

— J'ai reçu la réponse du notaire hier soir. J'ai voulu t'appeler, mais il était déjà très tard, près de minuit. Je n'ai pas osé te déranger.

Les yeux d'Helena étaient cernés de bleu, et je l'imaginai, assise sur un canapé Chesterfield dans la grande bibliothèque de sa maison luxueuse, un verre de vin à la main, en train de lire ses e-mails tard dans la nuit.

— Continue.

— Cela donne un motif à Delia.

La voix d'Helena était teintée de surprise.

— Jusqu'à il y a encore deux semaines, le testament de Charity était on ne peut plus simple : tous ses biens, et il y en a pas mal, étaient partagés entre ses deux filles. Mais, sans doute après sa dispute avec sa fille cadette, Charity a écrit au notaire en stipulant qu'elle voulait modifier son testament.

— En déshéritant Delia ?

Je tentai d'imaginer comment une dispute que la fille de Charity avait qualifiée d'« idéologique » avait pu dégénérer de la sorte. Même si Delia avait vraiment fâché sa mère, n'était-ce pas un peu démesuré ? Quel genre de mère était Charity Quinn, au juste ?

— Elle voulait peut-être simplement lui faire peur ? – Helena elle-même ne semblait pas convaincue. Elle me lança un regard en coin. – Et ce n'est pas tout. Mme Quinn a dit à son notaire qu'en plus de déshériter sa fille, elle souhaitait également laisser un legs important à Samantha Jones. L'acte devait lui être présenté à la signature ce matin.

Je m'arrêtai au passage piéton pour laisser passer un écolier ployant sous le poids de son sac à dos trop chargé. Helena parlait toujours.

— Tu sais, j'ai repensé à la citation trouvée près du corps. Je n'arrivais pas à dormir, alors j'ai relu la pièce.

Cette phrase est celle du père qui se croit trahi par un de ses enfants, et qui veut le punir. Cela ne te semble pas significatif ?

Je tendis la main vers le gobelet de café que j'avais pris au distributeur avant de quitter le bureau et en bus une gorgée. Du pur jus de chaussette, odeur de plastique chaud en prime.

— En tout cas, c'est intéressant. Donc, si je résume, la mort de Charity avant la signature n'aurait pas arrangé les affaires de Sam, ni celles de Laurel. On pourrait imaginer que, quoi que sa mère ait souhaité laisser à Sam, ce serait toujours moins que la moitié de sa fortune qui, avant, revenait à Delia. La part d'héritage de Laurel aurait augmenté dès que ce nouveau testament aurait été signé. En revanche, la mort ou l'incapacité de Charity Quinn aurait bien arrangé Delia. Toute la question est de savoir si quelqu'un le savait, pour le testament.

— Tout le monde le savait. – Helena prit un air outré. – Charity Quinn avait discuté avec son notaire depuis le compte mail familial, ses filles y avaient accès. Les messages sont très explicites. À croire qu'elle voulait provoquer Delia.

— Ou vérifier si celle-ci est aussi désintéressée, aussi accrochée à ses idéaux, qu'elle prétend l'être. Et pourtant…

Je mis mon clignotant avant de tourner dans N-Street.

— Je ne vois vraiment pas Delia avec une scie à métaux à la main. J'ai regardé son compte sur les réseaux sociaux. Cette fille est du genre à faire des guirlandes en vieux papier journal et à les poster sur Instagram avec pour commentaire : *Joyeux Noël, planète Terre.* – Je secouai la tête. – Elle essaie d'être autosuffisante. Le soir, elle fait de l'aide aux devoirs auprès des enfants défavorisés du quartier où elle habite. Elle lave son linge à la main, fabrique du compost et ne bouffe pas de viande. Mais peut-être que je me fais des illusions.

Je repensai soudain au pull de Delia : bien qu'informe, il était en cachemire. Encore une petite fille riche qui jouait à être pauvre.

Il n'y avait pas de place pour se garer devant la maison des Quinn, et je dus aller plus loin dans la rue, sur un emplacement réservé aux riverains. Je m'apprêtais à quitter la voiture, mais Helena n'avait pas encore terminé son récit.

— J'en ai profité pour poser au notaire la question du père des filles. – Ses joues se colorèrent légèrement. – Tu vois, je me suis dit – et je sais maintenant que cela sonne idiot et naïf, mais tant pis – que peut-être qu'il n'était pas mort, et que si cet homme avait appris pour le futur mariage de Charity, il aurait pu lui en vouloir ou… Bon, bref. Le père des filles n'est pas mort parce qu'il n'a jamais existé, le notaire est formel.

— Comment ça, il n'a jamais existé ?

Bien qu'Helena semblât gênée, je me doutais qu'elle n'allait pas me parler d'une intervention du Saint-Esprit. En effet, cela ne fut pas le cas.

— Charity Quinn a eu ses filles par FIV, avec don de sperme. Elle avait choisi l'option du donneur anonyme. Alors, cette histoire racontée par Laurel d'un vaillant pilote britannique, c'est un peu comme ces enfants abandonnés qui s'imaginent être des descendants de rois. En réalité, les filles Quinn n'ont jamais eu de père.

18.

— J'étais comme un père pour elles. Je faisais tout, les conduire, les emmener au stade… Quand elles étaient ados, je surveillais qu'elles ne rentrent pas trop tard. Ce qu'un père fait pour ses enfants, je l'ai fait.

Randolph reposa la photo des filles Quinn sur le guéridon, et se rassit. Dans la lumière crue du matin, sa peau noire avait des reflets bleutés.

— J'ai même appris à faire des gâteaux. Et, d'accord, officiellement, je ne suis que l'homme à tout faire. Mais au fil des ans, je suis devenu bien plus que cela.

— J'en suis convaincu, monsieur. Pensez-vous être en mesure de répondre à quelques questions ?

Nous étions assis dans un petit salon encombré où des maquettes de bateaux avoisinaient des bibelots à l'effigie de l'équipe de base-ball Washington Nationals. C'était une pièce agréable et chaleureuse, mais qui avait le confort un peu daté des lieux que leurs occupants ont cessé de voir depuis longtemps. À côté d'une vieille photo représentant les filles Quinn, il y en avait une autre, sur laquelle un adolescent noir, grand et mince, souriait à l'objectif, l'air emprunté dans ses habits du dimanche.

— Votre fils ?

Randolph sourit. Il devait sourire beaucoup, d'habitude, à en juger par les rides profondes aux coins de ses yeux.

— Louie. Il vit avec sa mère, mais je le vois tous les week-ends. Il entre à la fac l'année prochaine. Il a eu une bourse d'excellence.

— Vous devez être très fier de lui, dit Helena. Tout comme vous devez être fier de Delia et de Laurel. Nous avons appris que Me Quinn n'avait jamais été mariée. Même avec votre aide précieuse, élever deux filles en tant que mère célibataire n'a pas dû être facile pour elle.

— Ça ne l'a pas été, c'est certain. Même si elle n'en a jamais rien laissé paraître.

Randolph attrapa la cafetière, et nous resservit un café. Il le faisait noir et fort, comme je l'aimais.

— Vous savez, c'est un drôle de paradoxe. Tout le monde s'accorde à dire que l'argent ne fait pas le bonheur. Et en même temps, quand une personne riche, qui a sa vie sous contrôle, dit qu'elle est malheureuse, on ne veut pas la croire. On considère qu'elle exagère, qu'elle ne peut pas réellement se sentir seule, nulle, avoir des doutes. Charity a compris ça. Du coup, elle ne se plaignait jamais. Pourtant, avant que j'arrive – à l'époque, Laurel avait sept ans et Delia, cinq –, elle en avait bavé. Les maladies infantiles, les convocations chez les maîtresses, les colères et les caprices… elle a tout affronté seule, la tête haute. Jamais elle n'a relevé les commérages qui allaient bon train derrière son dos, jamais elle ne s'est offusquée lorsque les autres mamans de l'école se retrouvaient pour un café et qu'elle n'était pas invitée. Si on lui posait la question, tout allait toujours bien.

— Comment est-ce que vous décririez sa relation avec ses enfants ? Ce n'est pas que nous les soupçonnions, évidemment, mentis-je, c'est juste qu'il peut être intéressant, dans une affaire comme celle-ci, de comprendre la dynamique familiale.

Je ne savais pas si Randolph était dupe de mon explication. En tout cas, il garda le silence si longtemps que je crus qu'il n'allait pas se décider à parler du tout. Enfin, il lâcha :

— Laurel et Delia sont très différentes, vous l'avez remarqué. Et pourtant, Charity les aime toutes les deux de la même manière.

Je le regardai. Il était forcément au courant de la dispute. Peut-être même de la demande faite au notaire. Randolph me fixait d'un air calme. Ses vêtements d'un autre âge – une chemise à carreaux du genre bûcheron et un cardigan en grosses mailles – lui conféraient une étrange dignité. Voilà un homme qui restait maître de lui.

— Et sa filleule, Sam ? Nous avons cru comprendre qu'elle était très impliquée dans la vie de la famille ?

— Depuis un an, oui. Sam n'est pas sa filleule au sens religieux du terme. Charity a participé à un programme de mentorat, où l'on demande à des femmes accomplies professionnellement de prendre en charge une petite jeune venant d'un quartier défavorisé. Sam est apparemment une filleule parfaite. Charity ne parle que d'elle, je crois même que les filles en ont été jalouses. Maintenant, Charity paie ses frais de scolarité. Comme s'il n'y avait pas d'autres causes plus justes.

Helena but une gorgée de son café.

— Vous ne semblez pas porter Sam dans votre cœur.

— Je me méfie de cette fille. Elle a changé du tout au tout depuis qu'elle a rencontré Charity. Il y a quelques mois encore, c'était une petite jeune un peu boulotte, aux cheveux frisés. Maintenant, elle fait tout pour ressembler à Laurel. Même coupe de cheveux, qu'elle porte lisses, mêmes vêtements, même façon de parler. Et elle est tout le temps ici, à déjeuner ou à dîner, elle considère la chambre d'amis comme la sienne. Elle avait prévu de fêter Noël avec elles. Alors qu'elle a une famille, un père et une mère, et je crois deux frères. Elle n'en parle jamais.

— Vous croyez qu'elle a pu scier le crochet qui tenait le miroir dans la chambre ?

Randolph secoua la tête, avec regret me sembla-t-il.

— Non, je ne le crois pas. Je n'arrive pas à croire que quiconque puisse faire une chose pareille. Vous savez, ce qui est arrivé est d'autant plus surprenant que la chambre allait être refaite. Le début des travaux était prévu pour la semaine prochaine.

— Elle semble pourtant en parfait état, intervint Helena en cachant sa surprise. Pourquoi des travaux ?

— C'est Charity qui l'a décidé. Il est prévu que M. Reed vienne s'installer ici après le mariage, et je crois qu'elle ne supporte pas l'idée de transformer en lit conjugal ce lit dans lequel elle a si longtemps dormi seule. Elle a décidé de refaire la pièce, dans un style français, a-t-elle dit. Vous savez, avec des corniches, et des commodes anciennes, et des fauteuils crapaud. Et aussi ces petits édredons matelassés.

— Des courtepointes ? dit Helena.

— C'est ça.

Randolph nous lança un regard désemparé.

— Tout ça pour dire que, quand des entrepreneurs sont venus pour les devis, ils ont inspecté cette fichue glace. Elle devait être enlevée, et ils voulaient voir comment étaient les fixations, pour pouvoir refaire le mur derrière. Il y en a même un qui a dit que, pour l'enlever, cela allait être compliqué, que le mur risquait de partir avec.

Randolph se frotta le visage avec ses deux mains.

— Peut-être qu'en faisant cela, ils l'ont déséquilibrée. Peut-être que si Charity avait été moins arc-boutée sur ces travaux…

Il laissa la phrase en suspens.

— C'est une très belle maison, reprit Helena.

— Charity y tient beaucoup. Elle a pris beaucoup de plaisir, beaucoup de soin à l'aménager. Elle aime les objets, peut passer des heures à choisir une poignée de porte ou un coussin, je crois que les objets la déçoivent moins que les personnes. C'est une façon de se protéger.

Je me demandai si Randolph allait élaborer un peu, nous expliquer qui étaient ces personnes qui avaient tant déçu Charity, mais il n'ajouta rien, se contentant de faire tournoyer le café dans sa tasse comme s'il s'agissait d'un grand cru.

Helena me lança un coup d'œil interrogateur. Il y avait une question que nous devions poser à Randolph, et de sa réponse allait dépendre la suite de l'enquête. Avant de monter le voir dans son petit appartement du second étage, nous avions longuement discuté de la meilleure façon de la présenter, sans arriver à une conclusion définitive.

— Et, en raison des travaux, dis-je enfin, j'imagine qu'il y a eu beaucoup de passage ces derniers temps, des entrepreneurs et des prestataires. Croyez-vous que quelqu'un qui en voulait à Me Quinn, à cause de l'affaire Davis peut-être, ait pu s'introduire dans la maison à cette occasion ?

Il me sembla qu'Helena retenait son souffle. J'évitai de croiser son regard.

— Non, dit Randolph. Charity était très préoccupée par la sécurité, et encore plus depuis qu'elle avait reçu des menaces. Aucun prestataire, aucun entrepreneur ne pouvait rentrer dans la maison sans que je l'accompagne et que je reste à côté de lui. Je ne devais pas les laisser seuls même un court instant.

Il souleva la cafetière pour me resservir, puis, Helena ayant refusé, il versa du café dans sa tasse.

— Ces dernières semaines, Charity avait exigé que je ne quitte la maison sous aucun prétexte. Et lorsqu'elle est partie à Venise avec M. Reed, elle a tenu à ce que je branche l'alarme toutes les nuits.

— C'était quand, ce voyage à Venise ?

La citation de Shakespeare trouvée près du lit avait été écrite sur un bloc provenant d'un *palazzo* vénitien.

Randolph remuait son café en baissant la tête vers le tourbillon provoqué par la cuillère. Je m'adressai au sommet de son crâne.

— C'était au début du mois, n'est-ce pas ?

— Elle est partie le 10 décembre et n'était revenue que depuis quatre jours quand cette maudite glace est tombée. Écoutez, vous êtes sûr qu'il ne s'agit pas d'un accident ?

Je repensai à la chambre blanche éclaboussée de sang, aux scellés posés sur toute l'aile de la maison. Au visage de Charlie Weasel se délectant de son rôle d'oiseau de mauvais augure.

— Tout à fait sûr, malheureusement. Et pendant que Mme Quinn était à Venise, vous ne vous êtes pas absenté, même un court instant, sans mettre l'alarme ?

Randolph secoua la tête.

— Je ne me suis pas absenté du tout. Charity avait fait livrer un plein de courses, j'avais plus qu'assez en ce qui concernait la nourriture.

— Merci. Une dernière question, si je peux.

Randolph passa sa langue sur ses lèvres sèches.

— Bien sûr.

— Que pensez-vous du procès Davis ?

— Charity a eu mille fois raison de le défendre.

Randolph prononça cela d'une traite, comme s'il avait préparé la réponse à cette question depuis longtemps.

— Vraiment ?

— Oui. – Il me regarda droit dans les yeux. – Oui, j'en suis persuadé.

— Merci.

J'avalai ce qui restait de mon café et me levai.

— C'est tout ce dont nous avons besoin à ce stade de l'enquête. Mais je pense que nous serons obligés de revenir.

— Je suis à votre disposition. J'espère que vous retrouverez celui qui a fait cela.

Je croisai le regard d'Helena. L'hypothèse de Randolph – que la glace avait été simplement déséquilibrée par les ouvriers – ne tenait pas debout, nous le savions grâce au rapport de La Fouine. Et nous savions également que personne n'avait pu entrer dans la maison sans que l'homme à tout faire le sache. Le cercle des suspects se trouvait réduit aux proches de Charity Quinn. Timothy Reed. Les deux filles. Sam. Randolph lui-même. Nous avions cinq suspects, et bien plus de chances de résoudre cette enquête qu'avant le début de notre entretien.

19.

Extrait du journal intime de Charity Quinn

La nécessité a l'art étrange de rendre précieuses les plus viles choses.

Le Roi Lear

Ce que la plupart des gens ne comprennent pas, c'est que réussir est facile, à condition de mesurer la réussite en argent.

Une belle maison, remplie de beaux objets.

Des vêtements de marque.

Une voiture de sport.

Des vacances au soleil des Caraïbes.

Tout cela est à la portée du premier venu, et bien plus facilement qu'on se l'imagine a priori.

Maintenant, je dois être claire. Je ne prétends pas savoir comment réussir dans d'autres domaines de la vie. Écrire un beau poème, trouver un médicament qui guérira le cancer, peindre *La Joconde* – il n'y a pas de mode d'emploi pour cela. Mais la réussite telle que vous et moi la concevons est facile. Il suffit de faire passer le profit avant tout le reste – famille, Dieu, amitié, morale –, et il n'y a plus grand-chose qui vous arrêtera.

Petite, je n'étais pas assez mignonne pour espérer faire un jour un beau mariage. Je ne venais pas non plus d'une illustre famille, mes ancêtres ne s'étaient pas trouvés sur le *Mayflower*. Mon nom de famille n'était pas de ceux qui ouvrent des portes. Je n'étais pas une Kennedy, je n'étais pas une Rockefeller, je n'étais pas une Getty. Et je n'avais pas d'argent, zéro, *nada*.

Cela ne veut pas dire que je partais de rien. En faisant un inventaire objectif de mes qualités, j'avais noté une excellente mémoire, une forte capacité de travail, du courage et de l'obstination. Ainsi qu'une belle voix qui porte, outil indispensable en plaidoirie.

C'était cette voix qui m'avait décidée à devenir avocate.

Dès lors que mon objectif était fixé, il me suffisait de travailler.

Une obstination sans faille m'a permis d'obtenir une bourse d'études à Vassar, puis une autre à Georgetown, où j'ai étudié le droit.

Je garde peu de souvenirs de cette époque, et pour cause. Je ne faisais que travailler. Les soirées dans des pubs, les nuits où, assis sous un ciel étoilé, les étudiants refont le monde, les journées passées sur un terrain de foot ou sur un court de tennis : très peu pour moi. Je n'avais pas le temps pour cela. Je savais que faire partie des étudiants d'une des meilleures universités du pays ne suffirait pas. N'ayant ni les relations qu'il fallait, ni la beauté, ni la fortune familiale, pour réussir, je devais sortir du lot. Et bien choisir ma spécialité.

En première année, ayant lu dans un magazine qu'un avocat spécialiste en fusions-acquisitions pouvait gagner plus d'un million de dollars par an, j'ai décidé de consacrer ma carrière à l'étude du droit des sociétés. Puis un fait divers a changé mon destin.

Le 3 octobre 1995, à dix heures du matin sur la côte Ouest, une heure de l'après-midi sur la côte Est, le pays tout entier a suspendu son souffle.

Le volume des transactions à la Bourse de New York a baissé de quarante et un pour cent, le nombre d'appels téléphoniques a diminué de deux tiers. La consommation d'eau s'est écroulée, car plus personne n'allait aux toilettes de peur de manquer l'annonce faite sur le petit écran. Près de cent millions de personnes se sont figées devant leur poste de télévision. On dit que, ce jour-là, quatre cent quatre-vingts millions de dollars ont été perdus pour l'économie américaine, car personne ne se sentait capable de travailler.

Et franchement, qui aurait pu nous le reprocher ?

Le monde entier avait les yeux braqués sur le Los Angeles County Superior Court. Ce bâtiment qui ressemble à une boîte à chaussures, cette salle de tribunal bondée, aux murs recouverts de panneaux de faux bois marron : c'était là que cela se passait.

À dix heures et sept minutes, après près d'un an de procédure, le verdict fut enfin rendu. O. J. Simpson n'était pas coupable du meurtre de son ex-femme, Nicole Brown, et de son ami, Ron Goldman. Le célèbre footballeur américain avait été innocenté grâce au doute raisonnable, orchestré de main de maître par ses avocats : Robert Shapiro, Johnnie Cochran, Robert Kardashian.

J'entamais à l'époque ma dernière année de droit à Georgetown. Alors que, tout autour de moi, les étudiants ne quittaient pas des yeux le visage de l'accusé, c'étaient ses avocats que je regardais. Oubliées les fusions-acquisitions. Oublié le droit des affaires. La « *Dream Team* » – tel fut le nom dont la presse affubla les défenseurs d'O. J. Simpson – venait de gagner cinq millions de dollars en frais d'honoraires. Dans mon esprit, la lumière s'est faite. Moi aussi, j'allais gagner ma vie grâce au doute raisonnable.

Un an plus tard, mon diplôme de droit en poche, j'ai passé l'examen du barreau de Washington, puis je me suis fait embaucher par le cabinet d'avocats le plus offrant.

Quelques mois après que j'ai obtenu mon diplôme, le journal des anciens de Georgetown a publié un long article dédié aux majors de ma promotion. On me voit sur l'une des photos, je suis la caricature d'une yuppie : imperméable Burberry beige, mocassins, carré Hermès, un cartable à la main. Je viens de gagner mon premier procès. Je suis heureuse. La culpabilité présumée de l'homme que j'ai fait libérer ne me perturbe pas du tout. Je travaille nuit et jour, je n'ai pas d'amis, pas d'amoureux, mais j'assume totalement.

Je sais depuis toujours que dans la vie, on peut faire tout ce que l'on veut, à condition d'accepter d'en payer le prix.

20.

Des récipients en tout genre s'alignaient sur le plan de travail en granit de la cuisine. Il y avait là un plat en céramique rempli de gratin de macaronis, des saladiers en verre pleins de verdure un peu fanée, des barquettes d'aluminium dans lesquelles des boulettes de viande nageaient dans la sauce tomate. Des Tupperware, des cakes encore dans leur moule, une Thermos. Cela sentait comme à la cantine de l'Indiana Avenue.

— Dites-moi que vous avez faim, s'exclama Laurel d'un ton de *pom-pom girl*.

Cette fois, elle portait une robe-pull moulante sans manches, et une bonne dizaine de fins bracelets dorés au bras gauche.

— Non, sérieusement ! Mangez quelque chose. Depuis ce matin, cela n'arrête pas. Des voisins sonnent à la porte ou laissent des plats sur le perron. Certains ont de ces idées ! Regardez ça.

Laurel souleva un plat dans lequel des spaghettis s'enroulaient autour de haricots rouges sous une épaisse couche de fromage râpé bien orange.

— La vieille Mme Dunmore m'a dit que cela s'appelait « Cincinnati chili ». Vous en voulez, peut-être ?

Lorsque je fis non de la tête, Laurel haussa les épaules et jeta le plat, encore dans son récipient, dans la poubelle.

— Alors, un café ?

Nous en avions déjà bu plusieurs tasses, Helena et moi, mais il me semblait difficile de refuser. Et au moins, comme ça, je n'avais pas à me demander pourquoi mon cœur se mettait à battre plus fort chaque fois que je croisais le regard de ma coéquipière : un excès de caféine, voilà tout.

Je pris la tasse des mains de Laurel et m'installai sur un tabouret. Un mégot flottait dans la barquette Tupperware la plus proche, remplie d'une sauce marronnasse. J'avais faim avant de descendre dans la cuisine, mais plus maintenant.

Laurel me lança un coup d'œil en coin, et battit des cils.

— Dites-moi… suis-je suspecte ?

— Tout le monde est suspect, répondit Helena en prenant place à côté de moi.

Le coin de ses lèvres tressaillit légèrement, comme si elle réprimait un sourire.

— C'est ce qu'on dirait dans un roman policier.

— Un très mauvais roman, concéda Helena. Et puis, laisser entendre que tout le monde est suspect revient à reconnaître que personne ne l'est.

Laurel médita cette affirmation.

— À votre place, je suspecterais Sam, déclara-t-elle. Elle est tout le temps fourrée ici, alors qu'elle n'est pas de la famille. Ou Dorothy.

— Pourquoi ?

— Parce que je trouve ça très louche que Dorothy se sente obligée de porter des twin-sets et des rangs de perles. Et qu'elle susurre au lieu de parler. Je veux dire, elle n'est pas obligée d'être un tel cliché, si ?

— Dorothy aurait dû naître dans un autre siècle, fit une voix moqueuse dans mon dos.

C'était Sam, en robe noire courte, façon deuil chic. Je me demandai si elle était là depuis longtemps, si elle avait pu entendre la remarque de Laurel à son sujet.

— C'est une parfaite dame de compagnie, ajouta Sam en avançant dans la pièce. Il y a cent ans, elle aurait été à l'aise dans sa vie. Je ne suis pas sûre en revanche qu'elle s'épanouisse tant que cela dans le monde moderne.

— Comme tu y vas, toi ! Une vraie langue de vipère.

Laurel agita dans l'air sa main aux ongles laqués et éclata de rire. Comme une clochette qui tinte. Je regardai Helena ; elle n'avait pas souri.

— Je reviens de l'hôpital, dit Sam lorsque Laurel eut fini de rire. Et Charity n'a toujours pas dit un mot.

— Vous en pensez quoi ?

Sam haussa les épaules. Elle ne s'était pas assise avec nous, mais restait appuyée contre le plan de travail, figée dans une pose qui la mettait à son avantage.

— Je n'ai pas d'avis sur la question.

— Et vous ? – Je me tournai de nouveau vers Laurel. – Êtes-vous allée voir votre mère aujourd'hui ?

Le sourire de Laurel devint encore plus éblouissant, si tant est qu'une telle chose fût possible.

— Pas encore. J'ai un peu de mal avec les hôpitaux, les médecins. Je n'y mets pas les pieds sans qu'on m'y oblige. Et puis, Delia y est toujours, j'en suis sûre.

Sam leva les yeux au ciel.

— Évidemment que Delia y est. Mais je pense que cela ferait plaisir à ta mère de te voir également.

Au vu de cet échange d'amabilités, je n'eus aucun scrupule à poser la question suivante.

— L'une de vous peut-elle me raconter ce qui s'est passé entre Delia et sa mère ? J'ai cru comprendre qu'elles se sont disputées. J'aimerais connaître les détails.

Il y eut un silence. Pendant un moment, je pensai même que les filles allaient faire semblant de ne pas avoir entendu. Je laissai ma question en suspens. Dehors, la pluie avait cessé, mais le vent soufflait fort, charriant les feuilles mortes. Finalement, Sam prit la parole.

— Il y a eu une dispute, en effet, dit-elle très lentement. Plusieurs même, et pas des petites. J'ai vu des assiettes voler. Tout cela parce que cette cruche de Delia a brusquement découvert que le monde n'est pas peuplé uniquement par des bisounours. – Sam sourit soudain. – Cela lui a fait un de ces chocs ! Elle a accusé sa mère de ne pas se préoccuper des faits, seulement des apparences. Et ensuite…

— Ah, s'exclama Laurel, la main pressée contre sa bouche.

Sam haussa un sourcil.

— Qu'est-ce qui t'arrive ?

— Les apparences, murmura Laurel. Et maintenant, maman a l'apparence d'un monstre.

Et tout d'un coup, elle éclata en sanglots.

21.

Pendant notre absence, la salle d'enquête qui nous avait été allouée au quartier général s'était transformée en une ruche bourdonnante. Des bureaux s'alignaient le long du mur gauche ; assis derrière eux, une dizaine de jeunes gens remplis de leur propre importance parlaient au téléphone ou tapaient sur le clavier d'un ordinateur. Sur le mur du fond, un grand tableau magnétique, sur lequel on avait accroché pêle-mêle des photos de Charity Quinn avant et après son accident, des procès-verbaux d'arrestation de Malcolm Davis, des articles de journaux, des photos de la scène du crime. À droite, un bureau ministériel, celui de Donaldson. Vide, à l'exception d'une feuille de papier vierge sur laquelle était posé un beau stylo plume. Et à côté, ce qui ressemblait à deux petits bureaux d'écolier. Helena étouffa à grand-peine un fou rire.

— C'est pour nous, je crois.

— Entrez, entrez !

Donaldson s'avança vers nous les bras tendus, à la manière d'un homme politique venu à la rencontre de ses électeurs.

— Une matinée productive, j'espère ?

Dans son esprit, cette question n'appelait manifestement pas de réponse. Il se tournait déjà vers l'une de ses recrues.

— William, ici, a une bonne nouvelle à vous annoncer. Il a réussi à retrouver le révérend Jackson. Vas-y, mon grand !

William, très jeune et très zélé, s'empourpra, un sourire béat sur ses lèvres charnues.

— Donc, Jackson est un nom courant. Et dans l'Alabama, vous n'allez pas me croire, il n'y a pas moins de…

Mes pensées partirent à la dérive. Donaldson l'aurait su si seulement il avait daigné écouter le récit de notre matinée : qu'on retrouve ou pas le révérend Jackson n'avait pas la moindre importance. Le déchaînement des passions qu'avait provoqué l'affaire Malcolm Davis m'apparaissait désormais comme une simple coïncidence, ou encore une diversion qui avait permis à l'auteur de cette tentative de meurtre d'agir dans l'ombre, pendant que tous les regards se portaient ailleurs.

— Nous devons mettre Charity Quinn sous surveillance policière à l'hôpital, dis-je alors que le pauvre William reprenait son souffle. Celui qui a fait cela pourrait recommencer.

Donaldson me lança un coup d'œil surpris.

— Une surveillance policière ? Cela représente un coût important pour le contribuable. En outre, je suis loin d'être certain que ce soit utile. Avez-vous seulement entendu ce que William disait ? Le révérend Jackson est en train d'être interrogé par la police de son État. Continuez, William !

— Et donc, reprit William, les téléphones portables du révérend Jackson – il en a deux – ont été mis sur écoute et nous épluchons le relevé de ses communications téléphoniques. Par ailleurs…

J'attrapai un donut dans un carton posé à côté de la cafetière. C'était l'avantage avec Donaldson : la secrétaire de l'équipe était amoureuse de lui et veillait à son confort matériel et, par extension, à celui de ses subordonnés. Même les crayons dans un pot sur mon bureau étaient parfaitement taillés. Je mordis dans mon beignet.

Donaldson avait été très clair depuis le début : c'était lui qui définissait les axes d'enquête et dirigeait les opérations. Mon avis, mes suggestions ne comptaient pas. Helena et moi ne faisions qu'« occuper le terrain ».

Ma coéquipière, assise bien droite derrière son petit bureau, avait dû arriver simultanément à la même conclusion, car tout d'un coup, elle interjeta d'une voix forte, coupant William au milieu d'une phrase.

— Il faut aussi qu'on cherche dans le passé de Charity Quinn.

Donaldson parut surpris par tant de témérité, mais aussitôt son visage se fendit d'un large sourire un peu contraint. Helena continua, imperturbable :

— Les dossiers qu'elle a traités, les clients qu'elle a défendus. Quelque chose dans ce passé a bouleversé la plus jeune des filles Quinn au point qu'elle a claqué la porte de la demeure familiale et est partie s'installer ailleurs. Cela pourrait faire partie du motif.

Elle se tut et regarda Donaldson d'un air de défi.

Un silence s'abattit sur la pièce ; certains des flics la fixaient, la détaillant sans vergogne ; d'autres avaient baissé le nez vers leur ordinateur portable pour cacher un sourire. Dans un coin de la pièce, la grosse imprimante se mit à ronronner.

— Mes chers petits, reprit Donaldson au bout d'un moment, d'un ton indiquant que sa patience, bien qu'immense, avait tout de même des limites. Le motif, nous le connaissons. Cette pauvre Me Quinn s'est mis à dos la moitié de l'Amérique en défendant un meurtrier parricide. J'espère juste que nous aurons assez de ressources pour appréhender la bonne personne. C'est vraiment une enquête d'envergure. Vous avez la chance d'en voir une, et en plus tout au début de votre carrière. C'est très formateur.

Je m'apprêtais à lui répondre, à montrer les failles de son argumentation, mais juste à ce moment-là, mon portable sonna. Un numéro inconnu s'affichait sur l'écran. Je sortis de la salle et décrochai.

22.

C'était Laurel, et elle était hystérique.

— Non mais vous vous rendez compte ! Comment est-ce possible, vous pouvez me le dire ? Revenez ici tout de suite !

Il me fallut plusieurs minutes et des trésors de patience avant de démêler le fil de son histoire. Apparemment, à peine avions-nous quitté la maison que Laurel était allée consulter son compte Twitter pour se calmer. Ce qu'elle y avait vu l'avait choquée au plus haut point. Un tabloïd – le *National Enquirer*, l'un des pires spécimens de cette espèce au demeurant peu ragoûtante – avait publié des photos de Charity Quinn sur son lit d'hôpital. Le monde étant ce qu'il est, ces photos avaient aussi été envoyées à Laurel sur Twitter par un utilisateur caché sous le pseudo « unamiquivousveutdubien ». En état de choc, Laurel avait couru vers le kiosque à journaux le plus proche, et avait acheté tous les exemplaires disponibles du tabloïd. Une action dénuée de sens, comme elle l'avait reconnu elle-même : une fois que les images se retrouvaient sur le Net, il n'y avait plus moyen de les arrêter. Et maintenant, elle voulait que je trouve celui qui avait fait cela.

Je réfléchis. Les tabloïds protègent leurs sources, et je me faisais peu d'illusions quant à la possibilité de retrouver la personne qui avait pris ces photos. Cela ne signifiait pas que je n'allais pas lâcher Donaldson à ses trousses.

— Je vous assure, Laurel, qu'on fera tout notre possible pour retrouver celui qui a fait cela et le traduire en justice.

Laurel étouffa un sanglot.

— Ce n'est pas tout. En plus des photos, on a aussi publié des choses atroces sur maman.

— Je vais regarder. Merci de m'avoir prévenu. On va aussi vous envoyer un officier de liaison, une personne qui travaille spécifiquement avec les familles des victimes. Vous n'avez pas parlé aux journalistes ?

— Non. – Laurel soupira. – Maman nous a toujours dit de nous en méfier comme de la peste. Des reporters sont venus sonner à la porte hier, mais on ne leur a pas ouvert. Et Randolph a dit que le premier qui essaierait de forcer le passage, il lui casserait la gueule et tant pis pour les conséquences.

— C'est très bien. Est-ce que Sam est avec vous ?

— Oui… Oui, elle est là.

Laurel semblait s'être un peu calmée. Je raccrochai, et allai sur le site mobile du *National Enquirer*.

La photo de Charity était en première page, et je sentis mon cœur se serrer. Sur l'image, sans doute prise à l'aide d'un téléphone portable, la pauvre femme ressemblait à une grotesque marionnette de foire, une poupée en lambeaux toute raccommodée. Juste en dessous, guidé sans doute par la volonté de choquer propre à ce genre de publication, le tabloïd avait posté une photo de Charity prise avant l'accident, où elle figurait main dans la main avec Timothy Reed. Sourire heureux, visage intact. Pour la première fois depuis le début de l'enquête, je me demandai ce qu'allait devenir leur histoire. Que ressentait un homme lorsque celle qu'il s'apprêtait à épouser se trouvait irrémédiablement défigurée ?

Une main légère se posa sur mon poignet. Helena.

— Le briefing est fini, je te cherchais. Qu'est-ce que tu regardes ?

Je tournai l'écran de mon téléphone vers elle.

— Un avant-après, dans la grande tradition du journalisme de caniveau. J'espère que M. Reed n'a pas vu cela. Il vaut mieux qu'il découvre Charity en vrai plutôt que sur l'écran de son téléphone ou dans la devanture du kiosque à journaux de l'aéroport.

Helena sembla lire dans mes pensées.

— Cela ne compte peut-être pas tant que cela. Même avant l'accident, il était beaucoup plus beau qu'elle, ils ont sans doute une proximité intellectuelle ou… – Elle se tut et rougit. – Et le chirurgien esthétique arrive bientôt, il va arranger les choses.

Helena me rendit le téléphone.

— Je l'espère pour elle.

Je hochai la tête sans répondre, mais au fond de moi, je n'étais pas convaincu. Ce n'était pas comme si Charity et Timothy étaient en couple depuis une éternité, que leur destin était lié par des enfants, par des amis, des souvenirs communs et mille bonheurs passés. Ils venaient de se rencontrer. Et on pouvait raconter ce qu'on voulait, le physique comptait. Sinon, pourquoi mon cœur se mettait-il à battre plus fort en présence d'Helena ?

23.

Le public américain aime les histoires tristes, les histoires à faire pleurer dans les chaumières. Des sportifs au sommet de leur carrière qu'une blessure met sur le banc de touche. Des chanteuses pop qui se retrouvent en centre de désintoxication. Des rêves brisés. Et que peut-il y avoir de plus triste qu'une femme à qui tout sourit et qui perd tout ?

Ce n'était pas seulement dans le *National Enquirer* que l'histoire de Charity se trouvait mise en exergue, elle était dans tous les journaux, sans exception. Pendant qu'Helena était partie chercher son sandwich – elle avait proposé qu'on déjeune ensemble, mais j'avais encore refusé, prétextant devoir travailler –, je m'installai dans la salle d'enquête désormais déserte et parcourus les journaux du matin qu'un des larbins de Donaldson avait rassemblés.

Laurel avait raison. Si la plupart des publications reprenaient en chœur les lieux communs de la biographie de Charity – ses études de droit à Georgetown, les procès retentissants qui avaient installé sa réputation et sa fortune, son histoire d'amour avec le séduisant Timothy Reed, le procès Davis qui marquait un tournant dans sa carrière –, d'autres avaient un propos plus nuancé où des allusions à peine voilées affleuraient. On rappelait aux lecteurs que Charity Quinn avait représenté la société éditrice du logiciel de coordination du trafic qui avait causé la mort de neuf habitants de la capitale en 2009. Que la plupart des clients de Mme Quinn, si ce n'est tous, étaient des criminels en col blanc. Que Charity Quinn s'était spécialisée dans la défense d'hommes riches et puissants contre des accusations lancées par la proverbiale veuve et son orphelin. Qu'avant l'affaire Malcolm Davis, elle n'avait jamais aidé personne sans se faire payer grassement.

— T'as rien d'autre à faire ?

Donaldson était de retour dans la salle d'enquête.

Je ne relevai pas, espérant qu'il comprendrait le message, mais peine perdue : il se hissa sur son bureau, face à moi.

— Et Helena, elle est où ?

— Partie s'acheter à manger.

Je tournai la page de mon journal, et recommençai ma lecture.

— Je voulais te dire, tant qu'on est seuls.

Donaldson se pencha vers moi avec une mine de conspirateur. Son haleine sentait la menthe extra-forte.

— Un conseil d'ami, si je puis me permettre. Ne va surtout pas croire que tu puisses plaire à une fille classe comme Helena. Ce serait une grave erreur, ça, tu vas te rendre ridicule. – Il secoua la tête d'un air navré. – Tu pourrais croire que tu lui plais parce qu'elle te sourit, mais c'est juste qu'elle a une conscience sociale bien développée. Tu es sa B. A. du jour, en quelque sorte !

— Merci pour le conseil.

Je n'avais qu'une envie, lui mettre mon poing dans la figure, surtout au souvenir de la façon qu'il avait de dévorer Helena de ses yeux trop petits. Je me suis abstenu. Il avait raison, dans le fond. Helena et moi n'étions pas du même monde, même si elle ne le savait peut-être pas encore. Et comme tous les vrais sadiques,

Donaldson avait un instinct infaillible pour appuyer le doigt là où ça faisait mal.

Je refermai mon journal et me levai.

— J'apprécie vraiment ta sollicitude, Pete. C'est bien d'avoir un collègue comme toi, presque comme un grand frère.

Si Donaldson perçut l'ironie, il n'en laissa rien paraître.

— Quand tu veux, mon vieux, quand tu veux.

24.

Extrait du journal intime de Charity Quinn

Mieux vaut être méprisé et le savoir quêtre méprisé et sén-tendre flatter.
Le Roi Lear

À partir du moment où vous le payez, un avocat est votre ami. Ainsi, au fil des ans, je suis devenue lamie de beaucoup de personnes infréquentables.

Très vite, jai réussi à me faire un nom. On venait voir Quinn & Associés pour des conduites en état divresse et des histoires de mœurs sordides, pour des faits de corruption et des instants de négligence. Il ny avait quune condition : avoir assez dargent pour payer mes honoraires. Je prenais six cents dollars de lheure, et un forfait correspondant à cent heures de travail devait être versé sur mon compte à lavance.

Ma marque de fabrique était le doute raisonnable. Javais bien retenu les leçons du procès O. J. Simpson : tant que votre client na pas été vu avec un pistolet fumant à la main près du corps de sa victime agonisante, il y a toujours moyen de s'en sortir. Il suffisait d'imaginer une explication alternative qui, à défaut d'être plausible, était théoriquement possible.

On a trouvé le gant ensanglanté de votre client près du corps ? C'est la victime elle-même qui l'avait volé avant de le barbouiller de son propre sang.

On a vu votre client sur le lieu du crime ? Oui, mais le témoin portait des lunettes, comment être sûr qu'il voyait bien ?

Tel autre a entendu votre client menacer la victime au téléphone ? C'est ce qu'il dit, mais n'est-il pas vrai également que ce témoin est un adepte de la théorie du complot, qu'il fait partie de ceux qui croient que la destruction des tours jumelles est l'œuvre des services secrets américains ?

Et si votre client avait été vu en train d'abattre la victime ? Il avait été provoqué. De manière outrancière. Il ne pouvait pas faire autrement : c'était de la légitime défense. Là encore, on pouvait s'en tirer grâce au doute raisonnable. Et à condition que l'accusé ne parle pas. Cela marche dans les affaires de droit pénal classique, mais aussi pour ce qu'on appelle les affaires de cols blancs. Des détournements de fonds, des abus de biens sociaux, des procès pour harcèlement. Au fil des ans, j'ai commencé à bien m'y connaître.

Je me souviens d'un procès en particulier. Ce jour-là, mon destin a changé à tout jamais. Le 10 avril 2004, je me trouvais dans le tribunal du district de Columbia sur Constitution Avenue, un bâtiment pompeux avec ses longues fenêtres verticales, ses pelouses peignées, ses vigiles obséquieux. Je venais d'obtenir la relaxe de Reginald B. Landers, accusé de conduite en état d'ivresse ayant entraîné la mort. Grâce à moi, il repartait libre. Ou plutôt, il ne repartait pas, car il tenait absolument à me remercier en bonne et due forme. Reggie était un type dans la cinquantaine à la calvitie galopante et au menton fuyant, propriétaire d'une chaîne de magasins vendant des accessoires pour téléphones portables. Des oreillettes tendance, des coques aux couleurs de l'arc-en-ciel : ce genre de choses. Il m'en a offert une, d'ailleurs, en signe de gratitude, accompagnée d'un chèque de deux cent soixante mille dollars. « Vous êtes la meilleure, maître Quinn, s'est-il exclamé en postillonnant. Vraiment ! Je vous dois la liberté ! »

– Maître Quinn ? Charity Quinn ? C'est bien vous ?

Un homme s'était détaché de la foule pressée dans le hall du tribunal et venait vers nous. Costume sur mesure, chemise d'un blanc éclatant, lunettes à monture d'écaille : un cliché. Il se présenta. Ira Sorkin, avocat au barreau de New York. Me Sorkin était à la recherche d'un avocat pugnace et déterminé – ses propres mots – pour l'aider à représenter un de ses clients, un financier à la renommée mondiale, Bernard Madoff.

Dès lors, ma réputation a dépassé les frontières de l'État. Quant à ma vie, elle est restée la même, mais en mieux. Je travaillais toujours autant mais je facturais plus cher, j'ai quitté mon appartement pour la grande maison de N-Street, j'ai pu embaucher Randolph pour m'aider à la maison, inscrire mes filles dans les écoles privées les plus huppées.

Et non, je ne me sentais pas coupable. Je ne faisais que mon travail, et je le faisais bien. Sans juger. Sans me poser de questions métaphysiques sur le bien et le mal, sur la culpabilité et la justice. Peu m'importait que les victimes de mes clients me haïssent, peu m'importait que la plupart de ceux que je défendais me traitent avec un mépris mal dissimulé.

Pour autant, je n'étais pas un béni-oui-oui. Beaucoup de mes clients étaient des gens mauvais, évidemment, je savais cela. Seulement, je me disais que s'il n'y avait pas de gens mauvais, il n'y aurait pas d'avocats non plus.

25.

Le reste de la journée fut occupé à jongler avec la paperasse.

Le listing des illuminés en tout genre qui avaient envoyé des menaces à Charity Quinn.

Le compte-rendu de l'interrogatoire du révérend Jackson.

Le relevé des appels téléphoniques passés par les filles Quinn, Randolph et Sam Jones : rien de notable, et aucun croisement avec les illuminés de la première liste.

Litres de café, sonneries persistantes de téléphone.

Un mal de tête qui ne me lâchait pas.

— Je t'ai vu discuter avec Donaldson, tout à l'heure, me dit Helena alors que je refermais le rapport de la société de télésurveillance attestant que l'alarme avait fonctionné tout à fait normalement dans les semaines ayant précédé la tentative de meurtre.

— Oui, en effet. Il a tenu à me donner quelques conseils.

— Sur ta façon de mener cette enquête ?

— Oui, ce genre de choses.

Je n'allais pas dire à Helena que Donaldson avait remarqué mon attirance pour elle, et se moquait de moi.

Elle se pencha vers moi en chuchotant.

— Ne fais pas attention à lui, il a peur de perdre sa place de bellâtre de service, voilà tout.

Je haussai les épaules sans répondre et me replongeai dans la lecture du rapport de la société de télésurveillance. Je me fichais pas mal de ce que Donaldson pensait de moi, mais il avait raison : Helena et moi, ce n'était pas possible. Même pas la peine d'y penser.

— Ethan ? Un coup de fil pour toi.

Le jeune policier qui avait pris l'appel me passa le combiné.

— Inspecteur ?

La voix hésitante de Dorothy Prendergast dans l'appareil.

— Je n'ai pas osé appeler votre portable, j'avais peur de vous déranger.

— Vous pouvez m'appeler à tout moment. Avez-vous quelque nouvelle information à me communiquer ? Vous êtes-vous souvenue de quelque chose ?

— Oh non, pas du tout ! – Un petit rire gêné. – Non non non. C'est juste que je voulais savoir si vous aviez fait des progrès. Mais peut-être que je ne devrais pas vous poser ce genre de questions eu égard au secret de l'enquête et de… tout ça.

— Aucun problème, madame Prendergast. C'est tout à fait normal et humain que vous vous inquiétiez. Nous travaillons sur plusieurs pistes à la fois, et malheureusement, je ne peux rien vous donner de concret à ce stade. Mais cela tombe bien que vous appeliez, j'ai une question pour vous, qui va sans doute vous paraître un peu bizarre. Décririez-vous Charity Quinn comme une bonne personne ?

— Ma foi… je dirais que… oh !

Il y eut un petit bruit métallique, puis de la friture sur la ligne. J'attendis. Quelques instants plus tard, Dorothy reprit le combiné, la voix encore plus essoufflée.

— Excusez-moi, j'étais en train de manger un bout de gâteau – c'est mon petit goûter –, et j'ai malencontreusement fait tomber ma cuillère, et il y a des miettes partout maintenant, et…

— Pas de souci, madame Prendergast. Souhaitez-vous que je repose ma question ?

— Non, non, je m'en souviens. Eh bien, voyez-vous, j'y ai beaucoup réfléchi aussi, et je suis arrivée à la conclusion que la plupart des personnes se voient comme des gens bien. Même les criminels que Charity défendait. Ils considéraient qu'ils avaient leurs raisons pour agir comme ils l'avaient fait, qu'ils avaient des excuses, mais qu'au fond, ils étaient gentils… Je crois que personne ne veut reconnaître son côté obscur.

Cette femme était loin d'être aussi bête qu'elle en avait l'air.

— Je vous remercie, madame Prendergast. Je ne manquerai pas de vous tenir informée des progrès de l'enquête. Êtes-vous passée à l'hôpital aujourd'hui ?

— Oui. Il n'y a pas de changement. Et elle ne parle toujours pas.

Je raccrochai en remerciant. Il était dix-neuf heures, et la salle se vidait peu à peu, même Donaldson était parti sans que je le remarque. Bientôt, il ne resta plus qu'Helena et moi. Au bout d'un moment, voyant que je n'étais plus occupé, elle leva la tête et me sourit.

— Que dit Dorothy Prendergast ?

— Pas grand-chose, si ce n'est qu'elle admet, à demi-mot, que Charity Quinn n'était pas vraiment une personne fréquentable.

— Et pourtant, Dorothy est restée à ses côtés pendant plus de vingt ans. C'est curieux, cette femme, elle donne l'impression de jouer un rôle secondaire dans sa propre vie.

— J'ai cru comprendre que ce travail était tout pour elle, et qu'elle n'avait pas de famille. Alors, oui, elle vit sans doute un peu par procuration.

— Je me demande..., dit Helena. C'est sans doute un peu tiré par les cheveux, mais je continue de penser qu'on devrait chercher dans les anciens procès défendus par Charity. Et pas seulement par rapport à la réaction de Delia. Il faut qu'on reprenne ses procès un à un et qu'on vérifie les noms des victimes. Cela peut venir de là, quelqu'un qui avait un proche victime d'un de ces criminels que Charity Quinn a défendus avec un tel succès. Cette personne, voyant que l'accusé s'en est tiré grâce aux services d'une avocate habile, a pu décider de se venger.

Je réfléchis. Oui, ça se tenait.

— Tu penses à Sam ? Elle va et vient dans la maison comme bon lui semble, elle aurait pu scier le crochet sans la moindre difficulté. Et tu as raison, si elle a eu un frère, ou une cousine, ou même un ami proche dont la vie a été gâchée à cause de l'intervention de Charity, cela constitue un bon mobile.

— Sam, ou quelqu'un d'autre. Randolph, par exemple. Charity aurait pu ne pas savoir qu'un de ses proches était impliqué. Et aussi, on en revient toujours à Delia. Elle admet en avoir beaucoup voulu à sa mère, elle aurait pu agir pour des raisons idéologiques, pas seulement pécuniaires.

Je hochai la tête.

— Cela pourrait être aussi ce mystérieux Timothy Reed.

— Exactement. Et si lui aussi avait ses raisons pour attenter à la vie de Charity ? Après tout, on ne sait rien sur lui, à part le fait qu'il est prof, riche, divorcé et que sa fille unique est handicapée.

Je me levai.

— Bon point, regardons l'historique des dossiers de défense de Me Quinn. Dorothy Prendergast doit pouvoir nous arranger cela.

— Bien sûr. – Helena se leva à son tour. – Je fais ça demain matin.

Elle hésita.

— Tu… Tu vas y aller ? Ça te dirait que…

Je la coupai avant qu'elle n'arrive à en dire plus.

— Oui, j'y vais, on m'attend déjà. Je te souhaite une bonne soirée.

Je quittai la pièce.

26.

Extrait du journal intime de Charity Quinn

L'amour n'est pas l'amour dès qu'il s'y mêle des considérations étrangères à son véritable objet.
Le Roi Lear

Comme tout le monde, j'ai vécu des histoires d'amour. Dans mon cas, elles n'ont pas duré.

Ai-je été trop exigeante ? Peut-être. Pourtant, je ne cherchais pas un apollon ni un esprit remarquable, un homme tout à fait ordinaire aurait suffi, à partir du moment où il aurait été aussi bien éduqué et aussi investi dans sa carrière que moi. Et c'est là que le bât blesse. Car le genre d'homme qui m'attirait, un homme ambitieux, travailleur, un homme qui souhaitait bâtir une fortune, n'était pas intéressé par une femme comme moi. Ces hommes n'ont d'yeux que pour des jolies blondes un peu niaises, des conquêtes faciles qui peuvent aussi faire de bonnes poules pondeuses. Ces hommes s'attendent à trouver leur femme à la maison à la fin d'une longue journée de travail, le dîner prêt, les enfants déjà au lit. Ils ne veulent pas d'une femme qui, intellectuellement, est leur égale, ils ne veulent pas de compagne qui puisse leur faire de l'ombre.

Et qui me restait-il, alors ?

Apparemment, des doux rêveurs. Des garçons impressionnés par mon ambition et ma persévérance, trop contents aussi de profiter du train de vie confortable que ma compagnie leur offrait. Des week-ends à la montagne. Des escapades à New York. Une décapotable. Ils étaient bibliothécaires, employés municipaux ou chômeurs, et ils se voyaient très bien vivre à mes crochets pour le restant de leurs jours.

La patience étant une vertu que je ne possède pas, j'en ai vite eu assez. Le dernier avec lequel je suis sortie, un archiviste prénommé Drew au corps flasque et aux oreilles en feuilles de chou, a même eu le toupet de demander que j'emmène ses parents en vacances avec nous. Je pouvais me le permettre, n'est-ce pas ? Tandis que lui, avec son pauvre salaire... et ses parents n'étaient jamais allés en Europe... ils rêvaient tant de voir Paris... Je le pouvais, mais je ne le voulais pas. Le jour suivant cette requête, Drew a fait ses valises en boudant. Pour autant, nous ne partions pas en vacances. Je lui avais ordonné de déguerpir.

Puisque la vie réelle n'arrivait pas à la hauteur de mes exigences, je me suis réfugiée dans la lecture. Pas des grands classiques, non. Plutôt le genre de romans dont la couverture s'orne d'un bouquet de roses et d'une alliance. Des romans aux titres évocateurs : *Le Rivage des secrets*, *Cœurs à vif* ou *Passion orageuse*. Les hommes y sont nobles, dignes, beaux. Ils ne tombent pas amoureux d'une femme pour son argent. Tout ce qui me manquait dans la vraie vie.

J'allais à l'autre bout de la ville pour les acheter, ces romans à deux sous, me cachant derrière des lunettes noires. Je payais toujours mes achats en liquide, pour que personne ne voie le nom sur la carte bancaire. J'avais honte. Comment moi, une femme intelligente et cultivée, un as de la plaidoirie, avais-je pu tomber si bas ? C'était ma drogue. Je lisais et je fantasmais sur mon futur mariage. La robe, le menu, le lieu de réception, la petite demoiselle d'honneur – une nièce de mon futur mari, peut-être – qui porterait la tiare venant de ma famille sur sa petite tête blonde. Les fleurs : pivoines et roses. La première valse : Fred Astaire. Le choix du dessert. Au fil des ans, ce rêve est devenu de plus en plus précis, de plus en plus vivant, alors même que l'éventualité d'un mariage s'éloignait pour moi.

On a tous besoin d'évasion, d'oublier qui on est, ne serait-ce qu'un court instant, de vivre dans la peau de quelqu'un d'autre. C'est ce que ces livres faisaient pour moi. Une fois mes lectures terminées, j'allumais un feu dans ma cheminée et je les brûlais. C'était un aspect de ma vie que je ne souhaitais partager avec personne. Être malheureuse me suffisait amplement, je n'allais pas en plus être ridicule.

27.

J'avais menti à Helena lorsque je lui avais dit qu'on m'attendait déjà. En réalité, j'avais encore une heure devant moi. En sortant du quartier général de la police, je pris la direction de Georgetown. Pourtant, cette fois, le but de mon voyage n'était pas la maison de Charity Quinn sur N-Street.

Quinze minutes plus tard, je me garai à quelques mètres de la devanture de *Georgetown Cupcake*, le haut lieu de la gourmandise locale. J'avais repéré la boutique – très chic avec ses grandes baies vitrées et son auvent noir estampillé du logo de la marque – la veille, et je savais qu'en achetant le dessert ici, je ne manquerais pas de faire plaisir. Bien sûr, on pouvait aussi commander sur Internet et se faire livrer à domicile, mais je m'y refusais. Ce genre de progrès n'était pas pour moi. J'aimais le contact avec les commerçants, voir les produits en vrai, quitte à perdre du temps.

Une foule typique du quartier se pressait à l'intérieur : des jeunes femmes en jeans roulottés aux chevilles et baskets de grandes marques, des hommes avec une barbe de hipster soigneusement taillée et parkas Canada Goose. Ajoutez à cela quelques touristes asiatiques armés de guides de voyage et un couple de Texans qui achetait des cupcakes pour une petite armée, et je mis dix bonnes minutes pour arriver enfin au comptoir. Mon choix était fait depuis longtemps. Je commandai des Red Velvet – la pâtisserie emblématique de la marque, au parfum de vanille et au cœur rouge fondant – pour ma sœur, et des Sunshine jaune citron pour ma mère. Puis, une fois ma commande soigneusement emballée dans une boîte rose bonbon, je remontai en voiture et pris la direction de Deanwood. J'arrivai dans le quartier de mon enfance quelques minutes avant vingt heures.

Ici aussi, le progrès était en marche, si l'on peut appeler « progrès » le ravalement des façades et les clôtures fraîchement peintes. Dans certaines rues du centre, des immeubles design, au style industriel, affichaient à la vente des lofts à des prix prohibitifs. Les maisons d'origine, ces constructions bringuebalantes à un étage, faites de planches de bois et recouvertes de tôle, se faisaient rares. Elles devenaient, de ce fait, d'autant plus remarquables : comme des dents cariées au milieu d'un beau sourire.

Ma famille habitait sur Hayes Street, dans une de ces dents cariées. Ma mère ayant déclaré que celui qui envisagerait d'en repeindre la façade devrait la tuer d'abord, la maison était restée – au dire des promoteurs immobiliers – « dans son jus ». Je fus accueilli par des géraniums desséchés dans leurs pots en plastique marron qui flanquaient la porte d'entrée. Quelqu'un, sans doute ma sœur, avait entortillé des guirlandes lumineuses autour de chaque pot. Loin d'être joyeux et festif, l'effet obtenu était sinistre. Je poussai la porte d'entrée dont la peinture écaillée avait fini par ressembler à du camouflage. À l'intérieur, il faisait trop chaud, et la télé marchait à fond dans le salon.

— T'es en retard, cria ma sœur depuis la cuisine.

Ma mère était avec elle, vêtue, comme à son habitude, d'un survêtement de velours rose, de la même teinte que la boîte de cupcakes que je tenais à la main. Je les embrassai toutes les deux.

— Regardez ce que j'ai apporté.

— Punaise, Ethan, t'es trop sympa ! Voilà ce que c'est que de traîner dans des quartiers chics.

Stella me prit la boîte des mains. Elle entamait son huitième mois de grossesse, et son corps commençait à ressembler à une montgolfière tant elle était ronde.

— On a presque fini, ici. Ailes de poulet, frites et nuggets, tout ce que t'aimes.

Je repoussai une image malvenue – Helena se mettant à table avec sa famille, nappe blanche amidonnée, vaisselle de porcelaine fine, petits plats faits maison – et souris à ma sœur.

— Exactement. Je n'échangerais cela pour rien au monde.

Dans le salon, dont la déco n'avait pas changé depuis mon enfance – un canapé à grosses fleurs marron, passablement défoncé, des rideaux en chenille délavés, une photo de la tour Eiffel encadrée au mur –, un père Noël clignotant montait la garde près du sapin en plastique. Stella fit chuter les cartons de nourriture sur la table basse.

— C'est qui, cette fille ?

Je la regardai sans comprendre.

— De qui tu parles ?

Ma mère attrapa la télécommande.

— On t'a vu à la téloche. En train de sortir de la maison de cette… de cette Charity Quinn, et il y avait une fille qui marchait près de toi. Elle te parlait et tu la regardais comme si elle était la huitième merveille du monde.

Stella pouffa.

— J'espère qu'il y a rien entre vous, parce qu'elle est pas notre genre. Et puis, t'es déjà avec Chanelle. Sers-toi, hein ?

Elle fit passer le carton des ailes de poulet.

Ma mère fit claquer sa langue. Sur l'écran de la télévision, *L'Incroyable Famille Kardashian* faisait ses valises pour partir en week-end.

— En même temps, remarque, on voit au moins que cette fille est une vraie riche. Née avec une cuillère en argent dans la bouche. Pas comme l'autre, là, qui s'est fait écrabouiller. Celle-là pétait vraiment plus haut que son cul.

Ce thème revenait souvent, dans ma famille, la différence entre les vrais riches, comme Helena – à qui, à la rigueur, on pouvait pardonner puisqu'ils n'étaient pas responsables de leur état –, et les autres, ceux qui avaient réussi à quitter leur condition sociale de départ pour se propulser dans les sphères supérieures. Ceux-là étaient de vrais traîtres. Charity Quinn en faisait partie, et rien que cela la rendait détestable aux yeux de ma famille. Et malheureusement pour moi, il n'y avait pas que cela.

Pour éviter de répondre, j'attrapai une poignée de frites que je trempai dans la sauce ketchup. Pendant quelques instants, personne ne dit rien, et à l'écran, Khloé K. eut le temps de plier deux minirobes.

— Au fait, dit Stella, Mme Hillman te remercie pour la clôture. – Elle gloussa. – J'ai dû manger ta portion de donuts. Elle m'a tenu la jambe pendant une bonne heure, à chanter tes louanges.

— Elle se sent seule depuis que Paddy est mort.

— Oui, et gâteuse aussi. À un moment, elle a dit que Paddy et toi aviez traversé le pays à bord d'un Greyhound.

— Nous n'avons pas eu le temps. Il est mort avant.

— C'est ce que je lui ai dit. Et elle s'est mise à pleurer. Mais tu es le bienvenu quand tu veux.

— Je repasserai chez elle bientôt.

Je n'ai pas dit : une fois l'enquête en cours terminée, mais ma mère l'a compris tout de même. Elle gigota sur les coussins, sans quitter la télé des yeux, puis se lança à l'assaut.

— Alors, tu travailles sur l'affaire Quinn ?

— Oui.

— Ce n'est pas ce que tu m'as dit hier. – Elle reprit des nuggets. – Il paraît qu'elle a été sérieusement amochée.

— C'est le cas.

— Hmm. Et tu sais déjà qui lui a fait ça ?

— Pas encore.

— Mais tu vas le savoir.

Pour la première fois depuis le début de notre discussion, ma mère quitta l'écran des yeux et se tourna vers moi.

— Tu sais que, dans le quartier, les gens risquent de pas apprécier ? Déjà, je me suis fait emmerder à la supérette tout à l'heure. « Et comment que ça se fait, madame Morrow, que votre fils, qui a toujours été un gentil garçon, se trouve mêlé à ça ? »

— Qu'as-tu répondu ?

Ma mère esquissa une grimace.

— Tu me connais, va. Je n'approuve pas, mais je peux quand même pas te renier. Alors, j'ai dit que, quoi que cette salope ait fait par le passé, elle avait tourné la page, car maintenant, elle défendait Malcolm Davis. Et gratuitement, qui plus est.

— Parce que dans le quartier, les gens sont pour Davis ? J'aurais cru que…

— Ben oui, qu'ils sont pour Davis. Qu'est-ce que tu crois ? Y a beaucoup de gens ici qui sont dans la même situation que lui, sans assurance maladie, sans rien, ça leur pend au nez. On comprend. Tu peux aimer tes parents, ne leur vouloir aucun mal. Il n'empêche, des fois, la mort, c'est tout ce qui vous reste.

Ma mère soupira, se signa, puis ouvrit la boîte de cupcakes.

Je crus qu'on allait en rester là, mais Stella, qui avait passé les dix dernières minutes absorbée par les choix vestimentaires de Khloé K., se tourna soudain vers moi.

— Dis, Ethan, à ta place, je ferais gaffe quand même. Les gens, ici, y risquent de te lancer des œufs pourris sur la bagnole. Ou pire.

Vendredi 20 décembre 2019

28.

Les prévisions catastrophistes de Stella se vérifièrent dès le lendemain matin, lorsque j'ouvris ma boîte à lettres et y découvris un petit paquet contenant un rat mort. La dépouille de l'animal était accompagnée d'une lettre anonyme. Papier à lettres ordinaire, impression standard, police de caractères Times New Roman taille 12. Tout en minuscules.

tu ne trouveras jamais le coupable.

Je réfléchis. Le message semblait clair. Shakespeare toujours, *Hamlet*, *Qu'est-ce donc ? Un rat !* N'importe qui pouvait savoir que je travaillais sur l'affaire Quinn, mais n'importe qui ne savait pas que j'habitais là. Combien d'Ethan Morrow dans Washington DC ? Une consultation rapide de mon téléphone me fournit la réponse : quatre. J'espérais sincèrement que les trois autres, qui n'avaient rien demandé à personne, n'avaient pas reçu de cadavres d'animaux. Alors, quoi ? La procédure en vigueur dans la police prévoyait qu'on signalât ce genre d'incident aux Affaires internes, mais cela, c'était hors de question. Il aurait fallu leur expliquer pourquoi mes copains d'enfance trouvaient à redire au fait que je travaillais sur cette affaire. J'imaginais la tête des gars de la Crim', le rire gras de Donaldson, l'incompréhension sur le visage d'Helena. *Ainsi*, dirait Hannah Newsham, *vous venez de là, vous êtes bien méritant tout de même, vous avez su évoluer, tandis que vos amis d'enfance...* Car c'étaient bien eux, j'en étais sûr, le rat parlait de lui-même, si on pouvait dire. À leurs yeux, j'étais un traître.

Mais je ne suis pas du genre peureux – pas physiquement, en tout cas –, et je me dis que, tout compte fait, le rat, la lettre, ce n'était pas très grave. Je remontai chez moi pour prendre des gants de cuisine en caoutchouc, puis je jetai la dépouille dans la poubelle, et la lettre avec. Il était huit heures à ma montre, et je devais me dépêcher si je ne voulais pas être en retard.

Une fois dans ma voiture, je mis la radio à fond et me concentrai sur ma conduite. Comme toujours dans ma vie, je prenais grand soin de ne pas examiner les questions qui comptaient vraiment. Ma famille, ma carrière, le sourire d'Helena – mieux valait ne pas y penser. J'avais un travail à faire, et tout allait bien. Arrivé au bureau, j'en étais presque persuadé.

Delia attendait déjà, assise à la réception à l'ombre d'un ficus rabougri. Elle portait le même jean et le même pull-serpillière que la veille, mais cette fois, elle avait remplacé la parka par une espèce de veste sherpa, beaucoup trop grande pour elle. L'écharpe, faisant plusieurs fois le tour de son cou, lui donnait un air souffreteux, encore aggravé par la pâleur de son visage. Alors que nous montions vers la salle d'interrogatoire, je lui demandai des nouvelles de sa mère.

— Toujours pareil.

— M. Reed est-il arrivé ?

Malgré mon insistance de la veille, malgré les photos du visage ravagé de Charity Quinn qui s'étaient retrouvées en première page d'un tabloïd, Donaldson avait refusé de mettre en place une surveillance policière. Sauf à monter la garde à l'hôpital moi-même, je n'avais aucun moyen de savoir ce qui s'y passait.

— Non, pas encore. Dans une heure, je crois. Dorothy est passée, Sam aussi. J'ai dormi sur place.

— Et Laurel ?

Delia eut un rire sans joie.

— Ma sœur est montée à l'étage où se trouve maman, mais elle n'a jamais pu se forcer à entrer dans la pièce. Du coup, elle m'a téléphoné, et j'ai mis mon téléphone contre l'oreille de maman. Laurel lui a dit qu'elle l'aimait.

— Comment votre mère a-t-elle réagi ?

— Elle n'a pas réagi. Pourtant, les médecins persistent à dire que son cerveau est intact. Ils se trompent peut-être.

J'ouvris la porte de la petite salle d'interrogatoire, une pièce exiguë et sans fenêtre. Il y régnait toujours une odeur désagréable que la femme de ménage avait tenté, sans succès, d'éradiquer à l'aide d'un parfum d'ambiance vanille.

— Je suis désolé, toutes les autres salles sont prises, je n'ai pas mieux à vous proposer.

— Pas de problème.

Delia jeta sa sacoche et sa veste sherpa par terre, et s'installa sur la chaise que je lui avais indiquée. Dans ce décor gris institutionnel, elle semblait terriblement jeune et vulnérable. Les mains posées à plat sur la table, elle étudiait son environnement avec intérêt, cherchant à se faire un avis. C'était peine perdue : les salles d'interrogatoire étaient aménagées de sorte à ne pas avoir une quelconque caractéristique, et ce n'était pas uniquement une question de budget. La table, les chaises, la moquette au sol : tout était gris et de moyenne gamme. Ainsi, le cerveau de la personne interrogée n'avait rien à quoi se raccrocher. L'environnement importait peu, car c'était un duel. Delia contre la police.

J'allumai le système d'enregistrement, citai mon nom, la date et l'heure.

— Delia, je voudrais tout d'abord préciser pour la caméra que vous êtes ici de votre plein gré et libre de partir à tout moment. Avez-vous des questions pour moi, avant qu'on commence ?

— Oui, pourquoi vous êtes seul ? Je croyais que les policiers venaient toujours par deux, comme Starsky et Hutch, ou Rizzoli et Isles, ou…

— Tango et Cash, ajouta Helena en rentrant dans la salle d'interrogatoire. Désolée pour le retard, j'étais coincée dans un bouchon. Ravie de vous rencontrer, Delia.

Était-ce le sourire d'Helena, ou le fait que celle-ci avait apporté trois *latti macchiatos* de chez *Starbucks* ? Delia se détendit visiblement.

— J'imagine qu'il faut que je vous parle encore de ma dispute avec maman ?

— On peut commencer par ça, en effet. Quand vous l'avez accusée de servir le droit, mais pas la justice, aviez-vous un dossier spécifique en tête ?

Delia but une gorgée de son café pour se donner du temps.

— Ils étaient tous comme ça, sans exception. Sauf que, bien sûr, maman ne voulait pas le reconnaître. Vous savez, j'ai un ami qui a fait un peu de droit, avant d'abandonner. Il m'a expliqué qu'à l'école de droit, on vous apprend une chose avant tout : comment parler pour ne rien dire. Il est impossible de discuter avec maman.

— Et votre sœur, demanda Helena, elle partage votre point de vue ? Ou a-t-elle pris la défense de votre mère ? J'essaie juste de comprendre comment était l'ambiance, à la maison.

— Vous savez qui a pris fait et cause pour maman ?

Delia envoya son gobelet vide à la poubelle d'un geste rageur.

— Sam. Alors que, vu d'où elle vient, cette fille devrait se révolter, pas se couler dans le moule. Au lieu de ça, elle fait de la lèche à ma mère.

Helena se pencha en avant, intéressée.

— Pourquoi ? Elle vient d'où, Sam ?

— Deanwood. Enfin, elle n'y habite plus, mais c'est quand même une banlieue bien pourrie. Sam, tout ce qu'elle veut, c'est être comme les autres. Elle croit que si elle se fait la même coupe de cheveux que Laurel, personne ne verra de différence entre elles.

Delia fit une moue.

— Et vous savez quoi ? Certains jours, je crois que maman a rencontré en elle une fille idéale. Sam lui correspond bien plus que Laurel ou moi. Une fille brillante et jolie. Pour ma mère, c'est tout ce qui compte.

Sans nous concerter, Helena et moi avions choisi nos rôles. J'étais le méchant flic. Je me penchai vers Delia.

— C'est très idéaliste, comme discours. Le souci, c'est que ce ne sont que des paroles. Quand je vois la façon dont vous agissez…

Elle était jeune, elle tomba dans le panneau.

— De quoi parlez-vous ?

— De vos études. Littérature anglaise, à l'université de Georgetown, si je ne m'abuse ? C'est votre mère qui paie ?

— Oui. – Delia me lança un regard de défi. – Mais je compte la rembourser.

— Ah ouais ? Avec quel argent ? Une avance sur héritage peut-être ? Mais non, suis-je bête, votre mère a prévu de vous déshériter. Et maintenant qu'elle n'est pas morte, elle aura tout le loisir de le faire…

— Calme-toi, Ethan, murmura Helena en me jetant un regard de biais. Tu ne sais pas…

— Oh si, je le sais. Et je vais bientôt trouver un moyen de le prouver. Mais revenons à ma question initiale. Mademoiselle est donc spécialiste en littérature anglaise. Vous étudiez un auteur en particulier ?

— Shakespeare, marmonna Delia.

— Évidemment. J'aurais dû m'en douter. Et c'est pour payer une existence de rêve à sa fille passionnée par Shakespeare que Charity Quinn a travaillé toute sa vie. Et maintenant, la fille – comble d'ingratitude – reproche à sa mère de travailler comme elle le fait. Cela s'appelle lui planter un couteau dans le dos. Une trahison pure et simple.

Je ne pensais pas que cela allait marcher. La provocation était grossière, et Delia m'avait fait l'effet d'une jeune femme intelligente. Mais c'était sans prendre en compte sa fatigue, ni la charge émotionnelle de la situation dans laquelle elle se trouvait.

— Vous n'avez pas le droit, s'exclama Delia, les yeux brillants. Comment osez-vous ? Vous me faites passer pour une lâche profiteuse, alors que… je… je vais vous dire ce qui est lâche. Ce qui est traître. Vous avez vu Randolph ?

La question me surprit. Je n'en laissai rien paraître.

— Oui.

— C'est un homme bon.

— Je ne dis pas le contraire.

— Il travaille pour maman depuis des années.

J'attendis.

— Il a un fils. Un peu plus jeune que moi, très brillant. Il est admis à l'université du Maryland, pour étudier l'informatique. Randolph a besoin d'argent pour payer ses études. Son fils a eu une bourse, mais elle ne couvre pas la totalité des frais.

Je commençais à voir où elle voulait en venir.

— Je vous écoute.

— Même Dorothy, elle a tenté de l'aider, elle a recommandé Louie – c'est comme ça que s'appelle le fils de Randolph – pour un boulot d'assistant administratif à l'université. Ça lui paiera une partie des frais de scolarité. Il est allé passer son entretien la semaine dernière, Randolph m'a dit que Louie était tellement content d'avoir eu ce job qu'il a chanté sur le chemin du retour. Mais maman…

— Oui ?

— Maman a licencié Randolph. Juste avant de partir pour Venise avec Timothy. Elle a dit qu'elle n'avait plus besoin de ses services. Que, ces dernières années déjà, elle le payait à ne rien faire. Elle a traité Randolph comme un objet. Et elle a tout de même exigé qu'il garde la maison en son absence et qu'il soit encore là à Noël, pour donner un coup de main. Et vous pensez encore que c'est moi qui l'ai trahie ? Elle s'est trahie elle-même. Ses idéaux, ses valeurs – il n'y a plus rien. Rien que du calcul dans sa vie, et de la lâcheté.

29.

Extrait du journal intime de Charity Quinn

L'ingratitude est une furie au cœur de marbre.
Le Roi Lear

Il est toujours très surprenant de constater comment, avec les mêmes parents et la même éducation, on obtient des enfants complètement différents.

Mes filles, par exemple.

J'ai eu Laurel à trente-trois ans, lorsque je me suis aperçue que ma vie était un désert sentimental, et que je n'avais pas vraiment le temps ni l'énergie pour tenter des agences matrimoniales. Je n'avais pas perdu tout espoir de rencontrer quelqu'un, de me marier – à trente-trois ans, on est encore jeune –, mais le temps passait, et je ne voulais pas que ma fertilité déclinante me prenne en otage. Dont acte. Clinique privée, insémination artificielle avec le sperme d'un donneur choisi par mes soins. J'ai pris un doctorant en physique des particules. L'apparence de mon futur bébé m'importait peu, mais je voulais qu'il ou elle soit intelligente.

En cela, j'ai été déçue. Parfois, un plus additionné à un autre plus donne un moins.

Pendant la grossesse, j'ai lu tout ce qu'il fallait savoir sur la question. L'accouchement, l'allaitement maternel, le choix des petits pots : je me suis préparée aussi sérieusement que pour un procès, et je pensais que j'avais la situation sous contrôle. En cela aussi, je me trompais. J'ai mis trop longtemps à comprendre que, quoi qu'on fasse, nos enfants nous surprendront toujours.

Au moins, Laurel est une gentille fille.

Je la vois encore, dans une robe rose au jupon brodé de fleurs, installée au pied du sapin pour la traditionnelle photo de fin d'année. Laurel doit avoir six ans : ses cheveux blonds tombent en boucles soyeuses sur ses épaules, elle porte cette ridicule tiare qui me vient de ma mère, et ses chaussures sont bien cirées. Laurel est une princesse dans l'âme. À côté d'elle, Delia, quatre ans. Cheveux hirsutes, salopette en jean – elle avait hurlé jusqu'à ce que je l'autorise à enlever la robe – et grimace atroce. Dans la rue, on la prend pour un garçon.

Juste au moment où j'appuie sur le déclencheur de l'appareil photo, Delia tire la langue. Je ne le savais pas, à l'époque, mais c'étaient les plus belles années de ma vie.

Ce qu'on ne dit pas dans tous ces manuels d'éducation bien-pensants, c'est que vos soucis grandissent en même temps que vos enfants. Et que vos enfants, une fois devenus adultes, vous trahissent. Ils refusent votre mode de vie, ils se moquent de ce qui compte pour vous, ils vous rejettent.

Certains, comme Malcolm Davis, vont jusqu'à tuer leurs parents dans leur sommeil.

Je me rappellerai toujours la tête de Dorothy - sourcils en accent circonflexe, bouche arrondie en un petit O - lorsque je lui ai appris que j'allais défendre M. Davis.

– Mais..., a-t-elle marmonné. Charity, croyez-vous que...

Elle n'osait pas me demander comment il pourrait avoir assez d'argent pour mes honoraires, cet homme qui avait tué ses parents parce qu'il ne pouvait pas payer leurs frais médicaux.

– Rassurez-vous, Dorothy, il n'y a aucun problème pour le règlement. C'est un dossier *pro bono*.

Là-dessus, Dorothy a fermé la bouche. Elle était clairement choquée, mais elle avait mieux à faire que de se disputer avec moi.

Je ne lui ai avoué que bien plus tard ma raison d'accepter de défendre Davis. Et cette raison n'a rien à voir avec une quelconque charité ou préoccupation civique de ma part. Ce n'est pas non plus ma façon de faire mon *mea culpa* pour tous ces criminels que j'ai défendus, comme l'a supposé Delia. Non, la raison est beaucoup plus simple.

Tim me l'a demandé.

Malcolm Davis a travaillé comme gardien à l'université de Georgetown, et Tim le connaissait un peu. Je crois que leurs rapports se limitaient aux « bonjour » et « bonsoir » échangés en passant, mais contrairement à moi, Tim a un grand cœur.

Quand il a découvert que j'étais avocate pénaliste - c'était notre première sortie ensemble, et nous venions de commander le dessert -, il m'a tout de suite dit qu'il connaissait un cas dont je voudrais sans doute m'occuper. Je n'ai pas eu le courage de lui dire non.

À cette époque, Jim et moi, nous nous connaissions à peine, et pourtant, j'avais du mal à réfréner un espoir insensé. Il était l'incarnation parfaite de l'homme qui figurait dans ces romans à l'eau de rose : beau, viril, tendre, attentif. Riche et brillant, aussi, ce qui ne gâchait rien. J'avais des images plein la tête : dîners aux chandelles, balades en forêt, ma tête sur son épaule. Brusquement, je m'étais transformée en midinette.

Je m'étais dit qu'à défaut d'autre chose, travailler sur le cas Davis me fournirait un prétexte pour voir Jim.

Rentrée à la maison ce soir-là, je suis restée longtemps assise dans mon salon, sans allumer la lumière. Je regardais d'un œil critique les meubles de designers, le grand piano, les livres reliés de cuir que personne n'avait jamais lus. Je possède les œuvres complètes de Shakespeare, imprimées en 1915, sur du vélin d'Arches. J'imaginais le plaisir qu'éprouverait Jim à tenir cet ouvrage entre ses mains. Mon argent m'avait permis d'acheter des livres rares et des objets merveilleux, mais il ne m'avait pas appris à en profiter. Assise là, dans ce salon immense, je pensais à ma vie, et mes yeux étaient pleins de larmes. Ma maison avait toujours été trop grande pour ma famille. Mais elle n'avait jamais semblé aussi vide que depuis que j'espérais la présence de Jim à mes côtés.

30.

Après les révélations de Delia au sujet du licenciement de Randolph, nous n'avions pas eu d'autre choix que de la laisser repartir au chevet de sa mère. Elle n'était plus celle qui avait le meilleur mobile ; quant à scier un crochet en acier, un homme à tout faire paraissait somme toute meilleur candidat qu'une fille de dix-huit ans.

C'était donc dans un état d'esprit très différent de celui qui nous avait animés lors de notre visite précédente qu'Helena et moi arrivâmes à N-Street. Laurel nous ouvrit la porte. Contrairement à sa sœur, elle avait non seulement changé l'intégralité de sa tenue, mais elle avait même repeint ses ongles d'une couleur différente, bien que tout aussi vive.

— Nous n'en avons que pour quelques instants, lança Helena lorsque Laurel ouvrit la marche, sans doute par réflexe, vers la cuisine d'où s'échappait une odeur de sucre brûlé et de cannelle. Nous sommes venus voir Randolph. Il est bien là ?

Laurel nous fixa d'un air surpris.

— Il est toujours là. Comme ce poisson, comment il s'appelle ? le barracuda ? Je vous laisse monter.

Je levai les sourcils, et me penchai vers ma coéquipière.

— Qu'est-ce qu'elle a voulu dire ?

— Bernard-l'ermite, je pense, murmura Helena, une lueur espiègle au fond de ses prunelles. Allons-y !

Au deuxième étage, rien n'avait changé, et le sourire de Randolph nous découvrant sur le pas de sa porte fut toujours aussi doux.

— De retour, déjà ?

Il referma la biographie de Barack Obama qu'il était en train de lire et reposa le livre sur la commode.

— Avez-vous du nouveau ? À moins que Charity…

Son regard s'assombrit.

— Mme Quinn va aussi bien que possible, compte tenu des circonstances, lâcha Helena, cinglante. Mais pas grâce à vous.

Cette fois, c'était à elle que revenait le rôle du méchant flic.

— Nous avons en effet du nouveau. C'est la raison de notre visite. Asseyez-vous.

Le sourire de Randolph se lézarda. Helena attendit qu'il se soit posé sur un vieux canapé en velours face à la table basse pour enchaîner.

— Vous nous avez caché des choses, monsieur.

Elle-même resta debout, vieille technique pour mettre une personne dans l'embarras. Randolph lui lança un regard inquiet, mais ne dit rien. Elle poursuivit :

— Il semblerait que vos jours ici soient comptés, puisque Mme Quinn vous a licencié. Après combien d'années de bons et loyaux services ?

— Presque quatorze, murmura Randolph.

— Quatorze ans, donc.

Je ne parvenais pas à savoir si Helena était en colère contre Randolph, ou bien contre Charity, pour avoir licencié celui-ci au moment où il avait le plus besoin de son emploi.

— Alors que votre fils entre à l'université, que vous devez payer des sommes astronomiques pour ses études, et sachant qu'à cinquante ans passés, il vous sera difficile de trouver un autre emploi. Ajoutez à cela le fait que Charity a accepté de payer les frais d'inscription de Sam

– qu'elle ne connaissait pas il y a encore un an –, et la coupe était pleine.

Helena secoua la tête, l'air dégoûté.

— Vous savez, à votre place, j'aurais probablement fait pareil. Après tout, ce n'est pas comme si vous aviez vraiment cherché à la tuer. Vous avez juste donné un petit coup de pouce au destin. Si le ciel ne voulait pas punir Charity, il se serait arrangé pour qu'elle ne soit pas dans le lit au moment où le miroir tombait. Pas votre faute si le destin en a décidé autrement. S'il en fallait encore, c'est surtout une preuve supplémentaire que Charity Quinn est une mauvaise personne.

Il y eut un silence. Je me dis qu'Helena avait sans doute raison, cela avait dû se passer comme ça. Un meurtre incertain, comme la roulette russe. Tombera, tombera pas ?

Randolph se leva, regardant Helena dans les yeux.

— J'étais très triste lorsque Charity m'a annoncé mon licenciement, je ne vous le cache pas, même si je m'y attendais un peu. Pourtant, je ne lui voulais aucun mal. Êtes-vous croyante, inspecteur ?

— Il ne s'agit pas de moi, ici, rétorqua Helena, mais je voyais qu'il avait marqué un point.

— Moi, je le suis. Et le pardon est important à mes yeux. En plus, je comprends pourquoi elle a pris cette décision. Il aurait fallu être un saint pour payer une personne à ne rien faire, et Charity a plein de qualités, mais ce n'est pas une sainte. Vous savez quoi ? je la plains. La vie n'a pas été facile pour elle. Là où tout le monde voit une belle maison et de beaux vêtements, je vois une femme qui a dû galérer pour élever ses deux filles, qui n'a eu le soutien de personne, qui a toujours été très seule. Elle n'était pas heureuse : elle se contentait d'une absence de malheurs, ce qui n'est pas du tout la même chose. Sa vie n'avait pas beaucoup de saveur jusqu'à ce qu'elle rencontre M. Reed.

Si ses paroles avaient fait mouche, Helena n'en laissa rien paraître.

— Nous n'avons aucune preuve de ce que vous avancez.

— Je n'ai rien de mieux à vous proposer. Je n'ai pas scié ce crochet, et je ne sais pas qui aurait pu le faire.

Helena me jeta un regard en coin : c'était à mon tour d'entrer en scène.

— Si ce n'est pas vous, alors la seule autre possibilité, c'est Delia. Elle a également de très bonnes raisons de souhaiter la disparition de sa mère.

J'attendis la réaction, qui ne tarda pas. Randolph serra les poings. Curieux, pour un homme qui était resté doux et conciliant alors que nous l'avions accusé d'assassinat. Comme s'il n'avait pas de mal à supporter l'injustice, sauf quand elle était dirigée contre un enfant.

— Je ne crois pas un seul instant qu'une telle chose soit possible. Malgré leurs différends, Delia aime sa mère, c'est même celle qui l'aime le plus.

Soit. Helena fit un pas en arrière.

— Peut-être. Alors, dans ce cas, vous vous êtes absenté en laissant la maison sans surveillance, et un de ces détraqués qui en veulent à Charity pour le rôle qu'elle joue dans la défense de M. Davis est venu ici.

— Charity m'avait donné pour instruction expresse de ne quitter la maison sous aucun prétexte, objecta Randolph. Consultez le service d'alarme, ils vous diront qu'elle n'a pas été branchée dans la journée, et que personne n'a forcé les ouvertures, qui sont équipées de détecteurs indépendants.

Il se tourna vers la fenêtre, comme si la vue des arbres nus et mouillés par la pluie allait lui fournir des arguments supplémentaires.

— Vous savez, j'ai beaucoup réfléchi à ce qui est arrivé, et je persiste à penser que c'était un accident. Ce crochet devait être usé ou défectueux, sans que personne le remarque. Oui, cela a dû se passer comme ça. Je ne vois pas d'autre explication.

— Moi, je n'y crois pas une seconde, répliqua Helena. Vous-même, vous n'y croyez pas vraiment. Nous allons revenir.

Randolph inclina la tête.

— J'y compte bien.

Un courant d'air glacé nous accueillit dans l'entrée, ainsi qu'un homme, petit et moustachu, vêtu d'un costume trois pièces. Sur le pas de la porte, il tentait de convaincre Sam.

— Puisque je vous dis que c'est Mme Quinn elle-même qui a demandé que je vienne. L'une des demoiselles Quinn serait-elle là ?

Sam fut visiblement tentée de nier, mais elle dut s'écarter de mauvaise grâce lorsque Laurel apparut à la porte de la cuisine. Elle avait la bouche pleine.

— Laisse tomber, Sam, c'est M. Petersen. Comment allez-vous, monsieur ? Vous avez vu ce qui est arrivé à maman ? Entrez, entrez. Le coffret à bijoux de maman ? Il est dans ma chambre, la police m'a dit de le mettre là après l'accident. Je vous accompagne, vous n'en avez pas pour longtemps, si ?

Alors que Laurel et le visiteur disparaissaient en haut de l'escalier, Helena s'arrêta près de Sam.

— Que voulait ce monsieur ?

— C'est un joaillier, apparemment. Le joaillier de la famille. Il est venu inspecter les bijoux de Charity.

— À sa demande ?

— C'est ce qu'il dit. Il prétend qu'elle lui a envoyé un e-mail.

À son tour, Helena s'arrêta sur le pas de la porte.

— Voilà qui est curieux.

31.

Helena et moi avions pour projet d'aller voir Charity Quinn sur son lit d'hôpital, histoire de lui poser quelques questions qui resteraient sans doute sans réponses. Mais à peine avions-nous quitté notre place de stationnement que mon portable sonnait. Timothy Reed était arrivé et souhaitait nous voir. Il nous donna rendez-vous chez *Clyde's*, une institution à Georgetown, prisée des locaux comme des touristes, à condition que ceux-ci soient fortunés.

Assis côte à côte sur une banquette en cuir, Helena et moi avions eu le temps de parcourir quelques pages du journal intime de Charity avant qu'un homme ne s'arrêtât à notre hauteur. Un gentleman. Ce fut le premier mot qui me vint à l'esprit lorsque j'aperçus Timothy Reed. Grand, bien bâti, veste en tweed sur mesure et pantalon de velours. Un regard bleu pétillant, que douze heures passées dans l'avion et la découverte de sa fiancée recousue de toutes pièces n'avaient pas terni. Avec son élégance intemporelle, il semblait faire partie du *Clyde's*, au même titre que les suspensions Art déco de style Tiffany, les abat-jour en vitrail coloré et les murs lambrissés de chêne recouverts de tableaux.

Il s'installa en face de nous, son regard s'attardant sur le journal de Charity que j'avais refermé à son approche.

— Merci d'avoir pris le temps de me rencontrer, inspecteurs, et ici, qui plus est. Je n'ai jamais mis les pieds à l'intérieur d'un poste de police, mais je doute fort que vos locaux soient très confortables. Voulez-vous boire quelque chose ?

Il fit un signe au serveur. Helena et moi ayant décliné son offre de café, il en commanda un avant de se renverser en arrière sur son siège. Il se frotta le menton pensivement.

— Je viens de passer voir ma fiancée. C'est un choc, très franchement. Je m'étais fait une idée assez confuse de quelques bleus et bosses, pas de… Enfin, il semblerait que le chirurgien esthétique arrive demain.

Je hochai la tête.

— Est-ce qu'elle vous a parlé ?

Reed eut un air peiné.

— J'ai peur de vous avoir induit en erreur lors de mon coup de fil tout à l'heure : je n'ai aucune révélation fracassante à vous faire. Je voulais surtout savoir si l'accident de Charity – qui, si je comprends bien, n'était pas si accidentel que ça – était lié au procès Malcolm Davis. Je… J'imagine que je me sentirais coupable, si c'était le cas. C'est moi qui ai demandé à Charity d'assurer sa défense, elle n'y aurait jamais songé toute seule.

Il se tut et fixa ses mains, posées à plat sur la table.

— Je suis désolée pour ce qui vous arrive, dit Helena. Cela doit être terrible de retrouver votre fiancée blessée d'une manière aussi atroce. Je comprends votre inquiétude, mais malheureusement, nous ne sommes pas encore en mesure de répondre à votre question. C'est trop tôt.

Elle marquait un point, à mes yeux. Il aurait été facile de dire à Timothy Reed qu'il n'avait rien à se reprocher, d'autant qu'à ce stade de l'enquête, *nous* n'avions rien à lui reprocher. Je me remémorai le dossier que les sbires de Donaldson avaient assemblé sur lui. À quarante-six ans – plus jeune que Charity de six ans, donc –, Timothy Reed était à la tête d'une fortune considérable, héritée de

ses parents. Outre les parts de la société familiale et un portefeuille boursier estimé à près de douze millions et demi de dollars, il possédait un duplex à Washington avec vue sur le Potomac, un ranch dans le Montana et une maison de vacances sur Martha's Vineyard. Certainement, l'argent de Charity ne l'intéressait pas, et il n'avait rien à gagner de sa mort. Pourtant, quelque chose dans son dossier me chiffonnait.

— Si cela ne vous ennuie pas, j'aimerais que vous nous parliez de votre relation avec Mme Quinn, dis-je en essayant de croiser son regard. Votre rencontre, votre demande en mariage, votre voyage à Venise. Mais avant, j'ai une question personnelle à vous poser. Nous avons appris que vous aviez une enfant handicapée de naissance. Je suis désolé de devoir vous interroger là-dessus, mais pouvez-vous nous dire comment c'est arrivé ?

C'était une piste ténue, mais une piste tout de même. Si Charity Quinn avait défendu le médecin accoucheur ayant provoqué le handicap de la fille de Reed, l'homme aurait-il pu se venger de l'avocate ?

Timothy Reed n'en prit pas ombrage.

— Je me doutais que vous me poseriez la question, évidemment, vu les circonstances. Ma fille Olivia est une très grande prématurée. Les médecins ont été formidables, ils ont fait tout ce qu'ils ont pu. Je n'ai rien à leur reprocher, et c'est également le cas de mon ex-épouse. Maintenant, voulez-vous que je vous raconte dans quelles circonstances Charity et moi avons fait connaissance ?

32.

Extrait du journal intime de Charity Quinn

Le désir d'une femme est un territoire sans limites !
Le Roi Lear

Quand j'avais l'âge de mes filles, je m'imaginais à cinquante ans portant des chaussures à semelles orthopédiques, mes cheveux gris relevés en chignon strict, mes yeux cachés par des lunettes de vue. Maintenant que j'y suis, c'est une autre histoire.

Il existe un mot qu'on ne prononce jamais en société, au risque de voir des sourcils se lever et des sourires se figer. Un mot en cinq lettres : *vieux*. Ou, dans mon cas, *vieille*. On préfère nous appeler par des mots cache-misère, *seniors*, *baby-boomers*. Des mots qui me donnent la chair de poule, des appellations dans lesquelles je ne me reconnais pas. Au lieu de chaussures à semelles orthopédiques, je porte des talons de douze centimètres. Grâce aux soins de mon coloriste, mes cheveux n'affichent pas la moindre trace de gris. Ma peau, boostée par le rétinol et la vitamine C, recouverte d'un fond de teint qui coûte aussi cher que le caviar, pourrait être celle d'une trentenaire. Et en même temps, malgré le Botox et les injections d'acide hyaluronique, malgré le Pilates et les séances au spa, je sens depuis quelques années qu'une page est en train de se tourner.

Mes filles, encore. Il est facile de s'imaginer jeune tant que vos enfants sont jeunes, raison pour laquelle, je pense, tant de couples font un petit dernier à l'approche des quarante ans. Mais lorsque votre petit bébé devient une femme, il faut se rendre à l'évidence : l'essentiel de votre vie est derrière vous. Je commençais tout juste à m'y résigner, la mort dans l'âme. Du moins le croyais-je.

C'était en juin dernier, en fin d'année scolaire, en milieu de journée. Exceptionnellement, je me trouvais à la maison. Il faisait déjà chaud, et la climatisation au bureau était tombée en panne. Plutôt que de souffrir de la chaleur, j'avais préféré apporter mes dossiers chez moi. J'étais en train de travailler sur la table de la cuisine lorsque j'ai entendu une voiture se garer dehors. Puis, on a sonné à la porte d'entrée.

Je n'avais pas enlevé mes lunettes de lecture lorsque je suis allée ouvrir. Je m'étais dit que cela devait être un coursier, ou peut-être cette brave Dorothy qui, ayant fini de superviser la réparation de la clim, venait me faire son rapport. Mais c'était un homme que je ne connaissais pas qui se tenait devant moi, un homme grand, mince et séduisant. Il m'a demandé si j'étais bien la mère de Delia Quinn.

Ma fille était dans sa voiture. Elle s'était foulé la cheville en sortant de son cours, et cet homme, qui était son professeur de littérature, lui avait proposé de la ramener chez elle. Ce jour-là, Tim ne s'est pas attardé. Delia et moi sommes parties chez le médecin, et je pensais sincèrement que je n'allais jamais le revoir. J'ai même réussi à me convaincre que ce n'était pas grave qu'il m'ait vue avec mes lunettes. Et que, de toute façon, je ne pouvais pas être son genre. Je me suis dit que Timothy Reed devait être en couple, bien que j'aie remarqué, un peu malgré moi, qu'il ne portait pas d'alliance. Pour lui, je n'étais que la mère d'une étudiante. Rien de plus. Évidemment.

Mais Tim est revenu trois jours plus tard, pour demander des nouvelles de Delia. Je lui ai offert un café, c'était la moindre des choses. On a parlé pendant plus de deux heures, mais je serais incapable de dire de quoi, tant mon cœur cognait fort. Tim était calme, et beaucoup plus modeste que je l'avais imaginé. Et il semblait vivre seul.

En partant, il m'a dit qu'il avait deux billets pour voir *Hamlet* au Kennedy Center. C'était une déformation professionnelle chez lui : dès qu'un spectacle de Shakespeare se jouait en ville, il se sentait obligé d'aller le voir. Est-ce qu'à tout hasard, je serais intéressée ?

Le soir de la représentation, nous avons dîné dans le restaurant qui se trouve sur le toit du KenCen. Ils servent une cuisine américaine très moyenne, mais la vue sur le Potomac y est superbe. Nous avons beaucoup parlé, beaucoup ri. Il a abandonné le prétexte de s'intéresser à Delia. Les occupants des autres tables nous lançaient des regards envieux, et je me sentais comme une reine.

Je ne me rappelle rien du spectacle, si ce n'est une phrase, prononcée par le prince du Danemark à l'intention d'Ophélie, et qui m'est restée en mémoire. *Dieu vous a donné un visage et vous*

vous en fabriquez un autre. C'est à ce moment-là que Tim m'a pris la main. J'ai cru que mon coeur allait exploser, de désir, de joie, de peur aussi. J'en ai eu les larmes aux yeux, et pour ne pas paraître complètement idiote, j'ai murmuré que le spectacle m'avait émue, que jamais encore je n'avais pris la mesure de la trahison dont Hamlet avait été victime. Tim m'a alors dévisagée avec un drôle d'air. Au bout d'un moment, il a porté ma main à ses lèvres. Il a dit que l'art ne pouvait pas provoquer en nous une chose qui n'y était pas déjà. Qu'il agissait seulement comme révélateur de l'existant.

33.

Dans la chambre d'hôpital de Charity Quinn, les lys avaient été jetés, et l'odeur du désinfectant masquait à peine l'aigre sueur d'angoisse, celle de la blessée. Delia et Sam étaient assises au chevet du lit ; seule cette dernière tourna la tête à notre approche, nous adressant un sourire aussi bref que pitoyable. Quant à Charity, elle avait les yeux ouverts et regardait droit devant elle.

— Du nouveau ? demanda Helena.

La voix de Sam était à peine audible.

— Elle a demandé son iPad, et elle écrit. Mais elle ne dit toujours pas un mot.

— Au moins, elle communique.

— Pas avec nous.

— Avec qui, alors ?

— Aucune idée.

Helena tenta une approche directe.

— Madame Quinn. Nous sommes de la police, vous vous le rappelez, je pense. S'il vous est difficile de parler, pouvons-nous communiquer par écrit ? Fermez les yeux si c'est un oui.

Elle attendit, en vain. Aucun mouvement, toujours ce visage figé. Charity nous cachait quelque chose, c'était certain.

— Maman ? – Delia tendit une main hésitante vers sa mère. – Les inspecteurs veulent seulement t'aider.

— Elle ne répondra pas, t'as pas encore compris ?

Les pieds de la chaise de Sam raclèrent le sol lorsqu'elle se leva.

— Je crois que j'ai besoin d'un café.

Je lui emboîtai le pas, laissant Helena et Delia auprès de la victime.

— Je vous accompagne.

À peine avions-nous fait un pas hors de la chambre que Sam explosa.

— C'est quoi, tout ça ? À quoi ça rime ? Elle a toute sa tête, aucun doute là-dessus, mais elle, elle… Elle est égoïste, voilà ce qu'elle est !

Je me demandai quelle était la réplique appropriée. *Je comprends que cela doit être très difficile pour vous ? Je compatis ?* Sam disparaissait déjà au bout du couloir, je pressai le pas pour la rattraper. Au détour du couloir, personne. Pareil devant les ascenseurs. Aucun bruit de pas dans la cage d'escalier. Je la trouvai finalement dans une petite pièce aux murs couleur pêche, meublée d'une banquette assortie en skaï qui faisait face à un distributeur automatique de boissons. Elle tenait un gobelet de café. Ses mains tremblaient légèrement.

— Qu'est-ce que vous me voulez ?

— Vous parler, tout simplement. Pas parce que vous êtes suspecte, juste parce que nous parlons avec tout le monde. Et je voulais aussi vous dire que c'est bien que vous ayez trouvé le courage d'être là. Charity doit compter beaucoup pour vous.

— C'est le cas. Je… Elle est la première personne à avoir voulu m'aider. Elle a plus fait pour moi que mes propres parents.

Sam se laissa chuter sur la banquette, le regard rivé sur son gobelet de café.

— Et aussi, je sais que c'est idiot de dire ça, mais si je suis tout le temps chez les Quinn, c'est pas pour l'argent. Je sais ce qu'on pense de moi, mais je ne suis pas… intéressée. Ou sinon seulement un peu. Mais vous avez vu comment c'est, je n'ai jamais eu une maison comme ça. C'est beau, et c'est propre, comme au cinéma. Avant de venir chez elle, je ne savais pas que des gens pouvaient réellement vivre comme ça.

— Vous vous êtes rencontrées par le biais d'une association, c'est bien cela ?

— Oui. – Sam leva vers moi un regard noyé de larmes. – Cela s'appelle *Capital Girls*. Ils mettent en contact des femmes qui ont réussi leur carrière et des jeunes filles venant d'une banlieue défavorisée. Nous avons d'abord discuté par e-mails, puis Charity m'a proposé un déjeuner. On a sympathisé tout de suite, je crois qu'on est pareilles toutes les deux. Elle aussi est partie de rien, et elle y est arrivée.

Sam fourragea dans sa poche à la recherche d'un Kleenex, et se moucha.

— Charity m'a dit un jour qu'elle me considérait comme sa troisième fille – c'est pour cela qu'elle a voulu que je sois sa demoiselle d'honneur. La voir dans cet état, ça me tue. Quand je l'ai trouvée dans sa chambre, toute couverte de sang, j'étais sûre qu'elle allait mourir. Et maintenant… je me demande si ce n'est pas ce qu'elle aurait préféré. Elle est fière, ce n'est pas une vie pour elle.

— On ne peut pas dire cela. Le chirurgien esthétique va venir, ils vont lui arranger ça, mentis-je. C'est juste un mauvais moment à passer. Et je suis certain qu'elle apprécie votre présence ici.

Sam me considéra d'un air morne.

— Je n'en sais rien. J'espère. Est-ce que… – Elle hésita, se lança quand même. – Vous m'avez donné votre carte, hier. Est-ce que je peux vous appeler, si ça ne va pas ? Si j'ai juste besoin de parler ?

— Bien sûr. Quand vous voulez.

— Alors, je le ferai. Peut-être.

Elle se leva sans un regard pour moi et quitta la pièce. Lorsqu'après avoir bu un café et passé un coup de fil, je revins vers la chambre de la blessée, Sam avait repris sa garde silencieuse à la tête du lit. Je ne m'attardais pas. On ne gagnait rien à rester là ; aussi, après avoir posé par acquit de conscience quelques questions qui restèrent encore sans réponses, Helena et moi quittâmes la pièce.

34.

— Tu sais, Ethan, je me demande si on ne se trompe pas du tout au tout.

Helena marchait d'un pas rapide à mes côtés. Nous nous dirigions, sans nous concerter, vers Chesapeake and Ohio Canal qui longe le Potomac. Également connu sous le nom de « Grand et Vieux Fossé », le canal était utilisé au XIXe siècle pour le transport du courrier et du charbon. Désormais, c'était surtout un lieu touristique, désert ce jour-là car un vent fort soufflait de la rivière, et les nuages au-dessus de notre tête étaient gorgés de pluie.

— Qu'est-ce que tu veux dire ?

— Je me suis documentée sur la façon dont Charity défend ses clients. Sa stratégie consiste surtout à leur recommander de ne pas parler, de dire aux enquêteurs qu'ils ne se souviennent de rien. Dans l'affaire du métro de Washington, par exemple. Elle défendait la société productrice du logiciel qui avait provoqué l'accident. Elle a réussi à convaincre le conducteur de dire qu'il ne se souvenait de rien, qu'il n'avait pas regardé l'écran de son ordinateur de bord. Tout le monde savait que c'était un mensonge, que le conducteur ne pouvait pas ne pas voir. N'empêche : sans ce témoignage, il n'y a eu aucune preuve, et personne n'a été condamné alors que neuf personnes ont perdu la vie.

— Et alors ? – Je remontai le col de ma parka. – Quelle est ta conclusion ?

Helena m'adressa un sourire incertain.

— Cela peut paraître un peu tiré par les cheveux, mais je me suis dit que Charity elle-même aurait pu scier ce crochet. Elle suit son propre conseil de défense, elle ne parle pas.

— Pourquoi elle aurait fait ça ? Cela me semble une manière particulièrement macabre de se suicider. À moins que… Non, c'est vraiment trop tordu. Tu veux dire que la victime désignée, c'était Timothy Reed ?

— Et pourquoi pas ? À l'origine, ils devaient rentrer de Venise ensemble. Il a modifié ses projets au dernier instant. Si Charity croyait pouvoir anticiper à quel moment cette glace allait tomber, elle aurait pu quitter le lit, et Reed aurait été écrasé. Quand on y pense, c'est un crime parfait. Jamais elle n'aurait été soupçonnée. Seulement, quelque chose a dû mal se passer. Son silence est un aveu.

— Et c'est parce qu'elle serait coupable qu'elle ne dit rien ?

La théorie d'Helena me semblait des plus fantasques, mais à voir ses yeux brillants, à entendre sa voix enthousiaste, je n'eus pas le cœur de douter ouvertement.

— Dans ce cas, il faut trouver le motif. Pourquoi aurait-elle voulu le punir ?

— Elle l'aurait surpris avec une autre femme ? Ce n'est certainement pas une question d'argent, alors, ça ne peut être que cela ! On n'est pas loin de l'université, on peut y faire un tour et poser quelques questions.

— Si tu veux. Allons-y. – Je jetai un coup d'œil à ma montre. – Mais après, on fait le point sur la liste de tous les clients que Charity a défendus au cours de sa carrière. On aura également besoin de la liste des victimes et de leurs familles. Tu peux demander à Donaldson où ils en sont ? Et aussi, tant qu'à faire, qu'ils se renseignent sur la première femme de Timothy Reed. Un accouchement avant terme n'est malheureusement pas une chose très rare, donc c'est sans doute un coup d'épée dans l'eau, mais autant en être sûrs. Je veux savoir si quelque chose ou quelqu'un a provoqué cet accouchement qui a laissé la fille de Reed handicapée.

35.

Chanelle avait laissé deux messages sur ma messagerie. Le premier pour me dire que je lui manquais, le deuxième, quelques minutes plus tard, pour savoir si je voulais manger des pizzas ce soir. Pendant qu'Helena était occupée à discuter avec Donaldson, je m'éloignai pour passer un coup de fil à celle qui croyait être ma copine. Je lui dis qu'elle me manquait aussi. Et que, malheureusement, je n'étais pas libre : j'avais beaucoup de travail, je risquais de passer ma soirée le nez dans les dossiers. Chanelle eut l'air déçue, mais je réussis à me convaincre en raccrochant que j'agissais dans son intérêt. Si jamais le pervers qui avait fichu un rat mort dans ma boîte à lettres revenait, je voulais être seul pour l'affronter. Le fait que le visage d'Helena était toujours présent dans un coin de mon esprit – le vert de ses yeux, la courbe de ses lèvres – n'avait strictement rien à voir avec ma décision.

— On aura la liste des anciens clients de Charity et de leurs victimes avant la fin de la journée, dit Helena en revenant vers la voiture. Et Donaldson me prie de te transmettre que, selon lui, on passe beaucoup trop de temps à l'hôpital, et tout ça pour un résultat égal à zéro. Je cite : « Me Quinn est en sécurité là-bas, elle n'est pas idiote au point d'autoriser auprès d'elle une personne qui lui veut du mal, vous perdez votre temps. »

— Elle n'est sans doute pas idiote. En revanche, Donaldson, lui, est un crétin. Et je persiste à penser qu'on doit la mettre sous surveillance policière.

— Je suis d'accord. Je ne fais que te transmettre son message.

Helena jeta un regard sur sa montre.

— Il est quinze heures. Que dis-tu d'un sandwich avant d'aller affronter les collègues de M. Reed ? Il y a un fast-food que j'adore, pas trop loin d'ici. C'est un ancien gagnant de *Top Chef*, Spike Mendelsohn, qui l'a lancé, cela s'appelle…

Je souris.

— *The Good Stuff.* Je croyais que tu n'étais pas du genre à manger dans un fast-food.

— Et moi, je crois, sourit Helena en retour, qu'il y a beaucoup de choses que tu ignores à mon sujet.

Trente minutes plus tard, ayant comparé les mérites de nos burgers respectifs (Helena avait pris un Sunnyside, j'avais opté pour le Smokehouse et des frites, qu'elle n'avait eu de cesse de me piquer), nous nous garions sur le parking visiteurs de l'université de Georgetown.

Le vent soufflait si fort que nous subîmes les assauts de la pluie horizontale aussitôt sortis de la voiture. Aussi, nous ne nous arrêtâmes pas pour admirer la façade néo-médiévale de Healey Hall, le lierre grimpant à l'assaut des murs, l'horloge dont les étudiants mettaient un point d'honneur à voler régulièrement les aiguilles. Nous traversâmes au pas de course la vaste pelouse qui s'étirait devant le bâtiment, et entrâmes en trombe dans le hall carrelé en damier.

Renseignements pris auprès d'un vigile renfrogné, la chaire de littérature anglaise se trouvait au New North Hall, un bâtiment situé juste derrière celui dans lequel nous nous trouvions. Il s'agissait d'une construction de brique rouge, au portail flanqué de colonnes doriques, dont l'année de construction – 1925 – était indiquée en grand sur la façade. Rien à voir avec la splendeur du Healey Hall, les amateurs de littérature étaient décidément mal lotis. Cela nous valut une nouvelle traversée de pelouse sous des trombes d'eau. Enfin arrivés dans le bâtiment indiqué, nous étions tous les deux à essorer.

Je décidai de commencer par l'assistante du département. C'était idiot, je le savais, mais n'ayant pas étudié dans une université prestigieuse de l'Ivy League, j'étais intimidé à l'idée d'affronter sur leurs propres terres les professeurs, dont je me faisais une idée sans doute un peu caricaturale : du tweed anglais, des lunettes rondes, un discours incompréhensible parsemé de références obscures que je n'avais aucun espoir de comprendre.

— Ouiii ?

L'assistante, en tout cas, correspondait assez bien à l'image d'une vieille fille tout droit sortie d'un roman de Jane Austen. Penchée légèrement en avant, elle me regardait à travers la partie supérieure de ses lunettes à double foyer. Je lui expliquai la raison de notre visite, sans oublier de lui préciser que M. Reed n'était soupçonné de rien.

— C'est une démarche standard, ajouta Helena. Nous interrogeons tous ceux qui, de près ou de loin, peuvent connaître les intéressés.

L'assistante nous adressa un sourire mielleux.

— Épargnez-moi vos explications, je regarde les séries policières, je sais comment ça marche. Et je dois vous dire… – Elle se pencha vers nous dans un murmure confidentiel. – Cela m'a fait un choc quand j'ai appris par la presse que Timothy allait épouser cette personne. Bien sûr, je n'aurais pas dû être surprise. C'est toujours le cas, vous savez. Des hommes bien, des hommes beaux et gentils, comme Timothy Reed, quand ils ne sont pas gays, ils tombent amoureux de salopes dans le genre de Me Quinn. Et ce n'est pas comme s'il avait besoin de son argent. Il en a plus qu'elle !

— Les gens ici ont dû être surpris de les voir ensemble, dit Helena. Depuis combien de temps Timothy Reed est-il divorcé ?

— Quatre ans. C'est lui qui est parti, et je peux vous dire que, depuis son divorce, il en a eu, des petites copines ! Que des bombes, en plus. Des actrices, une présentatrice télé, une journaliste sportive. Et toutes beaucoup plus jeunes que lui. Mais cela s'est arrêté du jour au lendemain quand il a fait la connaissance de Charity Quinn. Il n'avait d'yeux que pour elle. Enfin, c'est son affaire. C'est juste que j'ai de la peine pour son ex-femme.

— Et son enfant ? demanda Helena. J'ai cru comprendre que la petite fille est née grande prématurée, savez-vous comment c'est arrivé ?

L'assistante nous regarda d'un air surpris.

— Il ne vous l'a pas dit ? Une histoire terrible. La première Mme Reed s'est fait renverser par un chauffard, pas loin d'ici, en plus ! Elle venait voir Timothy à son bureau.

L'assistante plissa les yeux.

— Mais je parle, je parle, et sans doute trop. Allez voir le professeur Spokes : à cette heure-ci, il est à la bibliothèque. C'est le seul ici que Timothy fréquente, c'est lui qui vous renseignera le mieux.

La bibliothèque était pleine d'étudiants. Je crus que nous avions manqué le professeur, mais Helena se dirigea sans hésiter vers un coin reculé de la salle de lecture. Là-bas, assis derrière un bureau, un homme bien nourri en col roulé noir fronçait les sourcils en direction de son ordinateur portable. Nous nous approchâmes. Même assis, le professeur avait une taille hors du commun. Son visage joufflu semblait plus rond encore à cause d'une calvitie totale.

— Professeur Spokes ?

Sa voix non plus ne correspondait pas à l'idée que je me faisais d'un professeur de littérature. Accent du Midwest, débit rapide.

— Vous n'avez pas l'air d'être des étudiants, ni des parents d'étudiants. Que puis-je pour vous ?

De nouveau, j'expliquai que Timothy Reed n'était soupçonné de rien. De nouveau, Helena ajouta que c'était la procédure. J'espérais – je ne sais pas ce que j'espérais, peut-être qu'on me dise que Timothy Reed était animé d'une passion meurtrière, qu'on l'avait aperçu en train d'acheter une scie à métaux. Mais il n'y eut rien de tout cela, évidemment.

— Oui, nous dit le professeur Spokes, tout le monde a été surpris du choix de Timothy. Et non, il n'a aucun souci matériel. Ni, si je puis dire, aucune raison pratique de courtiser Mme Quinn. Cela doit être l'amour.

— À moins, me glissa Helena lorsque nous prîmes enfin congé du professeur, que Charity Quinn ait été avocate de la défense du chauffard qui a provoqué l'accouchement prématuré de la première Mme Reed ? Dans ce cas, nous avons devant nous une vengeance pure et simple.

Mais là aussi, une désillusion nous attendait. Il se trouvait qu'un des bleus de Donaldson avait déjà le renseignement pour nous.

— L'avocat du chauffard s'appelait Menendez, Hector Menendez, hurla-t-il, comme si je me trouvais sur une autre planète.

J'éloignai le téléphone de mon oreille.

— Quoi d'autre ?

— Et le chauffard, cria le bleu, il a été puni avec toute la sévérité prévue par la loi. Jugé coupable de coups et blessures avec circonstances aggravantes, il a pris le maximum.

36.

Il était dix-neuf heures passées quand je déposai Helena au parking du quartier général afin qu'elle puisse reprendre sa propre voiture. Alors qu'elle avait déjà la main posée sur la poignée de la porte, elle se tourna vers moi.

— Au fait, murmura-t-elle sans me regarder dans les yeux, c'est une coïncidence remarquable, ils jouent *Le Roi Lear* au KenCen ce soir. J'ai regardé tout à l'heure, et il restait encore des places. Alors, je me demandais si tu serais intéressé... si tu serais intéressé d'y aller avec moi ? Dans le but de... d'en savoir un peu plus sur la pièce, voir si cela peut nous donner des idées.

Elle attendit, il me sembla même qu'elle retenait son souffle. Je n'avais jamais mis les pieds au KenCen, ce n'était pas le genre d'endroit que j'avais l'habitude de fréquenter – mais là n'était pas la question.

— Je suis désolé, cela ne va pas être possible.

Je ne dis pas pourquoi, et elle ne le demanda pas non plus. Au lieu de cela, elle m'adressa un petit sourire, me souhaita une bonne soirée et sortit du véhicule. Je démarrai sans me donner le temps de changer d'avis. Au premier feu rouge, je mis la musique à fond. Slipknot, un groupe de *nu metal.* J'avais envie de ne penser à rien.

Arrivé chez moi, pourtant, il me fallut me rendre à l'évidence : un appartement vide m'attendait. Il était tard, j'avais faim. J'envisageai les différentes possibilités. Des plats surgelés s'entassaient dans mon congélateur : Michelina's Fettuccine Alfredo, Stouffer's Classic Meatloaf, Banquet Turkey Pot Pie. Tout cela ne me disait rien. Il y avait aussi, couverte d'une épaisse couche de glace, une barquette de gratin de macaronis de ma mère. Je refermai le congélateur. Je pouvais toujours aller dîner dans un petit resto du quartier ou commander un plat à emporter, mais je m'aperçus tout d'un coup que je n'avais pas envie de manger seul. Je consultai mon téléphone, posé sur le plan de travail. Pas de messages.

J'avais dans mes placards un vin importé de France, un Haut Médoc Château de Cassana acheté pour une grande occasion et jamais bu. Je me servis un verre que je dégustai debout dans la cuisine, puis un autre que j'apportai dans mon salon où je m'installai sans allumer la lumière. Un croissant de lune argentait la nuit, infusant de lumière mouvante la grande pièce vide qui me servait à la fois de salon et de chambre.

D'habitude, le côté spartiate de mon appartement me convenait. Pourtant, ce soir-là, je fus tout à coup déprimé par l'apparence impersonnelle, sortie tout droit de l'usine, que ces étagères blanches et la table basse en verre donnaient à mon logement.

Presque sans le vouloir, je tendis la main vers mon téléphone. Appeler Chanelle, lui dire que j'étais finalement disponible pour aller manger une pizza avec elle ? Passer une soirée détendue, sans me prendre la tête, sans avoir à lui parler ? Je me faisais à moi-même l'effet d'un connard de première. Non, je n'allais pas siffler Chanelle pour qu'elle accoure. Rappeler Helena ? Il était dix-neuf heures quarante à ma montre, si je me dépêchais, je pouvais encore arriver au KenCen à temps pour le spectacle. Oui, mais elle ? Je ne savais pas où elle était allée après avoir repris sa voiture. Il n'était pas impossible qu'elle ait appelé un ami pour aller au théâtre avec elle. Cet ami, je me l'imaginais beau, grand, et portant un smoking – ce qui était complètement idiot puisque personne n'allait au KenCen en smoking, pas en milieu de semaine en tout cas. En ce moment même, il était en train de la guider vers un fauteuil d'orchestre, une main posée dans son dos. Helena lui parlait en souriant. Non, je n'allais pas l'appeler non plus. J'allais contacter un service de livraison de repas à domicile, et commander quelque chose de…

Juste à ce moment-là, mon téléphone sonna. Un numéro inconnu. Se pouvait-il qu'Helena ait un autre portable, que ce soit elle au bout du fil ? Je décrochai.

— Monsieur Morrow ? Vous m'aviez dit que je pouvais vous appeler à tout moment, alors…

— Ah, c'est vous ?

Sam rit.

— Ne soyez pas déçu. Vous êtes chez vous en ce moment ?

— Oui.

— Super, j'arrive.

Elle raccrocha avant que je puisse protester. Quelques instants plus tard, mon interphone sonnait. Je regardai l'écran : cheveux lâchés sur les épaules, un perfecto en cuir sur un chemisier blanc, c'était bien elle. J'hésitai, un doigt suspendu au-dessus du bouton d'ouverture. Je n'avais pas le droit de recevoir chez moi des personnes mêlées de près ou de loin à une enquête à laquelle je participais. Comme si elle avait perçu mon hésitation, Sam appuya de nouveau sur la sonnette, puis elle souleva à hauteur de caméra le sac en plastique qu'elle tenait à la main. Il provenait de *Sichuan Pavilion*, un traiteur chinois.

— Comment avez-vous trouvé mon adresse ?

Le temps que l'ascenseur arrive à mon étage, j'avais un peu recouvré mes esprits. Sam m'adressa un sourire en passant, puis elle déposa son sac en plastique sur la table basse avant de se laisser choir dans un des fauteuils.

— Vous êtes dans l'annuaire, dit-elle. Enfin, il y en a quatre, des personnes portant le même nom que vous, mais quand j'ai vu l'adresse, j'ai tout de suite su lequel de ces Ethan Morrow était le bon.

Sam se pencha en avant et commença à sortir des barquettes du sac.

— Je nous ai pris de la soupe aux *wontons*, des crevettes sauce aigre-douce, des rouleaux de printemps, du riz cantonais. Et des mochis en dessert, banane et coco, j'espère que vous aimez ça.

Je ris.

— Vous êtes très forte. En quoi est-ce que le fait de voir cette adresse vous a permis de savoir que c'était bien moi qui habitais là ?

Sam me regarda, l'air surpris.

— Parce que Foggy Bottom est typiquement le genre d'adresse convenable qui ne donnera pas à votre famille l'impression que vous la prenez de haut. C'est un bon compromis. Je le sais, j'habite au coin de la rue, et je viens moi aussi d'un coin pas fréquentable. On est pareils, tous les deux.

Je me plantai devant elle.

— C'est très gentil à vous de vous être donné tout ce mal, mais vous devez vous douter que je ne peux pas partager ce repas avec vous. Lorsque je vous ai dit que vous pouviez m'appeler à tout moment, c'était pour discuter de l'enquête, et au téléphone uniquement.

Abandonnant enfin ses barquettes, Sam se leva à son tour.

— C'est à cause d'elle, n'est-ce pas ?

Je dis :

— Je ne vois pas de qui vous parlez.

Même si, en réalité, je voyais très bien.

Sam vint plus près.

— J'ai vu comment vous regardez cette fille, votre collègue. Helena. Comme si elle était la chose la plus précieuse au monde. Vous êtes amoureux d'elle.

Dans sa bouche, ce n'était pas une question, mais un simple constat.

Je réfléchis. *Amour* est l'un des mots les plus utilisés de la langue, l'un des plus galvaudés aussi. Aimer comme Roméo aimait Juliette ? Comme Abélard aimait Héloïse ? Ou comme Napoléon aimait sa Joséphine ? Aimer, cela ne veut rien dire.

— Non, je ne l'aime pas.

— C'est vrai ?

Sam se rapprocha encore de moi. Son doigt effleura le badge doré que je portais à la ceinture, son regard quitta mes yeux pour se poser sur mes lèvres.

— Oui.

— Alors, je peux.

La voix de Sam était rauque. Avant que je puisse réagir, lui rappeler ce que j'étais pour elle – un officier de police enquêtant sur une tentative de meurtre –, qu'on ne pouvait pas, qu'on ne devait pas, ses lèvres se posèrent sur les miennes.

37.

Extrait du journal intime de Charity Quinn

Ne vous mettez jamais entre le dragon et sa colère.
Le Roi Lear

Que mon avenir soit auprès de Tim est une évidence pour moi. À tel point, d'ailleurs, que j'ai naïvement imaginé que mes proches allaient se réjouir de mon futur mariage.

Je me trompais.

Il a fait sa demande un dimanche soir. Nous étions au *Cafe Milano*, à la fin septembre, et le restaurant était plein, comme d'habitude. Le serveur venait d'emporter nos assiettes. J'avais mangé des pâtes aux palourdes, et malgré la petite lingette citronnée qui nous avait été fournie en même temps que ces coquillages, j'avais le sentiment que mes doigts sentaient encore. J'ai dit à Tim que mon plat avait été très copieux, que je n'aurais pas dû commander de dessert. Il m'a souri sans rien dire, il semblait anxieux. J'étais en train de penser à la nuit à venir – irions-nous chez lui, ou chez moi ? –, quand il a sorti une petite boîte en velours rouge de la poche de sa veste. Mon cœur s'est arrêté de battre.

La première à qui je l'ai dit, dès le lendemain, et avant même d'en parler à mes enfants, c'est Dorothy. Je suppose que je voyais cette conversation comme une sorte de répétition générale. Après coup, bien sûr, j'ai compris que j'aurais dû attendre un peu. Préparer le terrain, en quelque sorte. Il y avait de quoi être surpris, Jim et moi nous connaissions depuis trois mois seulement. La rapidité avec laquelle j'allais me retrouver avec la bague au doigt pouvait presque faire penser à ces filles de bonne famille mariées en urgence, car déjà enceintes, sauf qu'évidemment, je ne l'étais pas. En vérité, il n'y avait aucune raison de se hâter, en dehors de l'insistance de Jim. Il voulait qu'on se marie le plus vite possible, et qu'on organise un grand mariage.

J'ai donc attendu que Dorothy arrive dans mon bureau avec son petit plateau chargé d'une théière et de deux tasses, et j'ai lâché le morceau. Je ne me rappelle plus mes paroles exactes, mais j'ai dû dire quelque chose du genre : « Timothy Reed m'a demandée en mariage, la cérémonie aura lieu avant la fin de l'année ou en tout début d'année prochaine. »

La réaction de Dorothy a été comique à voir.

– Mais, Charity, a-t-elle bafouillé, n'est-ce pas un peu... précipité ? – Elle a saisi sa tasse d'une main tremblante, renversant un peu de thé sur le plateau. – M. Reed est sûrement quelqu'un de très honnête, et c'est certain qu'il présente bien, mais tout de même, vous ne vous connaissez pas vraiment. Et pourquoi cette hâte ?

C'était une question à laquelle je n'avais pas de réponse, ce qui n'a pas manqué de m'énerver.

– Timothy et moi, nous nous aimons, ai-je lancé d'une voix glaciale. Je comprends évidemment que cela ne vous soit jamais arrivé, ma pauvre Dorothy, mais ce n'est pas une raison pour gâcher le bonheur des autres.

J'ai bu une gorgée de mon thé, tout en observant avec une certaine satisfaction l'apparition de taches pourpres sur les joues flétries de ma collaboratrice.

– Mais nos vacances, alors ? a-t-elle murmuré. Si vous vous mariez cette année, nous ne pourrons pas partir faire notre tour d'Italie l'été prochain, comme cela était prévu. Vous voudrez sans doute passer tout votre temps libre auprès de votre mari.

– En effet. Mais ne vous inquiétez pas pour l'Italie, nous n'avons pas encore pris de billets d'avion ni réservé d'hôtel, donc il n'y aura pas de frais d'annulation. Et d'ailleurs, puisqu'on en est à parler de temps libre, je prévois de lever le pied dans les mois qui viennent. Il y a mon mariage à organiser, d'abord. Ensuite, Tim ne m'épouse pas pour ne jamais me voir. J'ai plus d'argent qu'il m'en faut, et mon futur mari en a aussi. Je pense qu'une fois le procès Davis passé, nous pourrons arrêter de travailler, vous et moi. Profiter de la vie, voyager un peu. Vous avez bien mis de l'argent de côté, rassurez-moi ?

Dorothy a hoché la tête tristement.

– Ce ne sera pas la même chose. Mais j'espère de tout cœur que vous serez heureuse.

Pauvre Dorothy, tellement ridicule. Toujours inquiète, toujours dépendante de mon jugement, comme si, malgré son âge déjà avancé, elle n'avait pas une seule idée à elle. Elle est soucieuse, je le sais. Et préoccupée de mon bonheur, à sa façon.

Mais je ne m'inquiète pas pour elle outre mesure : Dorothy a de l'argent de côté, et elle n'est pas le genre de vieille fille qui se finit au gaz sous le coup de l'émotion ; oh, non. Elle ne me lâchera pas de sitôt ; déjà, elle commence à s'angoisser quant au choix de la tenue qu'elle mettra à mon mariage. Un tailleur crème ne risque-t-il pas de faire de l'ombre à la mariée ? Elle ne se voit pas du tout mettre une robe à fleurs. Et lui faudra-t-il un chapeau ?

Cette question de tenue s'est reposée le soir même, lorsque j'ai réuni mes filles dans le salon pour leur annoncer la nouvelle.

– Mais maman, s'est exclamée Laurel, si c'est en décembre, je n'aurai jamais le temps de maigrir comme il faut.

– C'est tout ce que cette nouvelle t'inspire ? - Delia a lancé à sa sœur un regard amusé. - Tu espères peut-être rencontrer ton âme sœur à ce mariage, et tu t'imagines que pour ça, il faut que tu perdes deux tailles ? Est-ce que t'as seulement pensé à maman ? Si ça se trouve, ce Reed est un maniaque ou un fétichiste ou, je sais pas, moi - un tueur en série.

Laurel l'a regardée d'un air ahuri.

– Comment ça, un maniaque ? Je croyais qu'il était ton prof ?

– L'un n'empêche pas l'autre.

Delia s'est levée, a marché vers la fenêtre, comme si la vue du jardin, teint en rose par le soleil couchant, pouvait lui apporter du réconfort.

– C'est un bon prof, et une autorité en ce qui concerne les œuvres de Shakespeare, mais au fond, je ne le connais pas du tout. Et maman non plus.

– Mais si, ai-je objecté, résistant à l'envie de tendre la main pour fermer la bouche de Laurel, qui semblait complètement dépassée par les événements. Je sais tout ce qu'il faut savoir. Timothy Reed est un homme formidable, et nous nous aimons. Les filles, je compte sur vous pour m'aider à organiser un mariage somptueux. Tout d'abord, il nous faut un lieu enchanteur : j'ai pensé au Meridian House. Ensuite, des brassées de roses et d'orchidées, un excellent traiteur pour un repas très Nouvelle-Angleterre, champagne, bisque de homard, timbales de langoustines. Un gâteau tout ce qu'il y a de plus traditionnel, avec les petites figurines de mariés sur le dessus, même si cela fait kitsch, et une robe meringue pour moi. Je ne me suis jamais mariée, et je veux faire les choses en grand, réaliser tous mes rêves de princesse, tant pis si je suis ridicule.

Delia a grimacé.

Je l'ai ignorée, en continuant avec défi :

– Et je veux danser la valse. Ainsi qu'un voyage de noces digne de ce nom, à l'île Moustique ou aux Bahamas, dans un palace cinq étoiles. Et, au cas où vous auriez encore le moindre doute, je veux que vous soyez les demoiselles d'honneur. Je demanderai à Sam, aussi. Et il y aura également Olivia, la fille de Tim. Elle est beaucoup plus jeune que vous, évidemment. En signe d'union entre les deux familles, je voudrais qu'elle porte la tiare.

– Notre tiare ? a fait Laurel.

– Ce n'est pas comme si tu allais la mettre, elle est trop petite pour toi de toute façon. - J'ai continué d'une voix sans appel. - C'est décidé, en tout cas. Encore une chose : Olivia ne pourra sans doute pas marcher, tu la pousseras dans son fauteuil.

Delia est revenue s'asseoir à côté de sa sœur.

– Pourquoi ? qu'est-ce qu'elle a ?

– La petite Olivia est handicapée de naissance. C'est une très grande prématurée, et elle en a gardé des séquelles. Je n'ai pas encore eu la joie de la rencontrer, mais sachez que je suis très heureuse à l'idée d'avoir une autre fille.

Laurel a émis un son à mi-chemin entre un rire et un hoquet. Delia a dévisagé sa sœur.

– Drôle de revirement, non ? Maman a toujours cru que la gentillesse était une faiblesse, et voilà qu'elle s'extasie devant une petite handicapée. Est-ce qu'il sait, Timothy, quel genre d'avocate tu es ? Avez-vous eu une discussion sur les valeurs qui vous guideront dans votre vie commune ?

Il y avait tant d'impertinence dans la voix de Delia, j'ai failli la gifler. Je me suis retenue à grand-peine, en me rappelant au dernier instant que mon arme de prédilection était la parole, et que les mots pouvaient blesser bien plus que des coups.

– Soixante-sept mille quatre cent douze dollars, ai-je dit quand j'ai été sûre de pouvoir maîtriser ma voix. Et vingt-huit cents.

Delia a levé un sourcil provocateur.

– Plaît-il ?

– C'est ce que tu me coûtes, cette année. Tes frais d'études, ton abonnement de portable, tes graines de chia et ton quinoa. Au moins, tes habits ne me reviennent pas cher, tu t'es toujours habillée comme un sac. Oublie ma proposition de t'avoir comme demoiselle d'honneur. Trois seront bien suffisantes. C'est Sam qui poussera le fauteuil de la petite. Quant à Laurel, elle marchera devant avec un petit panier rempli de pétales de roses.

Samedi 21 décembre 2019

38.

Samedi à sept heures du matin, je refis le trajet que je connaissais maintenant par cœur, celui de l'hôpital. Le temps était clair et frais ; pourtant, le thermomètre ne se décidait toujours pas à descendre en dessous de zéro. Je m'arrêtai près de Dupont Circle pour acheter un café à emporter. Un groupe de touristes chinois, emmitouflés dans des doudounes et écharpes de couleurs vives, capuches rabattues sur le visage, se hâtaient à la suite de leur guide qui brandissait un parapluie rose. Un vieux monsieur promenait un caniche chaudement vêtu d'un petit gilet Burberry, bien plus chic que le manteau râpé de son propriétaire. Un peu plus loin, une mère de famille marchait d'un pas décidé, traînant deux ados maussades derrière elle. Je remontai en voiture, avec un dernier regard amusé vers le petit chien qui s'était arrêté, la truffe en l'air, près d'un stand de hot-dogs. Ni Sam ni moi n'avions eu l'occasion de manger, la veille. Les barquettes du traiteur chinois devaient toujours être là où elle les avait laissées : sur la table basse. J'avais faim, et j'avais honte. Coucher avec un témoin est toujours une mauvaise idée. Coucher avec une fille alors qu'on sort avec une autre aussi. Si Chanelle l'apprenait, elle serait anéantie. Et Helena ? Je préférais ne pas y penser.

Timothy Reed était déjà à l'hôpital. Il vint à la porte en m'entendant toquer, sortit dans le couloir et me serra la main. Toujours aussi élégant : pantalon de velours côtelé anthracite, chemise à carreaux, pull en cachemire assorti au bleu de ses yeux.

Je fis un signe de tête en direction de la chambre.

— Pas de changement ?

— Aucun. Vous savez, c'est très reposant. Charity n'aimait pas les silences, elle était toujours en mouvement. Maintenant... je me sens comme si nous étions un vieux couple.

Il me sourit.

— Avez-vous remarqué que, dans le monde actuel, il n'y a plus de silence, nulle part, que le bruit est partout ? Pour moi, c'est la seule calamité écologique dont personne ne parle.

— Peut-être. – Je n'étais pas là pour discuter de l'état du monde. – À part vous, y a-t-il eu d'autres visiteurs, cette nuit ou ce matin ?

— Mme Prendergast était ici, elle vient de partir. Elle est pleine de bonnes intentions, mais elle doit gérer les affaires du cabinet en l'absence de Charity, et je crois qu'elle n'a pas l'habitude de prendre des décisions. La pauvre est complètement dépassée. Et Laurel est venue il y a une heure, mais elle n'est pas restée longtemps.

— Elle est rentrée dans la chambre ?

Reed eut un sourire amusé.

— Oui, très brièvement. Elle s'est aussi arrêtée à l'accueil, pour donner un sac à l'aide-soignante. Je ne sais pas pourquoi, elle s'était mis en tête que sa mère ne supportait pas les tenues fournies par l'hôpital, qu'elle serait mieux avec ses propres vêtements. Mais entrez donc. Charity est tout à fait présentable.

Il avait raison, à condition de faire abstraction du visage. Je m'approchai du lit. Charity portait maintenant un gilet en cachemire fin et un pantalon noir. Une étole en dégradé de gris sur le dossier de la chaise, un flacon de Chanel N° 5 sur la table de chevet. Mon cœur se serra. Cet effort poignant pour la rendre présentable n'avait produit que l'effet inverse – au lieu de ressembler à une blessée grave sur un lit d'hôpital, pour qui tout n'était pas encore perdu, Charity était devenue un monstre.

Pour l'heure, elle avait les yeux fermés. Me voyant hésiter, Reed secoua la tête.

— Elle ne dort pas, mais elle ne vous parlera pas pour autant. À propos, j'ai oublié de vous dire tout à l'heure, le chirurgien esthétique est passé ce matin.

— Qu'est-ce qu'il a dit ?

Reed baissa la voix, et je dus me pencher vers lui pour l'entendre.

— Il a dit qu'il était le meilleur dans sa spécialité, mais pas magicien. Même après plusieurs opérations de chirurgie esthétique, Charity ne retrouvera jamais une apparence normale. Sauf à faire une greffe totale du visage.

Il se tut, son regard perdu dans le vague.

— Ce sont ses paroles exactes, je n'invente rien. Malheureusement pour elle.

— Pour vous aussi.

Reed haussa les épaules.

— Oui, en effet.

Il semblait sur le point d'ajouter quelque chose, mais juste à ce moment-là, mon téléphone sonna. Je m'excusai et ressortis dans le couloir.

— Inspecteur Morrow ?

L'accent du Midwest était inimitable.

— Professeur Spokes, c'est un plaisir de vous entendre. Vous êtes-vous rappelé quelque chose ?

— Oui, en effet.

Le professeur toussota, il semblait déjà perdre de son entrain.

— Je ne sais pas si c'est important, sans doute pas d'ailleurs.

— Dites toujours.

— Alors, cela ne veut peut-être rien dire, mais voilà. Hier soir, je me suis soudain rappelé avoir aperçu Timothy en train de dîner avec une jolie jeune femme. C'était il y a quelques semaines. Ce qui m'a surpris n'était pas tant le fait de le voir dîner avec une femme – cela pouvait être sa nièce, ou sa cousine, ou que sais-je, après tout, ils ne se tenaient pas par la main, ne s'embrassaient pas –, c'était le fait qu'ils étaient aussi loin de Washington. Ils étaient dans le Maryland, à l'*Inn at Perry Cabin*. Mes parents sont en maison de retraite non loin de là, je les ai emmenés dîner dans ce restaurant. Ils servent une nourriture à l'ancienne, de grosses entrecôtes avec des frites croustillantes, des cheese-cakes à la fraise. Ce n'est pas là qu'on peut goûter de la cuisine moléculaire ou de la *fusion food*, mais la vue sur la mer est superbe et la carte ne change pas, ça plaît aux personnes âgées. Vous connaissez l'endroit, peut-être ? C'est à deux heures de route d'ici.

— Pas du tout. – Je notais le nom du restaurant sur mon bloc-notes. – Vous vous êtes arrêté pour parler à M. Reed ? Vous a-t-il présenté sa compagne ?

Spokes toussota encore.

— Non, Timothy ne m'avait pas vu, et je préfère qu'il ne sache pas que je vous ai appelé. Nous travaillons ensemble sur un papier de recherche, une étude des perceptions de vengeance dans *Hamlet* et *Othello*, et j'ai peur que notre collaboration ne s'en ressente.

— Pas de problème. Pouvez-vous me décrire la femme en question ?

— Jeune, très jeune, même. Une petite vingtaine. Plutôt jolie. Robe noire, cheveux attachés. Je suis désolé, je ne suis pas un grand physionomiste. Si j'avais une photo…

— Je vais voir ce que je peux trouver. Merci infiniment.

Je raccrochai, mais au lieu de revenir dans la chambre, je restai dans le couloir, songeur. Cela pouvait n'avoir aucune signification. Ce n'était pas comme si Spokes avait surpris Reed au lit avec cette femme. Elle pouvait en effet avoir été sa nièce – sauf que je ne le croyais pas. Et puisque la femme en question était très jeune, il était temps que je m'intéresse un peu plus aux filles de Me Quinn.

39.

Extrait du journal intime de Charity Quinn

Qu'il est plus aigu que la dent d'un serpent – D'avoir un enfant ingrat.
Le Roi Lear

Delia n'a pas quitté la maison tout de suite. Lorsqu'elle m'a entendue énoncer, au centime près, ce qu'elle me coûtait, son visage s'est plissé en une expression d'incompréhension totale. Elle doutait manifestement avoir bien entendu. Elle a même ouvert la bouche, mais l'a refermée aussitôt. Assise près de sa sœur, Laurel a tenté un sourire, qui est mort sur ses lèvres.

Je suis sortie du salon sans un regard en arrière. Je savais que j'aurais dû m'excuser, mais j'avais ma fierté. En plus, j'avais le sentiment que les torts étaient partagés : Delia avait réussi à gâcher un moment de bonheur, et je lui en voulais. J'ai passé une mauvaise nuit, à me retourner sans cesse. Il faisait très chaud pour la saison, et les draps, lourds et un peu humides, me collaient à la peau. Je pensais sans arrêt à la discussion que nous venions d'avoir. Qu'est-ce qu'elle s'imaginait ? Que je me laisserais glisser dans le puits sans fond de la vieillesse, sans un murmure, sans protestation ? Delia croyait-elle que j'avais cessé d'être femme parce que j'étais mère ?

Au bout d'un moment, j'ai quitté le lit et me suis installée dans le fauteuil près de la fenêtre. J'avais soif, mais un coup d'œil vers la cage d'escalier m'a appris que la lumière était toujours allumée dans la cuisine. Les filles étaient là, en train de parler, sans doute de moi. Cela n'a fait que m'énerver davantage : je me sentais prise au piège dans ma propre maison. Puéril, je sais. J'aurais pu descendre, me chercher un verre d'eau, ou de vin. Je ne l'ai pas fait. Je suis restée recroquevillée dans mon fauteuil, le regard rivé sur le miroir fixé au-dessus de mon lit. Des ombres dansaient sur sa surface lisse : reflet de lune, branches qui s'agitaient, lumières des phares des rares voitures à circuler encore à cette heure tardive. J'essayais de ressentir un peu de ce bonheur qui m'avait habitée dès le moment où Tim avait fait sa demande, mais en vain. Cela aussi, mes filles me l'avaient volé.

Néanmoins, le jour suivant, j'ai descendu l'escalier pleine de bonnes intentions.

Delia était dans la cuisine, en train de préparer une immonde bouillie végane pour son petit déjeuner. Elle s'est renfrognée en me voyant. Je lui ai adressé mon plus beau sourire.

– Assieds-toi, chérie, il faut qu'on parle. Où est ta sœur ?

– Elle dort encore. - Delia s'est retournée vers sa casserole, et s'est remise à mélanger son contenu avec application.

– À propos, Sam a téléphoné, je lui ai proposé de passer ce

soir. Comme ça, tu pourras lui annoncer la bonne nouvelle. Qu'elle poussera le fauteuil, et tout ça.

Avec son pull marron informe et ses cheveux fous attachés à la va-vite, Delia me faisait penser à un moineau qui aurait survécu au passage dans un sèche-linge. Je lui en voulais toujours un peu, mais j'avais surtout envie de la serrer contre mon cœur.

J'ai répété :

– Assieds-toi, chérie, il faut qu'on discute de ce qui s'est passé hier.

Delia a versé sa bouillie dans un bol qu'elle a porté vers la table.

– Je t'écoute.

Mon discours était prêt, je l'avais répété au cours de cette nuit sans sommeil.

– Ma chérie, tu as bien sûr le droit d'avoir tes propres opinions, mais, sans doute malgré toi, tu te conduis comme une petite fille pourrie gâtée.

Delia a ouvert la bouche pour protester. Je ne lui en ai pas laissé le temps.

– C'est facile de juger sa propre mère, de critiquer mes choix professionnels, mais j'aimerais que tu comprennes que ce que j'ai fait, je l'ai fait pour vous. Pour que ta sœur et toi ayez une enfance heureuse, que vous ne manquiez de rien. Que tu puisses continuer à manger tes graines de chia, et aller sauver des tortues aux Galápagos.

J'ai dit tout cela sur le ton d'une blague, mais Delia n'a pas souri. J'ai enchaîné.

– C'est très bien d'avoir des principes, de vouloir défendre la veuve et l'orphelin, et sans se faire rémunérer, qui plus est. Mais ce n'est pas cela qui paie, et pour vivre, on a besoin d'argent. De beaucoup d'argent. La pauvreté n'est romantique que pour ceux qui ne savent pas vraiment ce que c'est. Tu vois les habitants de banlieues difficiles comme les représentants fascinants d'une culture étrangère. Mais si tu vivais avec eux, parmi eux, crois-moi, ce ne seraient plus l'exotisme de leur cuisine ni leurs traditions folkloriques qui te sauteraient aux yeux. Tu remarquerais la crasse et le désordre, les bouches de métro sentant l'urine, les poubelles qui débordent de détritus, la bêtise et la saleté crasse. Tu n'y survivrais même pas une semaine. Delia ?

Je me suis demandé si ma fille m'avait écoutée, tant son regard était perdu dans le vague.

– Chérie ?

Elle a repoussé son bol avec violence, renversant la bouillie, qui s'est répandue sur la table. Puis elle a quitté la cuisine sans un mot, sans un regard pour moi. Trop choquée pour réagir, j'ai entendu, quelques instants plus tard, la porte d'entrée s'ouvrir puis claquer derrière elle.

J'ai ramassé le bol, nettoyé la table. J'avais envie de pleurer, mais je ne me le suis pas permis : il aurait été difficile d'expliquer à Dorothy mes yeux rouges et gonflés, de lui avouer ce qui s'était passé. Et même si je l'avais fait ? Je ne voulais pas de sa pitié, ni de sa sollicitude.

Alors que je remontais vers ma chambre pour m'habiller, mon téléphone portable a vibré. Un message de Delia. *Tu me dégoûtes.*

Je l'ai effacé.

J'avais encore trois mois pour inventer une bonne excuse qui expliquerait pourquoi Delia n'était pas ma demoiselle d'honneur.

40.

— Je trouve qu'elle n'est pas si mal. Les bleus ne se voient presque plus, et avec cette tenue, pour peu que la lumière ne vienne pas en face, on pourrait presque…

Dorothy soupira.

— Je ne sais pas pourquoi je vous dis cela, je n'en suis pas convaincue moi-même, et puis, vous n'en avez rien à faire. Vous êtes là pour faire votre travail, c'est tout.

Elle saisit sa tasse de thé avec trop d'empressement, puis la reposa aussitôt sans la boire.

Autour de nous, la cafétéria de l'hôpital était presque vide. Deux petits vieux en robe de chambre près de la fenêtre, une serveuse qui s'ennuyait derrière le comptoir chargé de viennoiseries desséchées et orné de guirlandes rouges et vertes en plastique. Je m'étais arrêté pour acheter une barre de céréales, et Dorothy était là, assise seule devant sa tasse de thé.

— Je croyais que vous étiez repartie au cabinet, dis-je en la rejoignant. C'est en tout cas ce que M. Reed m'avait dit.

J'approchai une chaise de la table et m'installai face à Dorothy Prendergast. J'avais finalement ajouté un café à ma barre de céréales ; à ma grande surprise, il était presque buvable.

Dorothy leva vers moi un regard inquiet.

— En fait, j'en avais l'intention, mais cela ne va pas du tout bien au cabinet. Malcolm Davis s'est trouvé un autre défenseur ; du coup, il faut lui transférer toutes les pièces du dossier, il y a une dizaine de cartons, et retrouver les notes de Charity. Avec ça, nos autres clients continuent d'appeler. Et puis, il y a des journalistes.

— Et vous vous êtes dit que, finalement, vous étiez mieux ici. Que vous aviez bien mérité une petite pause. Avez-vous vu Laurel ? Je crois qu'elle est passée ce matin aussi.

— Non, j'ai juste croisé le chirurgien esthétique. Il m'a dit de passer le bonjour à Laurel, d'ailleurs.

— Il la connaît ?

Dorothy fit un vague geste de la main.

— Oh, il connaît toute la famille. Il pourrait leur faire un prix de gros. Delia s'est fait recoller les oreilles, quand elle était plus jeune. Et Laurel est refaite de partout, vous n'avez pas remarqué ? Les seins, les lèvres, le nez. Le menton, aussi : avant, elle l'avait en galoche. Charity avait décidé que, et je cite, « puisque Laurel n'a pas inventé l'eau tiède, au moins, elle doit avoir un physique irréprochable ». C'est pour ça d'ailleurs que la petite déteste tellement les hôpitaux, elle y a passé trop de temps, sa mère l'a forcée. C'est vrai, vous avez cru que chez elle, tout était naturel ?

Je lui souris.

— J'imagine que les hommes se font toujours avoir.

Se penchant vers moi, Dorothy continua dans un murmure.

— Vous savez, Charity a dépensé des sommes folles en répétiteurs, stages de langues, aide aux devoirs en tout genre, pour remettre Laurel à niveau, comme elle disait. Elle a même versé des pots-de-vin pour la faire admettre à l'université. Elle ne cessait de se lamenter à son sujet, en répétant que si on transmet son sang, on ne transmet pas son génie. Alors que Laurel, tout ce qu'elle a jamais voulu, c'est une maman qui l'aime et qui l'accepte telle qu'elle est. Plus jeune, elle rêvait de devenir pâtissière. Charity l'avait convaincue qu'elle devait viser plus haut. Maintenant, elle est complètement perdue. Delia est beaucoup plus forte, et cette autre fille, Sam, aussi.

— Croyez-vous que Laurel en veut à sa mère ?

Je me rendis aussitôt compte de la façon dont ma question sonnait, mais avant que je pusse la changer, Dorothy répondit :

— Je n'ai jamais dit ça.

Elle regrettait déjà de s'être montrée volubile. Elle ajouta d'un ton pincé :

— Au fond, Laurel est une gentille fille. Et elle est devenue plutôt jolie. Seulement, comme la plupart des jolies filles, elle a plus l'habitude d'être regardée que de regarder. Raison pour laquelle elle ne remarque pas toujours la souffrance autour d'elle.

Dorothy reposa sa tasse sur le plateau et commença à se lever, croyant sans doute que notre conversation était terminée. Je la retins d'un geste.

— Madame Prendergast, vous connaissez Charity de longue date, et vous êtes très observatrice. D'après vous, qui a fait cela ? Car on sait à présent qu'on peut oublier l'hypothèse d'un détraqué, à moins qu'il n'ait bénéficié de complicités à l'intérieur de la maison.

C'était une question à laquelle Dorothy Prendergast n'avait pas envie de répondre. Mais puisqu'elle était une femme bien élevée, et que le silence devenait pesant, elle finit par marmonner :

— C'était un accident. Plus j'y pense, plus j'en suis convaincue. Il n'y a pas d'autre solution. – Incapable de soutenir mon regard, elle baissa les yeux sur sa montre. – Il faut vraiment que j'y aille. Je suis désolée, inspecteur. J'aurais tant voulu vous aider.

C'était faux, et nous le savions tous les deux. Pourtant, je la laissai partir. Je commençais à avoir une idée de ce qui était arrivé à Charity Quinn, mais une idée sans preuves, dans mon métier, cela ne vaut rien. Et ce n'était pas en discutant avec Dorothy Prendergast que j'allais trouver mes preuves.

Une fois Dorothy partie, j'ouvris mon téléphone pour rechercher des photos de Laurel, Sam et Delia, bien que je ne crusse pas une seule seconde que le professeur Spokes eût pu voir cette dernière dans un restaurant et ne pas la reconnaître. Les trois filles appartenaient à cette génération dont toute la vie se passe sur Internet, et pour les photos, j'eus l'embarras du choix. Une fois celles-ci téléchargées, je les envoyai par texto sur le téléphone de Spokes, avec la question : *Reconnaissez-vous la femme qui a dîné avec Reed ?*

Sa réponse ne se fit pas attendre.

41.

Extrait du journal intime de Charity Quinn

Les jeunes s'élèvent quand les vieux tombent.
Le Roi Lear

Peut-on aimer un enfant qu'on n'a jamais vu ? Un enfant qui n'est pas le sien ? Un enfant handicapé, un enfant difficile, un enfant qui a déjà un père et une mère et qui n'a pas besoin de vous dans sa vie ?

Il y a quelques mois encore, j'aurais dit non, mais il y a quelques mois, je n'étais pas heureuse.

Olivia, la fille de Jim, vit avec sa mère en Caroline du Nord, dans un grand domaine avec des chevaux, un étang, une roseraie. Elle suit un enseignement à domicile. Sa mère, qui est issue d'une dynastie de grands industriels, n'a pas d'autre enfant. Olivia est toute sa vie.

Une fois par mois, Jim passe un week-end avec sa fille. Il loue une chambre d'hôtel dans la ville la plus proche, il réserve des restaurants, planifie des sorties au zoo, au planétarium, achète des livres et des jouets éducatifs. La semaine dernière, nous sommes allés au bord de l'océan, à Chesapeake Bay, et Jim s'est entraîné à faire des ricochets sur la plage. Apparemment, c'est la dernière passion d'Olivia, et il a envie de l'épater.

Pas une fois Jim ne m'a proposé de l'accompagner en Caroline du Nord. Je ne lui ai pas demandé pourquoi, mais j'imagine que c'est à cause de son ex-femme. Elle n'a pas refait sa vie, et voir Jim en ma compagnie risquerait de lui faire de la peine. Apparemment, c'est lui qui a demandé le divorce, et elle ne s'en est jamais remise. Elle vit recluse, ne sort pas, ne voit personne.

J'ai peur qu'elle empêche Olivia de venir à notre mariage. Jim m'assure qu'ils en ont déjà parlé, qu'Olivia sera bien présente, qu'elle est ravie d'être ma demoiselle d'honneur.

Comme j'ai envie de le croire.

Après l'échec de l'annonce faite à mes filles, je manquais d'entrain pour partager la bonne nouvelle avec Sam. Je me suis imaginé la soupe à la grimace qu'elle ferait en apprenant qu'elle devrait pousser le fauteuil d'une petite handicapée, ou son incrédulité à peine masquée devant l'idée qu'un homme comme Jim veuille bien m'épouser. Aussi, lorsque Sam est arrivée à la maison ce soir-là, je ne l'ai pas accueillie au salon. J'étais dans ma chambre, en train de ranger, comme si ce que j'avais à lui dire n'avait pas la moindre espèce d'importance.

Sam s'est arrêtée sur le pas de la porte. Plus le temps passe, plus elle ressemble à Laurel – même coupe de cheveux, mêmes tenues, mêmes mimiques –, mais en plus vive.

– Tu as l'air superbe, m'a-t-elle dit. Tu rajeunis de jour en jour.

– C'est parce que je suis heureuse. Même si mes filles trouvent qu'il n'y a pas de quoi. Tim m'a demandée en mariage.

– Oh ! a dit Sam.

Elle a hésité, et je me suis promis que si elle aussi commençait à me dire que c'était trop soudain, je la prierais de quitter ma maison et de ne plus jamais y remettre les pieds. Mais Sam a dit simplement :

– C'est merveilleux. Est-ce ça que tu comptes porter le jour de ton mariage ?

Elle faisait référence à la tiare que je tenais entre mes doigts.

– Oh, non, c'est pour Olivia, la fille de Tim. Je voudrais qu'elle la porte, cela lui donnera l'air d'une petite princesse. Et toi, j'aimerais que tu sois ma demoiselle d'honneur, et que tu pousses son fauteuil.

J'ai retenu mon souffle, me sentant vaguement ridicule, mais Sam a souri et a dit que oui, bien sûr, elle serait très honorée, et que ce mariage était une excellente nouvelle. Et j'ai dû me détourner vers la fenêtre pour qu'elle ne voie pas les larmes qui me montaient aux yeux.

Mon erreur a sans doute été de croire qu'il suffisait d'aimer ses enfants pour qu'ils vous aiment en retour. De ne pas m'apercevoir aussi que des petits êtres fragiles et adorables qui dépendent de vous pour tout deviennent un jour des personnes qu'on a du mal à comprendre, ou même à apprécier.

Mais peut-être que ce n'était pas la faute de Delia. Comment savoir si ce n'est pas moi qui ai fait d'elle ce qu'elle est devenue ?

Mon intransigeance, ma poursuite d'excellence, mon impatience aussi. J'ai eu un instant d'abattement, avant de reprendre du courage. J'ai longtemps cru qu'avec l'âge, les gens ne changeaient pas, mais devenaient simplement plus semblables à eux-mêmes. Sans doute ai-je eu tort. Car une chose est sûre : je me vois déjà changer au contact de Tim.

42.

— Ethan ? On dirait que tu as vu un fantôme.

Helena se tenait devant moi, un gobelet de café à la main. Absorbé dans mes pensées, debout sur le perron de l'hôpital balayé par le vent, je ne l'avais pas entendue approcher. Elle avait troqué ses mocassins de la veille contre des bottines à talons ; ainsi, nous faisions pratiquement la même taille. Pour toute réponse, je lui tendis mon téléphone. La réponse du professeur Spokes s'affichait sur l'écran. *La première. Sûr et certain.*

La première, c'était Laurel.

J'expliquai en quelques mots ce que Spokes m'avait appris le matin même.

Helena fronça les sourcils.

— Ainsi donc, ce cher Timothy courtise la mère *et* la fille ? Car je suppose que Laurel et lui ne seraient pas allés aussi loin s'ils n'avaient pas besoin d'être discrets. Et si Charity l'a appris ?

— Dans ce cas, c'est Laurel qu'elle aurait voulu déshériter, pas Delia. À tout le moins, il y aurait eu un scandale. Je me trompe peut-être, mais je n'imagine pas du tout Charity passer l'éponge là-dessus.

Une ambulance pila dans un crissement de pneus devant l'hôpital, la sirène hurlante. Pendant un instant, nous gardâmes le silence, suivant du regard les brancardiers qui transportaient une personne enveloppée dans une couverture de survie. Lorsqu'ils disparurent enfin à l'intérieur du bâtiment, Helena dit :

— Sauf si Laurel a provoqué l'accident avant que sa mère ait eu le temps d'agir. Pense à la citation. *De toutes les vengeances qui peuvent atteindre le coupable, il n'en est pas qui égale son crime.* Charity voulait se venger de quelqu'un.

— Ou ce quelqu'un voulait se venger d'elle, et elle l'a compris.

Mon téléphone vibra, j'y jetai un coup d'œil rapide. Donaldson. J'ignorai l'appel et remis le téléphone dans ma poche.

— Dans ce cas, pourquoi Charity garde-t-elle le silence ?

— Laurel est sa fille. J'imagine qu'elle veut la protéger.

Maintenant, c'était le téléphone d'Helena qui vibrait. Elle fit une grimace, décrocha. Puis pâlit. Je m'avançai, me demandant si je devais la soutenir, mais Helena se maîtrisa.

— C'était Donaldson. Charity Quinn vient de faire une attaque. Elle est morte.

Je ne me rappelle pas la course jusqu'au sixième étage. J'ai dû emprunter les escaliers, car j'étais essoufflé en arrivant en haut. J'imagine qu'Helena m'a suivi, mais là non plus, je n'en ai aucun souvenir. Juste ce coup de téléphone, le visage blême d'Helena, puis la porte de la chambre de Charity, entrouverte. La jeune femme noire en tenue d'infirmière que je trouvai penchée au-dessus du lit me demanda d'attendre dehors qu'elle termine.

Timothy Reed se tenait un peu plus loin dans le couloir, le visage couleur cendre. Je me dirigeai vers lui.

— Qu'est-ce qui s'est passé ?

Sa voix était à peine audible.

— Je ne sais… – Il passa sa langue sur ses lèvres sèches. – Je ne sais pas. C'était comme une crise cardiaque. Tout à coup, elle a poussé un râle et elle est devenue toute raide. Puis les machines autour d'elle se sont mises à sonner, de plus en plus fort, des médecins et des infirmiers sont arrivés en courant. On m'a ordonné de sortir attendre dans le couloir.

Je fus soudain conscient de la présence d'Helena à mes côtés.

— Qui d'autre est venu la voir, ce matin ?

Elle avait sorti son calepin et se préparait à noter.

— Laurel, mais vous le savez déjà. Elle est revenue d'ailleurs après votre départ, elle avait oublié de donner à Charity sa crème pour les mains. Sam est passée en coup de vent. Delia était là entre huit heures et huit heures et demie, ensuite elle est partie se chercher un petit déjeuner. Et Dorothy Prendergast.

— Oui, je l'ai vue à la cafétéria à l'instant. Au fait, elle n'est pas remontée vers la chambre ?

Timothy Reed secoua la tête.

— Non, je ne l'ai pas revue depuis sept heures et demie ce matin. Mais vous croyez que le décès de Charity n'est pas naturel ?

Je répondis par une autre question.

— Monsieur Reed, nous avons trouvé une citation près du lit de Charity. Du Shakespeare, un texte qui parle de vengeance. À votre avis, qui pouvait vouloir se venger de Charity ? À moins que ce soit elle qui ait voulu se venger ?

— Je ne saurais pas. – Il se détourna. – Excusez-moi, j'ai besoin d'être un peu seul. Peut-on reprendre cette conversation à un autre moment ?

— Bien sûr.

J'attendis qu'il s'éloigne, avant de me tourner vers Helena.

— Qu'en penses-tu ?

— Il ment.

Je hochai la tête.
— C'est aussi mon avis.

— Nous avons donc trois coupables potentiels.
Donaldson croisa les bras sur sa poitrine, façon super-héros : torse bombé, menton en avant, regard de braise. Les bleus, rassemblés en masse dans la salle d'enquête, buvaient ses paroles, les yeux brillant d'admiration. Je sentis la main d'Helena sur mon épaule, son souffle dans mon oreille.
— Ne dis rien. S'il te plaît. Ils te retireront l'enquête.
Je hochai la tête.
— OK. Je vais essayer.
Helena avait raison d'être inquiète. À peine arrivé au quartier général, j'avais foncé dans le bureau de Donaldson. Il était au téléphone, mais avait reposé le combiné sur sa base lorsque j'avais franchi le seuil.
— On ne frappe plus avant d'entrer ?
— Qu'est-ce que ça fait, d'avoir la mort d'une femme sur la conscience ?
Le visage de Donaldson avait trahi d'abord un bref étonnement, puis de la colère.
— Comme tu y vas ! On voit tout de suite à quel point t'es jeune, à te laisser comme ça submerger par l'émotion.
Il s'était redressé sur son siège. La taille gigantesque de son bureau le faisait paraître plus petit qu'il n'était vraiment.
— C'est une accusation sans fondement.
J'avais fait un pas vers lui, m'étais forcé à desserrer les poings.
— Sans fondement ? Tu as refusé ma requête de protéger la victime. Combien de fois je te l'ai demandé ? Elle n'aurait pas été assassinée s'il y avait eu un flic en uniforme à côté d'elle.
Donaldson avait regardé sa montre, froncé ses sourcils blonds. La surface polie de son bureau n'était encombrée d'aucun dossier. Le seul objet à s'y trouver était une

photographie encadrée de lui-même, cheveux au vent, à bord d'un voilier. Il avait objecté :

— On n'a aucune certitude là-dessus. Et je trouve que tu n'as pas présenté de bons arguments pour appuyer ta requête. Si tu t'étais montré plus convaincant, on n'en serait pas là ! Maintenant, si tu veux bien, va dans la salle d'enquête avec les autres. La cheffe m'attend, elle m'a demandé de passer pour la débriefer, et je suis déjà en retard. Allez, ouste.

— Espèce de…

— Qu'est-ce qui se passe ici ?

Je m'étais retourné. Hannah Newsham était là, son brushing toujours aussi impeccable, son sourire toujours aussi froid. Elle m'avait adressé un bref signe de tête, avant de se tourner vers Donaldson.

— Vous êtes en retard, Pete, cela ne vous ressemble pas. Du coup, je suis venue jusqu'à vous. Vous pouvez nous laisser, inspecteur Morrow ?

Donaldson, qui était resté planqué derrière l'écran de son ordinateur pendant notre conversation, avait enfin contourné son bureau, un sourire de soulagement sur le visage. J'avais fait une dernière tentative :

— Capitaine Newsham, j'étais en train de rappeler à l'inspecteur Donaldson avoir formulé plusieurs demandes de protection policière pour la victime, demandes qui…

— Laissez-nous, inspecteur. Si vous aviez travaillé plus efficacement, nous n'en serions pas là.

J'avais soutenu le regard bleu glacier d'Hannah. Ce que j'y avais lu, je le savais déjà, car c'est la première chose qu'on vous explique dans la police : esprit de corps. On lave son linge sale en privé, on protège ses collègues, on ne prête pas le flanc aux critiques. J'avais le choix de me soumettre et d'espérer un peu de justice pour la victime, ou de me confronter à l'établissement et de me faire renvoyer de la Crim' pour insubordination. Je choisis l'option raisonnable, mais il m'en coûta.

— Bien, capitaine.

J'avais tourné les talons et quitté le bureau.

À présent, j'étais assis là, dans cette salle d'enquête dont le tableau de bord s'était enrichi d'une nouvelle photo : celle du cadavre de Charity Quinn. Donaldson parlait toujours.

— Nous avons désormais la certitude qu'il s'agit bien d'un meurtre. Les examens toxicologiques préliminaires faits à l'hôpital démontrent que la victime a reçu une piqûre de diamorphine dans la demi-heure précédant son arrêt cardiaque. Une dose supérieure à deux cents milligrammes, donc létale.

Donaldson se renversa dans son fauteuil pivotant, et adressa un sourire radieux à la ronde.

— Ça, c'est la mauvaise nouvelle. La bonne nouvelle est que, maintenant, le cercle des suspects est très restreint. Nous avons bien sûr Timothy Reed. Les deux filles de la victime : Laurel et Delia Quinn. Sa filleule, Samantha Jones. Et le personnel de l'hôpital présent sur les lieux.

Donaldson avança vers le tableau sur lequel étaient griffonnés les noms des suspects potentiels.

— Nous pouvons dorénavant effacer les noms de Randolph Briggs, qui n'est pas venu à l'hôpital ce matin, et de Dorothy Prendergast, qui prenait tranquillement le café avec la police au moment de l'assassinat. – Il m'adressa un clin d'œil, mais son regard restait froid, méprisant. – Les donuts étaient-ils bons, inspecteur ?

Un des bleus s'esclaffa. Donaldson poursuivit avec bonhomie :

— Non, ne rigolez pas, grâce à ce café et à ces donuts, l'inspecteur Morrow nous a permis de restreindre encore notre cercle des suspects. Non pas qu'on l'ait jamais sérieusement soupçonnée, cette pauvre dame.

Il effaça les deux noms du tableau avant de se tourner de nouveau vers son public subjugué.

— Les gars – et les filles bien sûr –, vous avez de la chance, vous vivez en direct le moment clé d'une enquête. Croyez-moi, il est rare que cela se passe comme ça, qu'on puisse s'asseoir et se dire : l'une de ces quatre personnes a tué. Quatre suspects, donc. Je pense que tout le monde est d'accord, nous pouvons oublier le personnel hospitalier. Dès le début, il était évident que nous étions en présence d'un crime commis par un des proches de la victime.

À côté de moi, Helena se mordit les lèvres.

Donaldson haussa la voix.

— Quatre suspects. Quatre. Moins que les doigts d'une main. – Il montra sa propre main à ceux qui n'auraient pas saisi. – Avec quatre suspects, je vous le dis, cette affaire est résolue avant la fin de la semaine. Des questions ?

Un des bleus, un type aux cheveux roux coupés en brosse et à la pomme d'Adam proéminente, leva la main.

— Avons-nous des indices ?

Donaldson secoua la tête d'un air navré, avec un coup d'œil vers moi.

— Aucun, malheureusement. Hé, les gars – et les filles –, ce n'est la faute de personne, vous êtes tous là pour apprendre. Mais non, pas d'indices. On sait juste que quelqu'un lui a injecté du poison dans le bras. Cela ne prend que quelques secondes et ne demande aucune compétence spécifique.

Il attrapa une bouteille d'eau sur son bureau, dévissa le bouchon et but au goulot. Dans la salle d'enquête, il n'y avait pas un bruit, ni aucun mouvement chez les bleus, qui attendaient sagement la suite. Donaldson reposa la bouteille sur son bureau.

— Alors, voilà. Chacun de nos quatre suspects aurait pu le faire, séparément ou de concert. M. Reed affirme s'être absenté cinq minutes pour aller aux toilettes, et une autre fois pour passer un coup de fil. Les trois filles ont chacune eu l'occasion de rester seule avec Me Quinn durant les trente minutes précédant sa mort. Tout comme Reed, évidemment. Maintenant, me demanderez-vous, quelles étaient les motivations de notre tueur ?

Le bleu à la pomme d'Adam leva de nouveau la main.

— Il ou elle voulait finir ce qu'il avait commencé ?

— Bien, approuva Donaldson. Vous irez loin, jeune homme. Et quelle conclusion doit-on en tirer ? Réfléchissez.

Il survola son auditoire du regard.

— Personne ? Même pas vous, Morrow ? Edwards ? Bon, d'accord. Écoutez. Nous savons que certaines de ces personnes ont passé des jours et des nuits au chevet de la victime. Bien entendu, cela ne les exonère pas totalement – elles auraient aussi pu attendre d'agir pour tromper leur monde, ou parce qu'elles n'avaient pas les moyens de mettre la main sur le poison. Mais nous avons parmi nos suspects une personne qui ne s'est jamais montrée à l'hôpital avant aujourd'hui. Et qui, après sa première visite ce matin, est revenue sur ses pas. Sans doute parce qu'elle avait manqué de nerf la première fois, ou parce que Reed se trouvait à ce moment-là dans la chambre. Les gars et les filles, je suggère que nous concentrions nos efforts sur Mlle Laurel Quinn. Ses faits et gestes à l'hôpital, d'abord : interrogez le personnel, visionnez les images des caméras de surveillance. L'accès au poison : fouillez sa chambre, parlez à ses amis. Son mobile, ensuite. Pourquoi voulait-elle tuer sa mère ?

Je me levai.

— Je peux vous aider là-dessus. Il est possible que Timothy Reed ait eu une liaison avec Laurel, l'un de ses collègues les a formellement identifiés. Quelqu'un devrait aller à l'*Inn at Perry Cabin*, dans le Maryland, voir s'ils ont pris une chambre et si le personnel se souvient d'eux.

— Excellent, dit Donaldson. Vraiment excellent. Bravo, Morrow, du beau travail. Bon, est-ce que tout est clair ? Ou avez-vous d'autres questions ?

Les bleus n'en avaient pas. Quant à moi, j'en avais trop.

— Alors, au boulot ! proclama Donaldson.

43.

Je pensais ne plus revoir Helena, puisqu'à la fin du débriefing, Donaldson l'avait priée d'attendre. Pourtant, au moment de sortir du quartier général, je l'aperçus sur les marches de l'entrée.

Son visage s'illumina lorsqu'elle me vit.

— Ethan ! J'avais peur que tu sois déjà parti ! À te voir pendant la réunion, j'ai cru que tu allais étrangler ce sombre crétin, et honnêtement, il l'aurait bien mérité.

— Pourquoi est-ce qu'il t'a demandé de rester ?

— Il voulait qu'on déjeune ensemble. – Helena leva les yeux au ciel. – Il connaît apparemment un petit restaurant français « absolument charmant » dans le coin, il était sûr que j'allais adorer.

— Ah. – Je refermai ma parka pour me protéger du vent glacial, puis regardai ma montre. – Écoute, il faut que j'y aille, bon appétit…

Elle rit.

— Attends. Il est hors de question que je déjeune avec lui, alors j'ai prétexté avoir des coups de fil à passer. Je lui ai dit que je prendrai un sandwich, et qu'il devrait faire pareil. Qu'on ira dans son charmant petit restaurant avec toute l'équipe, pour fêter l'arrestation du coupable.

— On peut manger ensemble alors ? Tu as le temps ?

Helena me regarda.

— J'ai promis à Donaldson d'être de retour à midi et demi, nous partirons interroger Laurel.

Tout en parlant, nous avions descendu les marches, puis tourné sans nous concerter vers la droite. Il était midi à ma montre ; nous avions donc une demi-heure. Je pensais à Donaldson et à son petit restaurant français. Pour sa carrière, pour son positionnement dans l'équipe, Helena aurait mieux fait d'aller déjeuner avec lui. J'étais content qu'elle ne l'ait pas fait.

— Il veut arrêter Laurel, j'imagine ? Donaldson semble absolument persuadé que c'est elle, la coupable.

Helena me sourit.

— Alors que toi, tu n'es pas convaincu de sa culpabilité. Qui soupçonnes-tu ? Delia ? Sam ?

— Pas Sam. Elle n'a rien à gagner à la mort de Charity, plutôt tout à perdre. Delia, peut-être. Je n'ai pas encore un avis très arrêté. Et je t'avoue que cette mort me surprend beaucoup. Je ne m'y attendais vraiment pas. Il faut que je me plonge dans les œuvres de Shakespeare. Si cela se trouve, c'est la clé de l'énigme. Au fait, es-tu allée voir *Le Roi Lear* hier soir ?

— Non, je n'ai pas eu le courage. Ici, ça te va ?

Nous étions arrêtés devant le *West Wing Cafe*. L'endroit n'était ni petit ni charmant, raison pour laquelle il m'allait parfaitement. Je poussai la porte vitrée.

L'intérieur du café était bondé. Des touristes vêtus de vestes doublées de polaire et baskets aux semelles épaisses, penchés sur leurs cartes et leurs guides. Des familles avec enfants. Des cadres aux visages couleur terre qui avalaient leur salade sans la mâcher, un œil sur leur téléphone. Deux flics des stups qui m'adressèrent un signe de tête. Après avoir acheté des sandwichs au comptoir, nous nous installâmes à une table libre près de la fenêtre.

Helena se pencha vers moi.

— Est-ce que je peux te poser une question personnelle ?

Je faillis dire non, m'arrêtai à temps.

— Oui, bien sûr.

Je trouverais bien quelque chose à lui répondre.

— Qu'est-ce qui t'a décidé à devenir flic ?

— C'est plutôt moi qui devrais te poser cette question. – Je ris, soulagé, parce que ce n'était que ça. – J'ai cru comprendre que tu avais fait du droit.

— C'est vrai. Pour perpétuer la tradition familiale. Mon père est juge, mon grand-père aussi. Mon frère n'est pas très scolaire, alors c'était à moi de reprendre le flambeau.

— Mais…

— Mais j'ai trop vu la justice en action. Et j'ai compris que je n'avais ni les certitudes nécessaires ni la confiance dans l'infaillibilité de mon propre jugement pour exercer ce genre de métier. Et aussi, que je voulais dormir la conscience tranquille.

— Donc, tu trouves que flic, c'est mieux. Qu'on ne fait pas d'erreurs.

Son visage s'assombrit.

— Je n'ai pas dit ça. Surtout un jour comme aujourd'hui. Mais je dirais qu'on essaie. Et qu'en dehors de quelques pantins dans le genre de Donaldson, on fait notre travail plutôt bien. – Elle froissa le papier de son sandwich. – Maintenant, à ton tour de raconter.

— OK.

J'avais une réponse toute prête, que je servais à ceux – certes, peu nombreux – qui me posaient la question. Je leur racontais que, ado, j'avais été un grand fan de la série *NCIS*. Que la base navale de Washington, lieu d'exercice de cette équipe fictive, m'attirait comme un aimant. Que je connaissais tous les épisodes par cœur, que j'avais les mêmes lunettes de soleil que l'agent spécial Tony DiNozzo. Et qu'ayant le mal de mer, j'avais dû me rabattre sur la police criminelle. Cela marchait bien, d'habitude, les gens rigolaient puis passaient à autre chose. Pourtant, cette fois-ci, je décidai de dire la vérité.

— Je suis là à cause de l'affaire du métro de Washington. Neuf morts qui n'ont pas obtenu justice. Ma famille a été très marquée, on connaissait toutes les victimes personnellement. C'est sans doute présomptueux, mais je me suis dit que si l'enquête sur cet accident avait été mieux menée, on n'en serait pas là.

— Et tu es devenu flic, dit Helena. Et puis, la semaine dernière, tu as reçu l'appel d'Hannah. J'imagine que tu as tout de suite reconnu le nom de Charity ?

— En effet.

À mon tour, je froissai le papier de mon sandwich, puis me levai pour partir.

— Crois-tu que j'aurais dû aller trouver Hannah ou Donaldson pour leur avouer que, à mes yeux, la victime dans cette affaire était la pire crapule que la terre ait jamais portée ?

— Sûrement pas, dit Helena. Et quoi que tu aies pu penser de Charity Quinn, si on t'avait écouté, elle serait toujours en vie. C'est tout à ton honneur.

Elle jeta un coup d'œil à sa montre.

— Écoute, il faut que je file. Tu fais quoi maintenant ?

— Je n'ai rien de spécifique de prévu. Alors, je vais me poser et je vais réfléchir.

44.

Dans l'imagination de la plupart des gens, une imagination nourrie de séries télévisées et de films d'action, un flic de la brigade criminelle vit sur le fil du rasoir. Il fume, il boit, beaucoup trop d'ailleurs. Il oscille entre les éclats de colère et les coups de génie. Il est accro à l'adrénaline. Il ne se rase pas. Sa vie est une longue suite de cuites monumentales et de fusillades dans lesquelles, à chaque fois, il manque de laisser sa peau. Ce flic est l'équivalent moderne du yéti. Il n'existe pas, sinon dans l'imaginaire collectif. Il n'a rien à voir avec moi, ni avec aucun de mes collègues.

La plupart du temps, je mène une vie organisée et réglée comme du papier à musique, une vie de vieux. Je cours le long du Potomac trois fois par semaine. Je fais de la musculation dans une salle de sport chic, Cut Seven, le vendredi soir. Pour mes courses, je vais chez *Whole Foods* le samedi matin et, le samedi soir, je dîne avec Chanelle, étape obligatoire avant la case plumard. Le dimanche, si mon travail me le permet, je dîne chez ma mère. Ma santé est excellente, je suis en bonne forme physique, la dotation vêtements de la police me permet d'acheter des costumes corrects. Je n'ai pas d'amis, mais c'est parce que je ne souhaite pas en avoir. Pour avoir des amis, il faut pouvoir partager sa vie. Ceux de Deanwood ne me comprennent plus ; quant aux autres, ceux que je pourrais rencontrer par mon travail ou à la salle de sport, ils n'appartiennent pas au même monde, et s'il y a une chose que je n'aime pas, c'est me sentir ridicule. Et je suis heureux comme ça. Du moins, j'en étais sûr avant de rencontrer Helena. Depuis, à l'instar de Charity Quinn, je me demande si ce que je prenais pour du bonheur n'est pas en réalité une simple absence de malheurs. Et si les baisers trop confiants de Chanelle n'agissent pas comme un cache-misère.

Cette habitude de vie ordonnée et quasi militaire se retrouve inéluctablement dans la façon dont j'organise mon travail. Contrairement à beaucoup de mes collègues, je me méfie des intuitions. Je préfère lister les possibles, procéder par élimination, et j'ai une méthode bien à moi pour travailler sur une enquête. Une fois qu'on a tous les éléments en main, il s'agit de se fixer une échéance pour trouver la réponse, de concentrer dans un laps de temps court toutes les idées et toutes les hypothèses pour en extraire l'essentiel. Ça marche à tous les coups, la vérité finit par émerger, limpide, incontestable.

Une fois Helena partie avec Donaldson pour interroger Laurel, je remontai dans la salle d'enquête et décidai de faire justement ça : lister qui, pourquoi et comment. Mobile, moyen, opportunité.

La salle d'enquête était déserte. Je déplaçai ma chaise pour ne plus voir le tableau sur lequel Donaldson avait procédé à sa propre analyse de la situation en soulignant le nom de Laurel Quinn de deux traits gras. Je n'avais pas besoin d'être influencé. Si Laurel était coupable, je voulais arriver à cette conclusion par mes propres moyens.

J'attrapai une feuille de papier blanc dans l'imprimante et écrivis les noms des quatre personnes ayant eu la possibilité de tuer Charity Quinn.

Je commençai par Delia. Le bébé de la famille devenu une jeune femme rebelle, affligée de la mauvaise conscience des chouchous. Elle avait un excellent mobile, le meilleur de tous : sa mère voulait la déshériter. Et s'il n'y avait que cela ! Aux yeux de Delia, sa mère était une criminelle, au même titre que les hommes et les femmes qu'elle défendait. Delia avait donc le mobile, les moyens et l'opportunité : le tiercé gagnant du crime. Mais alors, cette dévotion filiale, ces nuits passées au chevet de sa mère, ce crucifix, ces yeux embués de larmes… que du toc ? J'entourai le nom de Delia d'un trait rouge. Quoi que Donaldson puisse en penser, pour moi, elle restait suspecte.

Sa sœur, maintenant. Laurel. Une jeune femme d'une beauté et d'une bêtise également saisissantes. Refaite de partout, selon les volontés de sa mère. Malheureuse. Peu sûre de sa place dans le monde. Selon toute vraisemblance, maîtresse de Timothy Reed. La compassion étant son moindre défaut. Mais meurtrière ? Cela restait à démontrer. Rien ne prouvait que Charity avait appris sa liaison avec Reed. Pour ce que nous en savions, à quelques jours près, Laurel allait se retrouver seule héritière, ou presque. Oui, mais pourquoi cette visite à l'hôpital ? Ou, plutôt, pourquoi ce matin ? Mauvais concours de circonstances ? On avait déjà vu pire. Mais tout de même, mobile, moyen, opportunité : un cercle rouge pour elle aussi, elle n'en méritait pas moins. Au suivant.

Timothy Reed. L'élégant, l'insaisissable M. Reed, le millionnaire discret qui ne nous avait pas encore présenté son avocat, même si cela ne saurait tarder. Je ne parvenais pas à cerner le personnage. Trop lisse, trop parfait, une image sur papier glacé plus qu'un homme. Je ne lui trouvai pas de mobile. Cela ne voulait pas nécessairement dire qu'il n'en existait pas, seulement que j'avais mal cherché. Moyen, opportunité : un trait rouge pour M. Reed.

Sam, enfin. Ses seins ronds et fermes, sa chute de reins, le grain de beauté sur son omoplate gauche. Là encore, pas de mobile évident. Son string en dentelle si blanche contre sa peau hâlée. Ses frais d'études, que Charity avait proposé de payer. Pas Sam. Elle n'avait pas de mobile, plutôt tout à perdre. Et ce n'était pas elle qu'on avait aperçue dans un hôtel cinq étoiles dînant en compagnie de Reed.

Je regardai ma liste, les trois noms que j'avais entourés. Je me donnai une heure pour tenter d'y voir clair, une heure pendant laquelle je laissai libre cours aux idées les plus loufoques et aux associations les plus improbables. Reed et Charity à Venise, leur chambre d'hôtel, le bloc-notes qu'elle glisse dans son sac. Les préparatifs du mariage à venir. La trahison.

Le visage, beau et bête, de Laurel, lorsque Charity lui annonce sa future union. La colère de Delia.

Malcolm Davis. Les lettres anonymes, les menaces, le rat. Les neuf morts du métro de Washington.

Dorothy, ses twin-sets couleur lavande, sa maladresse.

Les barquettes du traiteur chinois sur ma table basse.

Le professeur Spokes guidant ses parents âgés à l'intérieur du restaurant.

Le Roi Lear. Et les histoires d'amour qui finissent mal, en général.

Sur le tableau magnétique devant moi, les images se télescopaient, formant un macabre triptyque. Charity vivante, souriante, main dans la main avec l'homme qu'elle aime. Charity recousue. Charity morte. Trop de personnes voulaient la voir morte, mais celui qui avait fait cela n'avait pas choisi la façon la plus simple, ni la plus sûre, de la tuer.

Je jetai un regard vers ma montre. Le délai que je m'étais fixé était en train de s'écouler et… rien. Seulement ce sentiment persistant que j'y étais presque, que c'était là, devant moi, qu'il suffisait de tendre la main.

Je fermai les yeux. J'étais fatigué, lassé de cette enquête aux pistes trop nombreuses, épuisé de devoir faire semblant, devant ma famille, devant Donaldson, devant Helena surtout. Je n'étais pas fait pour cette vie-là, pas fait pour ce travail. J'aurais dû bosser à l'usine, comme mon père, comme son père avant lui, comme tous les Morrow. J'aurais été heureux. Non. Je rouvris les yeux. En face de moi, un couple heureux me souriait en se tenant par la main. Timothy et Charity, fiancés à jamais.

La faille était là. Ce mariage ne collait pas. Pourquoi Timothy Reed avait-il fait sa demande à Charity s'il couchait aussi avec sa fille ? Il n'était pas obligé de l'épouser, s'il avait changé d'avis. Ou si ? Et pourquoi, comme dirait Dorothy, autant de précipitation ?

Pourquoi demande-t-on une femme en mariage ? Pour sa beauté, son esprit, ses prouesses culinaires ou érotiques. Son heureux caractère. Son compte en banque. Ou juste parce que ça se fait, on vit avec elle, et pourquoi pas ? Mais ce matin, sur le visage de Timothy Reed, ce n'était pas le chagrin que j'avais vu, c'était le choc. Comme s'il se retrouvait pris dans un jeu dont il ne maîtrisait pas les règles.

On peut aussi faire sa demande en mariage dans le but d'organiser une belle fête. Une réception à laquelle toute la ville serait conviée.

Une réception à laquelle, soi-même, on n'assisterait pas.

45.

Timothy Reed avait perdu de sa superbe.

Les mains dans les poches, deux rides profondes lui barrant le front, un tressautement de paupière – ce n'était plus le même homme. Il se trouvait encore à l'hôpital quand je l'avais appelé, et c'était là que j'étais allé le cueillir, avant de l'emmener marcher au bord du fleuve.

La surface lisse du Potomac était grêlée par la pluie. Je rabattis la capuche de ma parka sur mon visage avant de me tourner vers Reed.

— J'aurais dû vous amener au poste. Vous lire vos droits et tout ça. Mais je n'ai pas encore de preuves, même si, maintenant, je sais où chercher. En attendant – et c'est un conseil d'ami –, je vous recommande de me raconter toute l'histoire. Il vaut mieux que ça vienne de vous.

— Conseil d'ami, hein ?

Reed haussa un sourcil. Il restait tête nue sous la pluie, comme si pour lui, dans l'état où il se trouvait, cela ne présentait plus aucune importance.

— Je ne vous croyais pas du genre amical. Un vrai ami me conseillerait plutôt d'appeler mon avocat. Et de la boucler en attendant qu'il arrive. Mais soit. Parlons. Que voulez-vous savoir ? Pourquoi j'ai fait cela ?

— Le pourquoi, je l'avais déjà deviné dans les grandes lignes. J'aurais dû réagir plus tôt, d'ailleurs. Ce chauffard qui a renversé votre femme enceinte ? J'ai demandé qu'on retrouve le nom de son avocat, et il ne me disait rien, alors j'ai pensé que c'était une fausse piste. C'est seulement aujourd'hui que j'ai compris. Donc, ce que je veux savoir, ce n'est pas pourquoi vous avez agi comme vous l'avez fait, mais pourquoi vous avez attendu tout ce temps. Elle a quel âge, votre fille ? Huit ans ?

— C'était… – Reed partit d'un rire sec, incongru. – C'était une improvisation. Croyez-le ou non. Rien n'a été prémédité, un hasard total. Je ne suis pas du genre sanguinaire, je n'ai pas pour habitude de traquer des gens qui m'ont fait du tort pour leur faire la peau. Et puis, Quinn est un nom relativement courant. Lorsque j'ai offert à Delia de la ramener chez elle parce qu'elle s'était tordu la cheville, je ne savais absolument pas qui était sa mère. Ce n'est qu'au moment où je me suis garé devant chez elle qu'elle m'a appris, en passant, que celle-ci était une avocate pénaliste… « Comment s'appelle votre maman ? » lui ai-je demandé, avant de mentir : « Dans ma jeunesse, j'ai connu une Caroline Quinn qui faisait du droit… » « Non, a dit Delia. Ma mère s'appelle Charity. »

Il me regarda droit dans les yeux.

— Charity est un prénom qui n'est pas courant. Ajoutez à cela le fait qu'elle était avocate, « une célèbre avocate », avait dit Delia. J'ai eu froid dans le dos en comprenant où je me trouvais. La femme qui m'a ouvert la porte avait provoqué mon malheur aussi sûrement que si elle s'était trouvée au volant de la voiture qui avait renversé mon épouse. C'était cette femme qui, il y avait des années, avait défendu le chauffard quand, pour la première fois, on l'avait arrêté pour conduite en état d'ivresse. C'était grâce à son habileté et à sa ruse qu'il était reparti libre, son permis dans la poche. Libre de boire et de conduire. Libre de renverser la mère de mon enfant et de provoquer un accouchement prématuré.

— Vous avez donc lié connaissance avec Charity Quinn dans le but de vous venger.

— Pas au début. Au départ, je voulais juste voir quel genre de personne elle était. Si elle éprouvait des remords, quelquefois. Si elle se souciait des conséquences de ses actes.

— Mais ?

— Je me suis aperçu très rapidement que je lui plaisais. Elle essayait de le cacher – elle était tout sauf idiote – sans y parvenir totalement. Des regards en coin, la couleur qui lui montait aux joues, cet empressement à rire, à trouver formidable tout ce que je disais. Je me suis dit que la conquérir serait un jeu d'enfant. Et que rien ne lui ferait plus mal que de perdre la face devant tous ses amis et connaissances conviés à son mariage.

— Sauf que vous ne vous êtes pas arrêté là. Vous avez également séduit Laurel. Une fille pour une autre, c'était ça, votre idée ? Et la défense de Malcolm Davis, c'était vous, aussi.

Timothy Reed sourit.

— Une cerise sur le gâteau. Elle ne pouvait pas me refuser cela, car elle n'avait qu'une crainte, que je découvre quel genre d'avocate elle était. Et dès qu'elle a accepté sa défense, sa carrière est partie en chute libre. Charity était devenue un objet de haine pour une bonne moitié de ses compatriotes.

Je le regardai : il ne regrettait rien. Sauf, peut-être, de s'être fait prendre.

— En somme, vous aviez prévu qu'au plus tard début janvier, Charity Quinn se retrouve le cœur brisé, sa famille déchirée, haïe par les uns, méprisée par les autres.

— Résumé ainsi, je ressemble à un monstre.

— Pourtant, c'était bien ce que vous aviez prévu.

— Oui. – Il se détourna. – Mais c'est facile pour vous de parler. Ce n'est pas vous, le père d'Olivia.

— Et le miroir, alors ?

— Le miroir, ce n'est pas moi. Trop incertain. Et puis, je dormais parfois dans ce lit, il ne faut pas me prendre pour un fou.

— Le jour où il est tombé, vous n'étiez pas là.

— Je n'ai pas de preuves, évidemment. – Timothy Reed haussa les épaules. – Mais cette histoire du miroir ne tient pas debout, réfléchissez. Quelqu'un d'autre que moi avait une dent contre elle. Cette femme n'avait pas que des amis.

Je fis quelques pas en direction du fleuve. Reed marchait à mes côtés, le dos droit, les épaules rejetées en arrière, un rictus déformant son visage patricien. Cela ne me faisait pas plaisir, mais j'avais tendance à le croire.

— Et maintenant qu'elle est morte, alors ? Vous ne regrettez rien ?

— Rien.

— Vous savez qui l'a tuée ?

— Non. Et si je le savais, je ne vous le dirais pas.

— Vous n'êtes pas croyant ? Vous n'avez pas peur du châtiment divin ?

Il enfonça ses mains dans ses poches.

— Dieu me pardonnera. C'est son métier.

— Ce n'est pas de vous, c'est de Heine.

— Tiens donc. Un flic cultivé.

— Vous devriez faire gaffe. J'hésite encore à vous faire arrêter pour meurtre.

Timothy Reed s'inclina légèrement, un sourire moqueur sur les lèvres.

— Je pense que c'est le bon moment pour moi d'appeler mon avocat.

— Faites donc. Je veux votre déposition sur mon bureau avant ce soir.

— Vous l'aurez.

Je me tournai pour partir, puis m'arrêtai.

— N'empêche que vous avez quand même loupé votre vengeance. Charity Quinn a cru jusqu'au bout que vous l'aimiez.

Il ricana.

— Charity avait demandé à avoir son iPad sur son lit d'hôpital. Elle l'a utilisé pour écrire un long texte, une sorte de journal intime. Je l'ai reçu ce matin, par e-mail, je vous le fais suivre. Lisez-le, vous verrez.

46.

De : charity.quinn@gmail.com
À : timothy.reed@yahoo.com
Objet : Les dernières pages de mon journal intime – tu en feras ce que tu voudras.

Désormais, je veux supporter la douleur jusqu'à ce qu'elle-même s'écrie :
« En voilà assez ! » et expire.
Le Roi Lear

Écrire, c'est donner voix à la souffrance qu'aucun cri ne saurait exprimer. Écrire, c'est être face à soi, seule avec soi, et se dire : voici ma vie. Elle est construite sur un mensonge.

La première chose que j'ai vue en reprenant conscience, dans cette chambre d'hôpital au plafond trop bas et à l'éclairage trop cru, c'étaient les lys. La première chose que j'ai sentie, aussi. Une injustice : il ne me reste presque plus de nez, mais mon odorat est intact et ces lys sentent le pourri. C'est Dorothy qui les a apportés, j'aurais pu le deviner. Toujours ce sens de l'à-propos, jusqu'au choix des fleurs qui siéent aux enterrements. Tant qu'à faire, elle aurait pu apporter une couronne mortuaire.

La première chose que je me suis dite lorsque j'ai repris conscience dans cette chambre d'hôpital ? Une évidence. Il aurait mieux valu pour moi passer sous un bus. Os broyés, crâne éclaté, ploc, c'est fini. Pas de lit médicalisé, pas de ces tuyaux transparents qui m'enchaînent aux machines et me donnent l'impression d'être une mouche prise dans une toile d'araignée. Pas de questions auxquelles je ne veux pas, je ne peux pas répondre. Surtout, pas ces regards horrifiés. Je déteste la pitié, les assurances dont personne n'est dupe : « Mais non, tu vas voir, chérie, tout va finir par s'arranger. » Alors que ce bus : net et sans bavure. Des obsèques somptueuses, Tim, inconsolable, marchant derrière le cercueil, mes filles qui sanglotent, fleurs et couronnes. *Ci-gît celle dont le nom fut écrit dans de l'eau*. Keats ou Byron ? Tim doit savoir.

Quoi qu'il en soit, il faut croire que mes péchés sont nombreux, car je n'ai pas mérité une mort rapide.

Je ne me rappelle pas avoir vu le miroir tomber. Je suppose que je dormais encore, bien plus tard que d'habitude. Mon réveil avait dû sonner, mais je l'avais éteint. J'étais épuisée, je ne m'étais endormie que vers le petit matin, profondément, comme on tombe dans un puits sans fond. Sur ma table de chevet, une page du blocnotes sur laquelle j'avais griffonné, au milieu de la nuit, cette citation de Shakespeare qui résumait si parfaitement la situation. Je l'avais posée à côté de la tiare, car les deux allaient ensemble. Lorsqu'on tue des rêves, le sang coule aussi.

Je n'ai pas vu la glace tomber, mais je sais à quoi j'ai rêvé cette nuit-là. Dans mon sommeil, je revoyais le procès qui avait changé ma vie. Ce jour où l'avocat de Bernard Madoff était venu me trouver pour me parler de son affaire. J'étais dans le couloir du tribunal, il faisait chaud et humide, et je n'arrivais pas à arracher ma main des griffes du client reconnaissant que je venais de disculper.

Reginald B. Landers avait une petite tendance à forcer sur la bouteille. Un alcoolique mondain tout ce qu'il y a de plus typique : un verre par-ci, une coupette par-là, quel mal cela fait ? Il conduisait une grosse Mercedes, une classe G aux jantes en alliage. En ville, il avait le bon goût de rouler assez doucement. Cela ne l'a pas empêché de perdre le contrôle de son véhicule et de s'encastrer dans la vitrine d'un café. Pas de victimes directes, mais une dame âgée, assise à une table près de la fenêtre au moment de l'impact, a fait une crise cardiaque. Elle en est morte quelques jours plus tard.

Le policier appelé sur les lieux de l'accident a fait souffler Reggie dans un ballon. Son alcoolémie, 0,08, correspondait à la limite autorisée. On lui a lu ses droits, le fameux avertissement Miranda, *vous avez le droit de garder le silence, si vous renoncez à ce droit, tout ce que vous direz pourra être et sera utilisé contre vous devant une cour de justice, vous avez le droit à un avocat*, puis on l'a embarqué au poste. Il m'a dit par la suite que pendant toute la durée du trajet, ces paroles, qu'il avait souvent entendues à la télévision, ont résonné dans son esprit : *Vous avez le droit d'avoir un avocat présent lors de l'interrogatoire. Si vous n'en avez pas les moyens, un avocat vous sera commis d'office.* Reggie avait les moyens. Une heure plus tard, j'étais assise en face de lui dans une petite pièce étouffante sans fenêtre pendant que le policier qui l'avait arrêté faisait les cent pas dans le couloir.

J'avais conseillé à Reggie le coup de l'amnésie. Je l'avais forcé à répéter son histoire quatre fois avant d'être sûre qu'il puisse la restituer convenablement. Elle se résumait en peu de mots.

Homme sérieux, chef d'entreprise prospère, il rentrait chez lui après une journée de travail. Il n'avait aucun souvenir de ce qui s'était passé : un moment, il était en train de rouler sur la route, le suivant, sa voiture était encastrée dans la vitrine de ce café. C'était tout. J'avais été très claire là-dessus. Il ne devait pas dire un mot de plus, ni un mot de moins.

Je lui avais aussi expliqué qu'il devait dire qu'il n'avait pas bu d'alcool, mais qu'il prenait des médicaments contre la toux et la congestion nasale – Benadryl et Vicks, qu'on pouvait acheter sans ordonnance dans n'importe quel supermarché – et que, par ailleurs, il avalait tous les jours un sirop contenant du fer et de la vitamine B, de la marque SSS. Reggie m'avait écoutée en clignant des yeux. Il avait des oreilles en feuilles de chou et des épaules tombantes. Je lui avais dit aussi qu'en sortant du poste de police, je passerais chez lui déposer ces médicaments sur sa table de chevet, histoire de rendre le tout plus crédible. Et que ces médicaments anodins contenaient la quantité d'alcool suffisante pour expliquer son alcoolémie. Reggie avait affiché un air dubitatif, mais avait fini par hocher la tête.

Comme je le lui avais promis, cela avait suffi. Le juge n'avait pas retenu d'accusation de conduite en état d'ivresse. Quant à la petite vieille expédiée *ad patres*, j'avais pu prouver qu'elle avait un cœur malade avant l'accident, que le lien de cause à effet n'était pas démontré. Reggie avait dû payer pour le remplacement de la vitrine – c'était la moindre des choses –, mais il était libre de conduire… et de boire. Et c'est bien ce qu'il a fait.

Ces dernières semaines, malgré les menaces et les insultes liées à ma défense de Malcolm Davis, malgré la fatigue et les dépenses considérables qu'occasionnait l'organisation de mon mariage, je débordais de bonheur. La chance était de mon côté. Le *Meridian House* dans lequel j'avais toujours espéré organiser la réception de mon mariage était disponible à la date voulue. La robe de mariée que j'avais repérée à l'occasion d'un défilé Givenchy m'allait parfaitement, c'est à peine s'il y avait besoin de faire des retouches. Tim était d'accord avec tout ce que je lui proposais. Choix du menu, décor floral, tenues des demoiselles d'honneur, même les plans de table : tout lui allait. Notre voyage à Venise, organisé à mon initiative – je me disais que, tous les deux, nous avions besoin de cette parenthèse enchantée avant d'aborder la dernière ligne droite des festivités de Noël, du mariage, du procès Davis –, s'était passé à merveille. Attentionné, souriant, Tim m'accompagnait de musée en basilique, commandait du champagne, me faisait goûter des plats italiens. Certes, nous faisions peu l'amour, mais c'était le cas dès le début de notre relation, et puis, me consolais-je, nous n'étions plus tous les deux des perdreaux de l'année... Et les réveils étaient magiques, ma tête sur son épaule, le pâle soleil de l'hiver vénitien filtrant à travers les rideaux de soie, une robe de chambre moelleuse, un bain chaud et parfumé.

C'est dans l'avion qui me ramenait à Washington, seule, que j'ai pris conscience qu'il y avait une pointe d'amertume dans mon bonheur. Cette amertume ne venait ni de moi ni de Tim, mais de tous ceux qui – telles Dorothy et Delia – avaient trouvé que mon histoire d'amour était trop belle, et mon mariage, trop rapide. Je croyais pourtant avoir mis tout cela derrière moi. Dans mon métier, les insinuations sont nombreuses, et je ne serais arrivée à rien si je n'étais pas capable de les ignorer. Seulement, cette fois, il s'agissait non pas de ma carrière, mais de ma vie privée. Cette fois, ceux qui mettaient mon histoire en doute n'étaient pas les avocats de la partie adverse, dont c'était le travail, mais ma fille et ma fidèle collaboratrice. Et il y avait pire : la possibilité terrifiante qu'elles ne faisaient que dire tout haut ce que tout le monde pensait tout bas. Je devais en avoir le cœur net.

J'ai commencé par mener des recherches discrètes sur l'état des finances de Tim. Cela ne m'a pas pris beaucoup de temps – un coup de fil à un *broker* à qui j'avais un jour rendu service, une discussion avec un inspecteur des impôts dont le vieux père était en procès avec sa copropriété –, et me voilà rassurée. Tim était vraiment riche comme Crésus. Il ne m'épousait pas pour mon argent. Cette assurance aurait dû me suffire, mais le ver était dans le fruit. Je ne pouvais plus m'arrêter. Si ce n'était pour l'argent, quelle autre raison aurait-il pu avoir de m'épouser ? Mes relations ? Tim en avait d'aussi bonnes. Ma renommée ? En dehors de celle dont je jouissais dans les cercles du droit pénal, je n'en avais aucune. Restait mon travail. *Ton fiancé sait-il quel genre d'avocate tu es ?* La petite phrase de Delia ne me sortait pas de la tête. Deux jours après mon retour de Venise, encore chamboulée par le décalage horaire, j'ai ouvert les portes vitrées de la bibliothèque de mon bureau et me suis plongée dans mes vieux dossiers.

J'avais, pour les besoins de mon travail, classé les affaires que j'avais eu à défendre par type de délit. *Attouchements sexuels. Harcèlement moral. Abus de bien social. Propos injurieux. Conduite en état d'ivresse. Coups et blessures. Viol, y compris en réunion. Meurtre.* Ils occupaient des rayonnages entiers, ces dossiers, et pourtant, je n'avais gardé que l'essentiel, le rapport de police et mon brief de défense. Le reste était aux archives. J'ai fait courir mon doigt le long des étagères. J'ai une excellente mémoire des noms, et celui de Reed ne me rappelait rien. Pour faire bonne mesure, j'ai vérifié tout de même chaque dossier, et j'en ai profité pour voir si ceux-là mentionnaient le nom de son ex-femme, Eleanor Van Cutsem. J'y ai passé la nuit, je suis sortie de là percluse de fatigue et couverte de poussière, sans avoir trouvé quoi que ce soit.

Il n'y avait rien, Tim m'aimait, m'aimait pour ce que j'étais, était-ce si difficile à croire ?

Ce n'est que le soir du jour suivant, jour que j'avais passé avec Laurel et Sam à choisir des robes de demoiselles d'honneur chez *Carine's*, que j'ai remarqué la faille dans mon raisonnement. Le fait de ne pas trouver le nom de Tim, ni celui de son ex-femme, dans mes dossiers ne signifiait rien. La raison en était simple : j'ai pour principe de ne jamais défendre un même client pour des faits similaires. Trop de risques. Il était donc possible qu'un des criminels libérés par mes soins ait récidivé. Et que Tim lui-même, ou l'un de ses proches, en ait été la victime.

J'avais, au cours de ma carrière, défendu six cent quarante-six personnes. Je n'avais ni le temps ni les moyens de retracer l'histoire de chacun. J'ai compris que je devais m'y prendre autrement.

J'ai commencé par Olivia, car j'avais imaginé que son lourd handicap était la conséquence d'une erreur médicale. Les recherches se sont avérées compliquées, puisque son dossier était protégé par le secret médical. J'ai tout de même fini par apprendre dans quelle clinique elle était née et les noms des médecins qui l'avaient soignée. Au fil de mes recherches, je reprenais confiance : j'avais défendu peu de médecins au cours de ma carrière, et aucun n'avait pratiqué dans la maternité chic où la petite Olivia avait vu le jour. Je m'apprêtais donc à mettre fin à mes vérifications et à me replonger dans le bonheur, cette fois sans l'arrière-goût créé par le doute, quand, saisie par une impulsion soudaine, j'ai lancé une dernière recherche sur Internet. Et c'est ainsi qu'en un clic de souris, mon monde s'est écroulé.

Je n'ai pas agi tout de suite. Je n'ai pas appelé Tim dans sa chambre d'hôtel, en le réveillant au milieu de la nuit, je n'ai pas exigé de savoir si c'était vrai. Ça l'était, je le savais, je le sentais. Il n'y aurait pas de mariage. Il n'y avait pas d'amour.

Cette nuit-là, j'ai fait deux choses. J'ai écrit un e-mail à mon joaillier, M. Petersen, pour lui demander de venir expertiser ma bague de fiançailles. Il me semblait maintenant que ce bijou qui avait fait ma fierté était en toc. Mon plan était simple : j'allais retourner la bague à Tim, accompagnée de la petite tiare en diamants que j'avais eu l'intention d'offrir à sa fille à l'occasion de notre mariage. Un geste symbolique : un faux diamant contre un bijou de famille précieux, une parodie d'amour contre le véritable engagement que je croyais prendre. La deuxième chose que j'ai faite, juste avant de m'écrouler d'épuisement, a été de noter la citation du *Roi Lear* qui résonnait dans ma tête :

De toutes les vengeances qui peuvent atteindre le coupable, il n'en est pas qui égale son crime.

J'avais prévu d'adresser ce mot à Tim, avec la bague et la tiare, pour qu'il sache que j'avais compris. Qu'on n'avait pas besoin de s'expliquer. Que j'espérais ne jamais le revoir.

Je n'en ai pas eu le temps. Une rupture digne, la possibilité de panser mes plaies en privé : même cela m'a été volé. Lorsque je me suis enfin réveillée, abrutie de morphine, je n'avais plus de visage.

47.

La vérité, disait Oscar Wilde, *est rarement pure et n'est jamais simple.*

Après avoir fini de lire la dernière partie du journal intime de Charity, je repris la feuille sur laquelle j'avais noté les noms de mes quatre suspects, en rayai un puis, après un instant d'hésitation, y ajoutai un autre nom. Une nouvelle hypothèse venait de se faire jour dans mon esprit, une hypothèse qui pouvait expliquer la séquence des événements.

Je venais tout juste de replier la feuille quand Donaldson fit une entrée triomphante dans la salle d'enquête. Lorsqu'il m'aperçut, son attitude fut celle d'un homme qui se rappelle soudainement une corvée.

— Ce n'est pas en restant assis ici que tu résoudras cette enquête, me lança-t-il. Sans vouloir te vexer, bien sûr. Tu veux qu'on te trouve quelque chose à faire ?

Je décidai d'ignorer la pique, d'autant qu'Helena venait d'entrer à sa suite. Je demandai :

— Qu'est-ce que ça a donné, avec Laurel ?

Donaldson se laissa chuter dans son fauteuil puis, se renversant en arrière, posa ses pieds sur la table.

— Ce n'est pas elle.

— Vraiment ?

J'essayais de ne pas faire attention aux taches de boue sur ses chaussures.

— Ouais. Bon, déjà, on n'a pas vraiment réussi à lui parler. Delia était à la maison, et dès qu'elle a compris que nous soupçonnions sa sœur, elle a insisté pour appeler un avocat. Et celui-ci a évidemment recommandé à Laurel de la boucler. C'était prévisible.

Je repensai à ma liste.

— Pourquoi crois-tu que Laurel n'est pas coupable, si vous n'avez même pas réussi à lui parler ?

Donaldson s'esclaffa.

— Parce que cette affaire est bien plus complexe que ce que vous croyez. Je vous l'ai toujours dit, ça dépasse le simple cercle familial.

Derrière son dos, Helena leva les yeux au ciel. Je savais à quoi elle pensait : Donaldson avait soutenu une position strictement inverse le matin même. Manifestement, l'homme n'était pas à une contradiction près. J'attendis la suite, qui ne tarda pas.

— Lorsque nous avons commencé à poser des questions qui fâchent à Mlle Laurel – c'était avant que sa sœur n'intervienne –, elle est devenue complètement hystérique et s'est mise à pousser des cris stridents. En entendant cela, l'homme à tout faire est descendu voir ce qui se passait. Quand il a compris que la jeune fille n'allait pas tarder à être inculpée pour meurtre, il est devenu blanc comme un linge – ce qui, soit dit en passant, est un exploit pour un Noir –, et il a lâché le morceau. Je vous le dis, c'était exactement ce que j'avais deviné dès le premier jour.

— Randolph a admis avoir quitté la maison sans mettre l'alarme, précisa Helena. C'était la semaine avant l'accident : Charity était à Venise, et voilà que son fils Louie l'appelle pour lui dire qu'il doit passer un entretien pour un job étudiant et lui demande s'il peut l'accompagner. La mère du gamin n'était pas disponible et, selon Randolph, c'était une affaire de quelques heures seulement. Il est donc parti accompagner son fils, et il n'a pas mis l'alarme. Sinon, Charity, qui recevait des notifications de l'alarme sur son portable, allait savoir qu'il s'était absenté. Il a fermé la porte à clé, évidemment. À son retour, tout lui a semblé comme d'habitude.

Helena se tut. Elle avait les traits tirés. Nous savions tous les deux ce que cette nouvelle information signifiait – n'importe qui aurait pu rentrer dans la maison en l'absence de Randolph. Scier le crochet, repartir. La mère de famille nombreuse de l'Utah, le révérend Jackson : tous. Et même si je savais, sans l'ombre d'un doute, qui avait prémédité l'accident tragique de Charity, n'importe quel avocat, même une petite chose molle comme Dorothy Prendergast, n'aurait aucun mal à réfuter mes arguments.

Je regardai Donaldson. Il inspectait ses ongles en fronçant les sourcils. Helena dit, d'une voix hésitante :

— J'imagine que cela signifie le retour à la case départ ?

Je ne répondis pas, il me fallait garder mes options ouvertes, et du temps pour réfléchir.

Finalement, Donaldson se leva, et tira sur les manches de sa chemise.

— Oui, mon petit. Je vais aller prévenir Hannah. Vous n'avez pas besoin de m'accompagner.

Il sortit. J'attendis que la porte se referme derrière lui pour demander à Helena :

— C'est tout ? Vous n'avez rien appris d'autre ? J'imagine que les filles ont chacune une théorie sur ce qui est arrivé à leur mère.

— Oui. Laurel accuse Sam, pour une raison que j'ignore. Delia persiste à dire que sa mère a fait une crise cardiaque, que les médecins ont dû se tromper.

— Et Sam ?

— Elle n'était pas là. Selon Laurel, elle a dit qu'elle avait très peu dormi cette nuit, et elle est rentrée directement chez elle après l'hôpital. J'aimerais l'interroger, tu viens avec moi ?

— Non.

En quelques mots, je mis Helena au courant de la confession de Timothy Reed.

— Il doit repasser ici, avec sa déposition. Je vais l'attendre, je voudrais vérifier deux ou trois points. Mais va voir Sam, tu me raconteras.

Une fois Helena partie, j'allai me faire du café, puis je repris mes notes. Je me dis que, depuis le début, nous ne nous étions pas posé les bonnes questions. Car ce qui comptait dans ce crime, ce n'était ni le mobile – trop de personnes en avaient – ni l'opportunité, c'était le moyen. Le *comment* du crime. Nous étions en train d'enquêter sur un « meurtre incertain » ; Helena avait utilisé cette expression lorsqu'elle avait interrogé Randolph. *Tombera, tombera pas.* Un meurtre à pile ou face, à la roulette russe. La mécanique était en place, mais on laissait le destin décider. Je ne voyais qu'une seule personne capable de faire cela.

Et il y avait autre chose.

Je reposai la tasse de café vide sur la table et me levai pour partir. On s'était tous dit que la personne qui avait injecté de la diamorphine à Charity avait fait cela pour finir ce qu'elle avait commencé. Ce n'était pas vrai.

Car la personne qui avait défiguré Charity n'était pas celle qui l'avait tuée.

48.

Je retrouvai Dorothy Prendergast dans son bureau, une petite pièce sombre aux murs tapissés d'ouvrages de droit. En m'entendant arriver, elle leva sur moi un regard gonflé de larmes. Devant elle, il y avait une tasse de thé aux trois quarts vide et une assiette recouverte de miettes, ainsi que plusieurs dossiers entassés en vrac.

— Pardon de vous déranger. Je vois que vous faites du rangement ?

Je jetai un regard vers le collecteur métallique de documents confidentiels qui trônait à côté du bureau.

— Je croyais que les avocats ne jetaient jamais rien ?

— Sauf quand ils mettent un terme à leur activité. – Dorothy renifla. – C'était le souhait de Charity, de toute façon, fermer boutique pour profiter de la vie. Et puis, je ne me vois pas continuer sans elle.

— Je comprends. Je peux ?

Dorothy hocha la tête, et je m'installai sur la chaise visiteurs en face d'elle.

— Je suis venu vous demander conseil.

Elle me lança un coup d'œil courroucé.

— Vous êtes sûr que c'est le bon moment ? De quel genre de conseil s'agit-il ?

— Je pense avoir découvert l'identité de la personne qui a scié le crochet du miroir dans la chambre de

Charity. Cela n'a pas été facile, croyez-moi. Nombreux étaient ceux qui souhaitaient la mort de Me Quinn, chacun pour une raison différente. Mais je pense avoir trouvé.

— De qui… de qui s'agit-il ?

— Je ne suis pas sûr d'être en droit de vous le dire, à ce stade de l'enquête.

— Je vois.

Dorothy souleva sa tasse de thé, puis la reposa sur la soucoupe sans avoir bu.

— C'est que je suis… je suis très proche de la famille, un peu comme une tante ou une cousine. Je connais les filles depuis qu'elles sont toutes petites, et si c'est à Delia ou à Laurel que vous pensez, vous avez tort.

Elle se tut, me fixant d'un air anxieux.

J'attendis un peu, histoire de faire monter la pression. Puis je dis :

— Nous avons envisagé la culpabilité des filles, bien évidemment. C'était même notre hypothèse centrale jusqu'à aujourd'hui. Le fait que Laurel et Delia étaient présentes à l'hôpital au moment de la mort de Charity n'a pas arrangé leurs affaires. Seulement, je suis comme vous, je pense que les filles aimaient trop leur mère pour la tuer. En revanche, il y a une autre personne dans cette maison qui avait une dent contre Charity Quinn, qui avait les moyens, l'opportunité. Vous devinez de qui je parle ?

Sans me quitter des yeux, Dorothy secoua la tête.

— Non…

— Je ne devrais pas vous le dire, mais vous êtes avocate, je vous fais confiance. Je sais que vous êtes habituée à garder des secrets. Je dirais même plus : j'ai besoin de vos conseils, c'est pour ça que je suis venu. En tant que pénaliste, vous êtes en mesure de me dire si les indices que nous détenons contre cette personne sont recevables, si nous avons un dossier qui tient la route. Il s'agit de Randolph…

Dorothy ouvrit la bouche, la referma. L'ouvrit de nouveau.

— Ce n'est pas possible : Randolph n'était pas à l'hôpital ce matin. N'importe qui vous le confirmera.

— En effet. – Je me penchai vers mon interlocutrice, et murmurai sur le ton de la confidence : Mais nous pensons désormais que deux personnes ont attenté à la vie de Me Quinn. Simplement, la première, Randolph, n'a pas réussi.

— Ah.

Dorothy réfléchit. Je croyais presque voir les rouages de son cerveau se mettre en marche, de plus en plus vite.

— Qu'est-ce que vous avez contre lui ?

Je me renversai en arrière sur ma chaise.

— Un : il en voulait à Charity parce que celle-ci l'avait licencié. Vous voyez, pour nous, cette affaire, c'est avant tout une histoire de mobile, et là, c'est simple, Randolph a le meilleur, et de loin. Deux : étant homme à tout faire, il sait manier une scie à métaux. Trois : dans la semaine précédant la tentative de meurtre, il est resté à la maison en permanence, sans jamais la quitter. Or, nous savons que le crochet était intact avant le départ de Charity pour Venise, l'un des entrepreneurs venus faire le devis l'a noté.

Je fis craquer les articulations de mes doigts.

— Une tentative de meurtre avec préméditation et ayant entraîné des coups et blessures… Randolph en prendra pour dix ans, vous ne croyez pas ? Dommage pour son fils, bien sûr, il a l'air d'être un brave garçon, mais que voulez-vous… Alors, vous pensez qu'on peut le condamner sur la base de ce qu'on a ?

Il y eut un silence. J'évitai de croiser le regard de Dorothy pour ne pas la brusquer. Je voulais qu'elle ait le temps de rassembler ses pensées, de peser le pour et le contre. Je me concentrai sur ses mains qui ne cessaient d'aligner les dossiers sur son bureau, comme si elles étaient animées d'une volonté propre.

Enfin, elle déclara :
— Je ne crois pas.
Elle s'éclaircit la gorge.
— Je veux dire, je ne crois pas que Randolph ait voulu la tuer, et je ne crois pas non plus que vous ayez un dossier qui tienne la route. Pour une simple raison : vous partez du principe que Randolph n'a jamais quitté la maison pendant l'absence de Charity, mais ce n'est pas vrai. Je le sais car, grâce à mes relations, j'avais arrangé un entretien d'embauche pour son fils, et Randolph l'y a emmené. C'était le mardi. Alors, vous voyez bien que quelqu'un aurait pu s'introduire dans la maison en son absence, puisqu'il n'avait pas mis l'alarme.
Je fis celui qui n'était pas convaincu.
— On ne sait pas si Randolph a réellement emmené son fils à l'entretien, le gamin aurait pu y aller par ses propres moyens.
— Moi, je le sais. Il se trouve que je les ai appelés alors qu'ils étaient en route pour l'entretien, je voulais être sûre que Randolph connaissait le chemin.
Je me levai.
— Eh bien, je vous remercie, madame Prendergast. Cela change la donne, en effet, mais tant mieux, je n'aurais pas voulu arrêter un innocent. Cela ne vous ennuie pas de m'envoyer un petit e-mail qui confirme votre récit ? Juste quelques lignes. Je crains que sans cela, mes collègues s'acharnent sur ce pauvre Randolph.
— Bien sûr ! s'exclama Dorothy. Bien sûr, je le fais tout de suite. Pauvre homme ! Noir, en plus, et vu ce qu'on dit sur les brutalités policières…
Elle se tourna vers son ordinateur et se mit à pianoter sur les touches.
— Voilà, c'est fait.
— Je vous remercie.
Je vérifiai l'écran de mon portable : message reçu. Je fis quelques pas en direction de la porte, m'arrêtai.

— À propos, je vous dois des excuses. Je n'ai pas été tout à fait franc avec vous, tout à l'heure. L'aspect le plus important de la tentative de meurtre perpétrée contre Charity Quinn, ce n'est pas le mobile. C'est la façon dont la personne qui a défiguré Mme Quinn a laissé agir le destin. Qu'avez-vous dit, la première fois que je suis venu vous interroger ? « Une punition divine » ? Parce que c'était exactement ça, n'est-ce pas ? On scie le crochet, et si Charity Quinn mérite le bonheur, il ne lui arrivera rien. Dans le cas contraire, le miroir tombera. Dans l'esprit de la personne qui a scié ce crochet, ce n'était pas vraiment une tentative de meurtre, puisqu'on laissait agir le destin. Dans votre esprit, madame Prendergast. Car c'est bien vous qui avez fait cela. Parce que vous avez été abandonnée par Charity, parce qu'elle vous a traitée comme une vieille chaussette, pas comme la bonne amie que vous croyiez être. Le choix du miroir, qui renvoie la faute à Mme Quinn, la préméditation, le fait d'avoir éloigné Randolph de la maison… tout ça, c'est vous.

Perdre ses moyens. C'est une expression banale, le refuge des gratte-papier, des journaleux peu doués. Pourtant, dans ce cas précis, elle semblait vraiment correspondre à la réalité. En entendant mes paroles, Dorothy perdit ses moyens : aucun son ne sortit de sa bouche, ses yeux devinrent vitreux, son corps se figea, pétrifié. À peine respirait-elle.

Cela aurait pu être le moment de pousser mon avantage, de lui arracher des aveux, de l'embarquer ensuite, direction le quartier général de la police, après lui avoir lu ses droits.

Seulement, cela ne dura pas. Dorothy Prendergast était une avocate, après tout, elle avait de bons réflexes. S'arrachant à sa stupeur, elle croisa les bras sur sa poitrine.

— Tiens donc. Voici une accusation fantaisiste. Mais c'est un coup d'épée dans l'eau : vous n'êtes pas venu m'arrêter. Vous n'auriez pas été seul.

— Vous avez raison. – Je lui adressai un sourire angélique. – Au revoir, maître. Ou plutôt, à bientôt, puisque je ne manquerai pas de revenir.

Car maintenant, j'avais la confirmation qu'elle avait passé ce coup de fil à Randolph au moment où il s'était absenté de la maison. Et puisque Dorothy n'avait aucune raison de venir dans la maison de sa patronne alors que celle-ci était vide, il me suffisait de tracer le signal émis par son téléphone sur le lieu du crime pour constituer un solide dossier à charge.

49.

Il était encore trop tôt pour annoncer aux filles Quinn ce que j'avais appris au sujet de Dorothy Prendergast. Je décidai néanmoins de passer les voir. Il y avait quelque chose dans le récit d'Helena qui me troublait, et j'avais besoin de me faire ma propre opinion.

Cette fois, ce fut Delia qui ouvrit la porte. Pâle et voûtée, elle faisait peine à voir, et je me demandai même si elle allait un jour s'en remettre. Si on ne devait pas faire venir un psychologue, ou un médecin, parce que ce n'était certainement pas sa sœur qui serait capable de s'occuper d'elle. Puis la porte de la cuisine s'ouvrit, et je vis Randolph. Il était en train de préparer du thé, ce remède universel contre le malheur et le choc. L'homme à tout faire leva un sourcil en m'apercevant.

— Inspecteur. Vos collègues sont déjà venus tout à l'heure.

— Je sais. Mais maintenant, c'est mon tour. Je voudrais parler à Laurel. Est-ce qu'elle est là ?

Randolph versa le thé dans deux tasses, qu'il déposa sur la table.

— Oui, dans le salon. – Il hésita avant de poursuivre : Vous savez, elle réagit d'une manière bien à elle, mais cela ne veut pas dire qu'elle n'est pas triste. Qu'elle n'a pas le cœur brisé. Tenez, apportez-lui ça.

Il remplit une troisième tasse, et me la tendit.

— Bien sûr.

Je refermai la porte de la cuisine derrière moi et traversai le hall d'entrée en direction du salon. Toutes les lumières y étaient éteintes, et les rideaux, tirés : je distinguai à peine la silhouette de Laurel assise au pied du sapin. Elle tenait à la main un paquet enveloppé dans du papier doré.

Je posai la tasse de thé sur le sol près d'elle, puis m'assis. Le sapin perdait ses aiguilles, le parquet en était jonché. Je tendis la main vers le paquet.

— C'était son cadeau de Noël ?

— Oui.

Laurel renifla.

— Qu'est-ce que vous lui aviez acheté ?

— Un livre. Ces derniers temps, elle ne lisait plus que du Shakespeare. J'avais pensé qu'elle aurait besoin d'un truc un peu plus pratique pour commencer sa vie de femme mariée.

— Laissez-moi deviner. Un livre de recettes ?

Je souris en secouant la tête.

— Non, ce n'est pas le bon format, cela ressemble plus à un livre de poche. *Les hommes viennent de Mars, les femmes de Vénus* ?

Laurel eut un petit sourire triste.

— Presque. *Pourquoi les hommes n'écoutent jamais rien et les femmes ne savent pas lire les cartes routières.* Vous savez, c'est une bonne chose qu'elle soit morte, cela lui évitera de voir le cadeau naze que sa cruche de fille lui avait acheté. Non, sérieusement, comment j'ai pu être…

Laurel ne réussit pas à finir sa phrase, elle fondit en larmes. Elle pleurait comme une enfant qu'elle était encore : sans se cacher, la bouche grande ouverte. J'attendis. J'aurais pu aller chercher Randolph, ou Delia, apporter à Laurel une autre tasse de thé, mais je pensai que pleurer ne pouvait que lui faire du bien. Il fallait que ça sorte. Peu à peu, les sanglots laissèrent place aux hoquets, puis ceux-ci cessèrent également. Je sortis un paquet de Kleenex de ma poche, et le tendis à Laurel.

— Merci. Je me sens mieux. Allez-y, posez-moi vos questions. C'est bien pour ça que vous êtes venu, pas pour m'entendre pleurer ?

— C'est vrai, oui. Mais ce ne sont pas *des* questions, je n'en ai qu'une. Ma coéquipière, quand elle est passée vous voir un peu plus tôt cet après-midi, vous a demandé qui, selon vous, avait tué votre mère, et vous avez répondu : Sam. Pourquoi ?

— Ah, ça… Je disais n'importe quoi, je voulais juste qu'elle parte.

Laurel avait répondu cela d'une voix raisonnable. Elle était presque convaincante, mais elle évitait soigneusement de croiser mon regard.

J'attendis. Vieille technique éculée qui avait fait ses preuves : la plupart des gens ne tolèrent pas le silence lorsqu'il s'éternise. Ils se mettent à parler, juste pour combler ce vide. Laurel ne fit pas exception à la règle.

— Je veux dire, murmura-t-elle, Sam n'est pas vraiment comme nous. C'est une fille brillante et tout, mais qui sait ce qui peut lui passer par la tête ? Et elle vient d'une famille de drogués, elle m'a avoué une fois que son frère aîné est héroïnomane. Alors, si ce n'est pas un accident, ce qui est arrivé à maman, je préfère encore que ce soit elle la coupable.

Je la regardai, cette petite fille riche et bête. Se rendait-elle seulement compte de ce qu'elle disait ?

— J'imagine que vous savez que ce n'est pas très politiquement correct, comme attitude ? Vous ne pouvez pas accuser une personne d'un crime aussi grave juste parce qu'elle vient d'un milieu défavorisé.

Laurel haussa les épaules.

— Je n'ai pas dit ça sous serment. Écoutez, vous m'avez demandé ce que je pense, je vous l'ai dit. Je n'ai pas voulu offenser qui que ce soit. Mais je ne veux plus que Sam remette les pieds ici. Elle n'est pas ma sœur, quoi qu'elle puisse croire.

Je me levai, et débarrassai mon pantalon des aiguilles de sapin d'un revers de la main.

— Prenez soin de vous, Laurel.

En passant devant la cuisine, je vis que la lumière était toujours allumée à l'intérieur. J'entendis des murmures, et j'imaginai Delia et Randolph assis là, avec leur thé et leur chagrin, et leurs questions restées sans réponses. Fermant la porte sans faire de bruit, je sortis dans la froide nuit de décembre.

50.

J'avais donné rendez-vous à Helena chez *Denson*, un établissement de F-Street qui se réclamait des bars clandestins de l'époque de la prohibition. Il était situé en sous-sol, on y accédait par un escalier assez raide qui menait à un espace carrelé de noir, à l'éclairage tamisé. Il y avait là des banquettes capitonnées de cuir et des grilles en fer forgé qui fermaient l'accès aux étagères d'alcool ; des lattes de parquet recouvraient le plafond. Ce n'était pas un lieu pour les flics – le prix des cocktails y démarre à quatorze dollars, et il faut débourser vingt-six dollars, plus le service, pour le Casimir, composé de vodka et de caviar liquide –, et c'était bien pour cette raison que je l'avais choisi. Je ne risquais pas d'y croiser mes collègues.

D'Helena, je vis d'abord le reflet dans le miroir mural : une queue-de-cheval haute, le rouge des lèvres, le vert du regard. Des têtes se tournèrent sur son passage. Quand elle se glissa sur le siège en face de moi, le serveur, qui m'avait ignoré depuis près d'une heure, se matérialisa pour prendre la commande.

Elle demanda un verre d'eau minérale, j'optai pour un whisky. Helena fronça les sourcils, et se pencha vers moi.

— Que se passe-t-il ? Donaldson te cherche partout. Il m'a dit qu'il a lu ton e-mail au sujet de Dorothy, qu'il a déjà réuni les preuves grâce à son opérateur téléphonique, qu'il t'a appelé un nombre incalculable de fois.

Je pensai au téléphone dans ma poche, aux dix-huit appels manqués.

— Je sais. Mais je voulais d'abord te voir.

Helena sourit.

— Tu as une nouvelle cravate.

— Un cadeau de ma sœur. Es-tu allée interroger Sam ?

Helena hocha la tête.

— Oui.

Maintenant, elle évitait de me regarder. C'est comme ça que je compris qu'elle savait, pour la nuit que Sam et moi avions passée ensemble, et pour tout le reste aussi. Je me demandai si, par-dessus le brouhaha du bar, elle pouvait entendre battre mon cœur.

— Et alors ?

— Je me suis dit... – toujours sans me regarder – je me suis dit que le meurtre de Charity avait pu être commis par une personne qui avait voulu abréger ses souffrances. Par quelqu'un qui avait fait ça par amour. Delia, par exemple.

— Admettons. Où est-ce qu'elle aurait trouvé de la diamorphine ?

— C'est à creuser, évidemment. – Helena continuait de s'adresser à la surface polie de la table. – Mais j'imagine que ça se trouve assez facilement.

— Helena.

J'attendis qu'elle lève les yeux.

— Arrête. Toi et moi, nous savons tous les deux que ce n'est pas vrai. Qu'est-ce que Sam t'a dit ?

— Que je ne suis pas ton genre. – Elle eut un petit sourire pitoyable. – Et aussi, que tu es un bon coup. Mais ça n'a rien à voir, ça ne me concerne pas, ce que tu fais de ton temps libre. Cette enquête sera bientôt terminée et...

— Elle est terminée. Avant de venir ici, je suis passé voir La Fouine, et j'ai vérifié avec lui la liste des objets qui se trouvaient dans la chambre de Charity Quinn au moment de son arrivée sur les lieux. Ensuite, j'ai relu la déposition de Laurel à propos des circonstances dans lesquelles elle avait retrouvé sa mère. J'ai même passé un coup de fil chez les Quinn, histoire d'être tout à fait sûr. Tout concorde.

Helena se mordit la lèvre, et réfléchit.

— Ce n'était sans doute pas prémédité.

— Le vol de la tiare, sans doute pas. En entendant le bruit de chute, elle est montée dans la chambre de Charity, elle a vu la tiare et l'a prise. C'était l'affaire de quelques instants. Si tant est qu'elle ait pensé à quelque chose à ce moment-là, elle a dû s'imaginer que Charity était morte et que personne ne ferait attention à cette disparition. Mais ensuite, Sam a pris peur. Surtout lorsqu'elle a vu le joaillier venu expertiser les bijoux de Charity. Elle ne savait pas que c'était pour la bague de fiançailles, elle a cru que le joaillier se rendrait compte de l'absence de la tiare, que la police comprendrait vite que la voleuse, c'était elle. Peut-être même a-t-elle cru qu'on allait l'accuser de la tentative de meurtre. Et elle a décidé de prendre les devants. Elle est venue chez moi, elle s'est jetée à mon cou, et je n'ai pas su résister. Je suis…

Maintenant, c'était moi qui n'arrivais plus à soutenir le regard d'Helena.

— Les mots me manquent pour te dire à quel point je suis désolé.

Il y eut un silence. Puis Helena murmura.

— Quand est-ce que tu as compris ?

— Aujourd'hui. Ce soir. Quand Laurel m'a dit que Sam avait un frère héroïnomane. Elle ne savait pas que la diamorphine qui a servi à empoisonner sa mère est un autre nom de l'héroïne. Comme Charity était déjà sous morphine, j'imagine que Sam a espéré faire croire à une erreur médicale, un surdosage, peut-être.

Cette fois, le silence dura plus longtemps encore. Je regardai mon verre de whisky : les glaçons avaient presque fini de fondre. Puis Helena prit une grande inspiration.

— Comment est-ce que tu veux gérer ça ?

J'y avais déjà réfléchi. Le problème était simple : on ne peut pas coucher avec un suspect pour ensuite venir l'arrêter. Ce genre de choses ne passerait pas au tribunal et ternirait l'image de la police.

— Je ne vois qu'une solution. Je vais me dessaisir de l'enquête, et c'est Donaldson et toi qui irez arrêter Dorothy et Sam. Il faut que tout le mérite vous revienne.

— Entendu. – Helena repoussa le verre d'eau auquel elle n'avait pas touché et se leva. – Comment est-ce que je leur explique que tu ne fais plus partie du groupe d'enquête ?

Pour cela aussi, j'avais une réponse toute prête.

— Tu peux leur dire la vérité. Que j'ai couché avec Sam. Ou tu peux leur dire que j'ai grandi à Deanwood. Ça aussi, c'est vrai. Que ma famille – ma mère chômeuse de longue durée, ma sœur adolescente, pas mariée, mais déjà enceinte – y vit encore. Que je ne peux pas travailler sur le dossier Quinn parce que j'ai une dent contre l'avocate qui a défendu le grand capital dans le procès du métro de Washington. Tu pourras leur dire que je me suis rendu compte que j'étais animé par la haine de classe et que cela obscurcissait mon jugement. Et que je leur présente mes excuses pour ne pas l'avoir avoué plus tôt.

51.

Accoudé au bar, les yeux rivés sur la rangée de bouteilles qui ornait le mur du fond, je me rappelai le jour où j'avais appris que je faisais partie de la racaille. J'avais treize ans, et pour la première fois de ma vie, j'étais amoureux d'une fille. J'avais fait la connaissance de Jane dans la baie de Chesapeake, sur la plage de Cape Charles, plus précisément. Elle passait une journée au bord de la mer en compagnie de sa tante et de ses cousins ; quant à moi, j'étais venu là avec un de mes amis et son grand frère. Ç'avait été un coup de foudre typique d'adolescent maladroit : je n'aurais jamais osé parler à Jane si elle n'était pas venue vers moi ostensiblement pour récupérer son Frisbee. Elle avait des boucles blondes et le nez en trompette, et elle avait ri à toutes mes blagues. À la fin de la journée, je n'avais qu'une hâte : la revoir. Mais puisqu'elle habitait à Bethesda, nous avions dû ronger notre frein et nous contenter d'appels téléphoniques, qui duraient jusque tard dans la nuit. Après avoir fait un inventaire de mes économies – quatorze dollars et vingt-huit cents –, je m'étais décidé à l'inviter au *Starbucks* le samedi suivant. Jane avait été enchantée et m'avait dit que son père avait promis de la conduire. Je lui avais donné mon adresse.

À quinze heures le samedi, vêtu de mon jean le plus cool et d'un sweat Guess, je m'étais posté près de la fenêtre du salon pour l'attendre. Quinze heures quinze, quinze heures trente... Je me rassurais : la circulation autour de Washington était toujours infernale, son père ne connaissait pas la route. Seize heures. Les filles sont toujours en retard, c'est bien connu. À moitié caché par les rideaux en chenille marron, je guettais les voitures qui ralentissaient dans la rue. Seize heures quinze. Pourvu qu'il ne lui soit rien arrivé ! J'avais appelé chez elle, étais tombé sur le répondeur. Seize heures vingt-sept. Une Buick grise avait freiné à quelques mètres de la maison. Mon pouls s'était accéléré, mais ce fut une petite vieille qui en descendit avant de traverser la route en claudiquant. Un peu après dix-sept heures, ma mère, qui avait passé tout ce temps devant la télévision, avait coupé le son.

— Ils font quoi dans la vie, les parents de ta copine ?

J'avais ravalé une boule qui s'était logée dans ma gorge.

— Son père est banquier. Sa mère ne travaille pas.

— Comme moi. Sauf que je mettrais ma main à couper que ces gens-là sont différents de nous. Ta petite copine ne viendra pas.

Je n'avais pas demandé d'où ma mère tirait cette certitude. Elle me l'avait quand même expliqué de sa voix rauque de fumeuse.

— Ses parents ont vu ton adresse. Pour eux, le fait que tu sois beau garçon, que tu sois intelligent et drôle, que tu traites leur fille avec respect et que tu aies repassé ton jean pour être présentable, tout ça, ça ne compte pas. Ce qui compte, c'est d'où tu viens. Ça te définit. Aux yeux de ces gens, t'es une racaille, un représentant de la *white trash*. Ils se méfient de toi comme de la peste, et jamais ils ne laisseront leur fille te fréquenter.

— Ce n'est pas vrai. Même s'ils le pensaient, Jane viendrait quand même, elle les convaincrait.

Ma mère avait haussé les épaules, et remis le son du téléviseur. J'avais attendu tout l'après-midi, et toute la soirée aussi, mais Jane n'était jamais venue. J'avais fini par passer un autre coup de fil chez elle. Cette fois, son père m'avait répondu. Je m'étais présenté comme Michael, le camarade de classe de Jane. Lorsque mon amoureuse avait pris le combiné, j'avais raccroché sans un mot. Ainsi, ma mère avait raison. Après cela, j'avais fait très attention à ne sortir qu'avec les sœurs de mes copains, ou avec des copines de ma sœur. Des filles qui savaient d'où je venais, qui j'étais.

Des filles dont jamais je n'étais tombé amoureux.

Des filles qui ne ressemblaient en rien à Helena.

J'étais toujours en train de penser à la direction différente que ma vie aurait pu prendre si je n'avais pas rencontré Jane, quand mon téléphone se remit à sonner dans ma poche. Chanelle, évidemment. Le barman me lança un regard agacé : la sonnerie de mon portable gênait les autres clients. Je décrochai.

— Mais t'es dingue. Complètement taré. Stella dit qu'avec ça, on aura le plus beau des *fish spa* de DC, ou même de la côte Est.

— Ma sœur t'a dit qu'en contrepartie, elle devait te garantir la place d'associée dans son *fish spa* ?

— Ouais. Le rêve ! Mais t'es fou, quand même. Ça fait beaucoup de fric.

— Oui. Écoute, Chanelle.

Ma décision était prise, alors autant ne pas tarder. Cela dut se refléter dans ma voix, car elle s'arrêta net. Le silence s'éternisait, je cherchais toujours mes mots.

— Chanelle, écoute, il faut qu'on se parle. Ce soir, ça ne va pas être possible, mais demain, je vais venir chez toi et…

Elle m'interrompit d'une voix tremblante.

— Les filles me disent que tu ne me mérites pas, que je suis trop bien pour toi.

— Elles ont sans doute raison. Je ne te mérite pas.

Silence à l'autre bout de la ligne. Puis la tonalité. Elle avait raccroché.

Je remis le téléphone dans ma poche. Puis, je glissai un billet de cinquante dollars sous mon verre et me levai. Il était temps pour moi d'aller retrouver les miens.

52.

La suite est une succession d'images sur la télévision grand écran de ma mère. Le portrait, en noir et blanc, de Charity en robe d'avocate, les images d'archives du procès du métro, puis retour au studio, le présentateur vedette fronçant les sourcils d'un air préoccupé. Gros plan sur la belle et grande maison de N-Street, la couronne de Noël, les rideaux tirés, et soudain, sans prévenir, Donaldson, torse bombé, et Helena marchant d'un pas rapide dans son sillage. Ils sont dehors quelque part, mais je ne reconnais pas le quartier. Ensuite, une voiture banalisée, aux vitres teintées, des reporters qui cognent dessus avec leurs micros.

L'une des prévenues est dans la voiture, mais je ne sais pas laquelle : Dorothy Prendergast ? Sam Jones ? Leurs noms n'ont pas été dévoilés par la police, leurs photos non plus. C'est encore trop tôt. Dorothy a-t-elle eu le temps de réfléchir à sa défense ? Quelle que soit la personne que la collaboratrice de Charity embaucherait pour la représenter, elle ne pourrait arriver à la cheville de feu Me Quinn. Et Sam, à quoi pensait-elle ? Allait-elle tout nier en bloc, ou avouer en espérant la clémence du jury ? Une fille jeune et belle avait des chances de s'en sortir avec une peine réduite. Surtout une fille aussi habile que Sam.

Je ne voulais pas penser à la nuit précédente, mais les images s'imposaient à moi : la peau fine de sa gorge rejetée en arrière, ses longs cils, ses dents mordant sa lèvre inférieure. Elle s'était jouée de moi, et pourtant, je n'arrivais pas à lui en vouloir. Je ne comprenais que trop bien d'où elle venait.

Sur l'écran, les images défilaient. Medstar Georgetown, un médecin avec un stéthoscope autour du cou. Le tribunal du district et le mémorial George Gordon Meade devant l'entrée, l'emblème doré reflétant les derniers rayons du soleil couchant. Et toujours ce bandeau rouge qui courait en bas de l'écran : MEURTRE DE CHARITY QUINN : 2 SUSPECTS EN GARDE À VUE. Gros plan sur le quartier général, Hannah illuminée aux néons, assaillie par la presse. Pas besoin de savoir lire sur les lèvres pour deviner ce qu'elle leur répond : « Sans commentaire. »

Ma mère remit le son.

— Ça y est, c'est fini, alors ?

Je hochai la tête.

— C'est fini.

— Et c'est cette fille qui a élucidé l'affaire ? Cette Helena ?

Ma mère n'essaya même pas de cacher l'incrédulité dans sa voix. Je ne répondis pas, elle poursuivit donc.

— J'imagine que c'est cette fille. L'autre, là, il a pas l'air fute-fute. – Ma mère poussa le carton de la pizza dans ma direction. – Sers-toi, hein, tu dois manger, t'es blanc comme un linge. Tu veux des ailes de poulet, peut-êt' ? Y en a aussi.

Elle me regarda, les yeux plissés.

— Et pourquoi t'y es pas, d'ailleurs ? T'avais peur qu'on te reconnaisse à la télévision, que tout le monde t'en veuille ?

— Non, maman. C'est juste qu'on n'a pas besoin d'être trois pour procéder à une arrestation.

Elle mordit dans sa part de pizza, et réfléchit en mâchant.

— C'est pas ça, non. Tu me caches quelque chose. Et au fait, ta sœur m'a dit que t'as rompu avec Chanelle. Et que tu lui avais donné un paquet de fric pour son projet de *fish spa*. Tu sais que c'est de l'argent perdu, comme d'hab ?

— Écoute, maman, je n'ai pas envie d'en parler.

Sur l'écran de la télévision, une présentatrice météo aux jambes interminables nous annonça que la première neige de la saison était attendue pour le lendemain.

Ma mère secoua la tête, puis tendit la télécommande et éteignit le poste d'un geste sec. Du jamais-vu, dans cette maison. Apparemment, l'heure était grave. Elle pointa son index sur moi.

— Ethan Duane Morrow, tu me prends vraiment pour une idiote. – Elle leva la main vers son front. – C'est marqué *idiote*, ici ?

— Non…

— Alors ?

Elle commença à se lever avant de se rasseoir en soupirant. Le carton de pizza pencha dangereusement, mais elle n'y prêta pas attention.

— Au fond, toi et cette avocate, cette Charity Quinn qui prétendait sortir de la cuisse de Jupiter, vous êtes strictement pareils : tous les deux, vous vous êtes fait passer pour ce que vous êtes pas. C'étaient juste vos motivations qui étaient différentes. Parce que cette femme, elle prétendait seulement être une vraie dame, mais elle avait pas ce qu'il faut pour être une dame, la droiture et la loyauté. Et toi, parce que t'aimes ta famille, tu prétends être l'un des nôtres. Tu es là, avec moi, et tu mets de l'argent à perte dans les projets foireux de ta sœur et de ton ex, tu fais mine de t'intéresser aux nouvelles du quartier, tu prétends aimer les chips et les nuggets, alors que je sais que tu détestes ça. T'es différent, Ethan. T'as toujours été différent, depuis tout petit. C'est comme ça.

Elle me sourit soudain, et son visage s'en trouva transformé. Il devint plus jeune, plus doux ; disparus, les plis d'amertume à la commissure des lèvres, et la ride verticale qui lui barrait le front.

— Mais tu sais quoi, on t'en veut pas, on t'aime comme tu es, et si tu en pinces pour cette fille, eh bien, l'essentiel, c'est qu'elle te rende heureux.

Je n'eus pas le cœur de lui dire que je doutais qu'Helena veuille bien de moi. La sonnerie de mon téléphone m'évita de répondre.

— Inspecteur Morrow ? Capitaine Newsham à l'appareil. Une minute.

J'entendis un cliquetis de clés, imaginai Hannah fermant la porte de son bureau, le téléphone coincé entre l'oreille et l'épaule.

— Je voulais vous dire bravo, vous avez fait du bon boulot sur cette enquête. Helena m'a expliqué pourquoi vous avez choisi de vous retirer. C'est très fin de votre part, de ne pas vouloir jouer un rôle de premier plan, compte tenu de ce qu'on pourrait percevoir comme un éventuel manque d'impartialité. On marche sur des œufs dans une affaire comme celle-ci, on ne peut pas prêter le flanc à la polémique. Les gens auraient pu croire que vous vous étiez arrangé pour prendre en charge cette affaire, que vous aviez pu être influencé. Même si moi, personnellement, je n'y crois pas un instant. Donc bravo encore. Je vous vois lundi ?

Comme à son habitude, Hannah Newsham raccrocha sans attendre de réponse.

53.

Dehors, il bruinait. Alors que je quittais la maison de ma mère, le réverbère au coin de la rue s'alluma, posant un reflet tremblotant sur le bitume mouillé. Je me glissai derrière le volant de ma voiture sans avoir une idée très claire de ma destination. Je savais juste que je n'en pouvais plus de discuter de l'enquête ni de mes sentiments, que j'avais besoin d'être dehors, de ne voir personne. Ou, plutôt, si : il n'y avait qu'une personne au monde que j'avais envie de voir. Helena.

Car je venais de comprendre une chose : se méfier du bonheur est une habitude que l'on prend très jeune. Lorsque l'on sent qu'on ne le mérite pas, à cause de ce que l'on est, à cause du lieu d'où l'on vient, le bonheur a beau se présenter à nous, on le rejette. Il n'est pas pour nous, cela doit être une erreur, un étourdissement passager de la part de celui qui vous l'offre. Ce n'est qu'une question de temps – des jours, au mieux des mois – avant que l'être aimé ne découvre qui vous êtes vraiment, et parte en courant. Alors, on se renferme. C'est plus sûr, et cela ne vous brise pas le cœur, ou pas de façon visible. Mais quand on y réfléchit vraiment, sans mensonges, sans faux-semblants, on comprend que cette attitude ne traduit qu'une chose : la peur.

Le trajet jusqu'à Wesley Heights me prit à peine un quart d'heure. Helena était-elle déjà rentrée chez elle ? Dans mon imagination, je la revoyais telle qu'elle était le premier jour, je n'avais pas besoin de fermer les yeux pour voir son beau sourire, sentir la douceur de son regard. Ce que je lui dirais ? Je n'en avais pas la moindre idée. Les mots viendraient. Et si je m'étais trompé du tout au tout, si elle n'en avait rien à faire de moi, j'y survivrais.

La maison était plongée dans le noir, et aucune voiture n'était garée dans l'allée. Seul le labrador était là, assis sur le perron comme une sentinelle. J'attendis, songeant qu'Helena s'était sans doute attardée au quartier général, qu'il y avait des papiers à remplir, une fin d'enquête à fêter. Peut-être étaient-ils tous allés dans le petit restaurant français de Donaldson pour célébrer celle-ci. Je vérifiai mon portable, mais il n'y avait pas de message d'elle. Onze heures. Minuit. La fille de la météo avait raison, car les premiers flocons de neige de l'année se mirent à tourbillonner dans l'air nocturne. Sur le perron, le labrador s'ébroua, puis partit vers sa niche.

À une heure du matin, je dus me rendre à l'évidence : elle ne rentrerait pas. Je préférais ne pas penser au lieu où elle était, ou avec qui elle était. Cela ne me regardait pas. J'avais été fou de croire qu'il y avait un avenir pour nous, que nous pourrions être ensemble.

En revenant chez moi, je fis un crochet par le QG, mais la voiture d'Helena n'était pas sur le parking. Autour de moi, la ville dormait. Je pensai aux deux sœurs qui venaient de perdre leur mère, à Randolph, tout seul là-haut dans son petit appartement, à Timothy Reed et sa vengeance. À Sam, que j'imaginai assise dans une cellule, voûtée comme une vieille femme, la tête entre les mains. À Dorothy, avec ses cardigans couleur lavande, sa maladresse et ses illusions. Dans un roman, la mort de Charity Quinn n'aurait pas été vaine, elle aurait rapproché une famille, tissé des nouveaux liens, permis la rédemption.

Seulement, ce n'était pas un roman. C'était la vie, et la vie, comme chacun le sait, est le contraire des contes de fées.

Lorsque j'arrivai enfin devant mon immeuble, la neige tombait dru. On voyait à peine à quelques mètres, et je pensai que, le lendemain, la ville allait se réveiller devant une page blanche. Un nouveau départ, pour ceux qui croyaient à ce genre de chose. Et bientôt, une nouvelle année.

À l'extérieur de la voiture, une bourrasque de vent chargée de neige m'enveloppa. Je pressai le pas. Ce fut ainsi que je faillis ne pas entendre appeler mon propre nom.

Je m'arrêtai ; mon cœur battait trop vite, trop fort.

Il y avait une ombre sous le réverbère.

C'était elle.

Note de l'auteur

Les Deux Morts de Charity Quinn fait référence à deux importantes affaires criminelles et judiciaires survenues en Amérique.

Tout comme Charity Quinn, j'ai été fascinée par l'affaire O. J. Simpson, le « procès du siècle » pour de nombreux Américains. La course-poursuite sur les Santa Ana et San Diego Freeways, suivie en direct par près de quatre-vingt-quinze millions de téléspectateurs, les rebondissements du procès, l'acquittement enfin – c'était de la téléréalité pure, irrésistible pour l'adolescente que j'étais. Peut-être n'est-ce pas un hasard si Robert Kardashian, père de Kourtney, Kim, Khloé et Rob (*L'Incroyable Famille Kardashian*), a joué un rôle clé dans cette affaire, en tant qu'avocat d'O. J. Simpson. L'Amérique aime le spectacle, avant toute chose.

Par opposition, l'enquête sur l'accident du métro de Washington, survenu en 2009 et dans lequel neuf personnes ont perdu la vie et quatre-vingts autres ont été blessées, certaines très grièvement, a été bien moins médiatisée. Pendant des mois, on a questionné des experts en tout genre, on a tenté de démêler un complexe écheveau de responsabilités. L'enquête a conclu à un dysfonctionnement du logiciel de surveillance des voies de circulation, et l'autorité des transports de Washington

DC a fini par verser des millions de dollars de dommages aux victimes. Fort heureusement, Charity Quinn, qui est un personnage fictif, n'a pas eu l'occasion de plaider dans cette affaire.

Pour autant, *Les Deux Morts de Charity Quinn* n'est pas un roman sur les avocats, ni sur le droit. Ce roman parle avant tout de justice – celle qu'on fait régner et celle que, de désespoir, on rend soi-même, la justice immanente et la justice divine. Ce n'est donc pas un hasard si j'ai fait de Timothy Reed un spécialiste du *Roi Lear.*

En effet, cette notion de justice est l'un des principaux thèmes du *Roi Lear* – une pièce que Shakespeare, soit dit en passant, a écrite alors qu'il était en quarantaine pendant une épidémie de peste noire. Sous ses airs d'histoire de famille, la pièce interroge sur l'aspect moral de la justice : faut-il toujours que la punition soit égale au crime ? Loi du talion, œil pour œil, dent pour dent ?

L'histoire du *Roi Lear* est celle de deux filles qui s'emparent du royaume de leur père par la flatterie et la ruse. Seule Cordelia, la troisième sœur, fille cadette du roi, est pure et aimante ; du fait de sa franchise, elle se retrouve bannie, en exil. Ce n'est que trop tard que le roi déchu s'aperçoit de la vraie nature de ses aînées… et il en paie le prix, comme Me Quinn. Car, après tout, il a fait d'elles ce qu'elles sont.

Les représentations du *Roi Lear* dans la culture occidentale sont nombreuses, que ce soit à travers la littérature (certains critiques soutiennent que *Le Père Goriot* de Balzac aurait été librement inspiré par Lear) ou l'art, par des artistes aussi différents que William Blake ou Man Ray. L'une des représentations les plus touchantes est une gravure du roi déchu avec sa fille Cordelia, qui se trouve au Smithsonian American Art Museum, au cœur de Washington.

Cependant Washington est bien plus que la somme de ses musées, même s'ils sont fabuleux. Ainsi, après avoir visité le Smithsonian, vous pourrez faire une halte au

Capitol Hill et déjeuner sur le pouce chez *The Good Stuff* – à moins que vous ne préfériez faire le trajet jusqu'à Georgetown, à la recherche des plus fameux cupcakes de la ville. Ensuite, une grande boîte rose sous le bras, vous pourrez vous balader à travers ce quartier élégant et cossu, remonter O-Street jusqu'à l'université, ou vous arrêter chez *Martin's Tavern*. Vous pourrez même vous glisser dans « The Proposal Booth » – le box où JFK a demandé sa Jackie en mariage.

Vous l'aurez compris, les lieux décrits dans ce roman existent vraiment – mais les personnages sont fictifs. Toute ressemblance avec des personnes ou des situations existantes ou ayant existé serait donc purement fortuite.

Remerciements

Il paraît que le deuxième roman est celui de tous les dangers. Il doit forcément être mieux que le précédent (sinon, c'est le signe qu'on régresse). Il doit également être différent, pour ne pas donner l'impression qu'on se répète. Et en même temps, pas trop, pour être apprécié des lecteurs qui ont aimé le premier. Et bien sûr, le deuxième roman, c'est comme un deuxième enfant : à peine sortis de la maternité avec notre aînée, on nous demandait déjà quand on allait donner à Pauline un petit frère ou une petite sœur.

Aussi, je tiens à remercier toute l'équipe des éditions Robert Laffont et de la collection La Bête noire : tout particulièrement Glenn Tavennec, Nathalie Théry, Camille Racine. Merci de m'avoir fait confiance pour ce deuxième roman. C'est un immense plaisir de travailler avec vous.

Je remercie également le jury et toute l'équipe du Grand Prix des Enquêteurs et Cécile Auneau de l'AUF, ainsi que les libraires et les journalistes qui ont si chaleureusement accueilli et aimé *La Chute de la maison Whyte* ; vos coups de cœur et vos articles enthousiastes m'ont donné le courage de continuer le travail d'écriture.

Je remercie mes proches qui me soutiennent dans cette aventure : mon mari, Élisabeth et Rémy Autet, ainsi que toute ma belle-famille, trop nombreuse pour que je puisse tous les citer ici. Également, Loïc et Valérie Héron, Anne-Sophie et Jean-Luc Loubet, Bénédite Deromedi, Valérie Delpiano, Anne Lise Mauuary, Svetlana Martinet, Sieglinde Ahlsell de Toulza – merci de tout cœur.

Ma maman, Natalia, a été d'une aide précieuse, comme toujours. Elle pourrait maintenant donner un cours sur *Le Roi Lear*.

Mes enfants, avec qui nous avons passé plusieurs heures à tenter de recréer le milk-shake aux chamallows grillés de chez *The Good Stuff*. Nous n'avons jamais réussi à nous rapprocher de l'original, mais nous nous sommes bien amusés.

Enfin, *last but not least*, je remercie Sibylle Autet-Tassaert, lectrice des premières ébauches de ce roman et adorable belle-sœur.

PARUS DANS
LA BÊTE NOIRE

Noémie ADENIS
Le Loup des ardents (Grand Prix des Enquêteurs 2021)

Katerina AUTET
La Chute de la maison Whyte
(Grand Prix des Enquêteurs 2020. Prix littéraire de la Renaissance française 2020)
Les Deux morts de Charity Quinn

Cédric BANNEL
Baad (Prix du Meilleur Polar des lecteurs de *Points* 2017)
Kaboul Express
L'Espion français

Jacques-OLIVIER BOSCO
Brutale
Coupable

Rhys BOWEN
Son Espionne royale
Tome 1, *Son Espionne royale mène l'enquête*
Tome 2, *Son Espionne royale et le mystère bavarois*
Tome 3, *Son Espionne royale et la partie de chasse*
Tome 4, *Son Espionne royale et la fiancée de Transylvanie*
Tome 5, *Son Espionne royale et le collier de la reine*
Tome 6, *Son Espionne royale et les douze crimes de Noël*

Tome 7, *Son Espionne royale et l'héritier australien*
Tome 8, *Son Espionne royale et les conspirations du palais*

Franck CALDERON, Hervé de MORAS
Là où rien ne meurt

Julia CHAPMAN
Les Détectives du Yorkshire
Tome 1, *Rendez-vous avec le crime*
Tome 2, *Rendez-vous avec le mal*
Tome 3, *Rendez-vous avec le mystère*
Tome 4, *Rendez-vous avec le poison*
Tome 5, *Rendez-vous avec le danger*
Tome 6, *Rendez-vous avec la ruse*
Tome 7, *Rendez-vous avec la menace*

Karen CLEVELAND
Toute la vérité

Daniel COLE
Ragdoll
Tome 1, *Ragdoll* (Prix Griffe noire du polar de l'année 2017)
Tome 2, *L'Appât* (Prix Bête noire des libraires 2018)
Tome 3, *Les Loups*
Pietà

COLLECTIF, sous la direction de Lisette Lombé, Elvira Masson, Fabrice Rose et Delphine de Vigan
Histoires de femmes – Les Ondes

Sandrone DAZIERI
Tu tueras le Père
Tu tueras l'Ange
Tu tueras le Roi
La Danse du gorille

Lara DEARMAN
La Griffe du diable
L'Île au ciel noir

Ingrid DESJOURS
Les Fauves
La Prunelle de ses yeux

Claire FAVAN
Serre-moi fort (Prix Griffe noire du meilleur polar français 2016)
Dompteur d'anges
Inexorable

Rebecca FLEET
L'Échange
La Seconde Épouse

Dominique FORMA
Coups de vieux

Olivier GALLIEN
Dans la neige ardente

Amy GENTRY
Les Filles des autres
De si bonnes amies

Patrice GUIRAO
Le Bûcher de Moorea
Les Disparus de Pukatapu
Rivage obscur

L. S. HILTON
Maestra
Domina
Ultima

Ingar JOHNSRUD
Les Adeptes
Les Survivants

Elizabeth KEY
Sept mensonges

Mathieu LECERF
La Part du démon (Prix Bête noire des libraires 2021)
Au royaume des cris

Sara LÖVESTAM
Chacun sa vérité (Grand Prix de littérature policière 2017, domaine étranger. Prix Nouvelles Voix du polar 2018, roman étranger)
Ça ne coûte rien de demander

Libre comme l'air
Là où se trouve le cœur

Fabio Mitchelli
Une forêt obscure
Le Tueur au miroir
Le Loup dans la bergerie (Prix Méditerranée Polar 2021)

Nadine Monfils
Les folles enquêtes de Magritte et Georgette
Nom d'une pipe !
À Knokke-le-Zoute !
Les Fantômes de Bruges
Liège en eaux troubles

Nicole Neubauer
Sous son toit

Vincent Ortis
Pour seul refuge (Grand Prix des Enquêteurs 2019)
Patiente

Gin Phillips
Le Zoo (Prix Transfuge du meilleur polar étranger 2017)

Antoine Renand
L'Empathie (Prix des lecteurs Gouttes de Sang d'Encre 2019. Prix Nouvelles Voix du polar 2020, roman français)

Fermer les yeux
S'adapter ou mourir

Fabrice ROSE
Tel père, telle fille (Prix Bête noire des libraires 2020)
Le Plan

RYDAHL & KAZINSKI
La Mort d'une sirène

Romain SLOCOMBE
La Trilogie des collabos
L'Affaire Léon Sadorski (Prix Libr'à Nous 2017, catégorie polar)
L'Étoile jaune de l'inspecteur Sadorski
Sadorski et l'Ange du péché
La Trilogie de la guerre civile
La Gestapo Sadorski
L'inspecteur Sadorski libère Paris

Thibaut SOLANO
Les Noyés du Clain

Clémentine THIEBAULT
En votre intime conviction – Les Ondes

Ilaria TUTI
Sur le toit de l'enfer (Prix Bête noire des libraires 2019. Prix Nouvelles Voix du polar 2020, roman étranger)
La Nymphe endormie
À la lumière de la nuit

Harriet TYCE
Blood Orange

Damien et Sibylle VÉRON
Tiphaine où es-tu ? (Les Ondes)

Annette WIENERS
Cœur de lapin

Retrouvez
LA BÊTE NOIRE
Sur Facebook, Twitter et Instagram

Composition réalisée
par Rosa Beaumont

Imprimé en France par CPI
en juin 2022

MIXTE
Papier issu de
sources responsables
FSC® C003309

L'éditeur de cet ouvrage s'engage dans une démarche
de certification FSC® qui contribue à la préservation
des forêts pour les générations futures.

Pour en savoir plus :
www.editis.com/engagement-rse/

N° d'édition : 63855/01 – N° d'impression : 3048862